LA REVOLUCIÓN DE LAS TREINTAÑERAS

Amy Cohen

La revolución
de las treintañeras

Traducción de Montse Batista

Umbriel Editores

Argentina • Chile • Colombia • España
Estados Unidos • México • Uruguay • Venezuela

Título original: *The Late Bloomer's Revolution*
Editor original: Hyperion, New York
Traducción: Montse Batista

Copyright © 2007 *by* Amy Cohen
  All Rights Reserved
© de la traducción 2009 *by* Montse Batista Pegueroles
© 2009 *by* Ediciones Urano, S.A.
  Aribau, 142, pral. – 08036 Barcelona
  www.umbrieleditores.com

ISBN: 978-84-89367-64-7
Depósito legal: B. 20.728 - 2009

Fotocomposición: Ediciones Urano, S.A.
Impreso por Romanyà Valls, S.A. – Verdaguer, 1 – 08786 Capellades (Barcelona)

Impreso en España - *Printed in Spain*

*Este libro es para mi madre, la maravillosa
e irreemplazable Joyce Arnoff Cohen*

Agradecimientos

Este libro no hubiera sido ni remotamente posible de no ser por las personas que nombraré a continuación. En primer lugar, mi padre; un hombre que no se lo piensa dos veces a la hora de preguntar en un ascensor lleno de gente: «Ame, ¿cuándo fue la última vez que fuiste al ginecólogo?» Como ya sabes, te adoro. Mi increíble hermana, *swami* y puntal constante, Holly Osman, por todas sus charlas para levantarme la moral del estilo: «¡Ánimo!, tú puedes hacerlo, está bien, sigue escribiendo, no, no te estás volviendo loca, de verdad, en realidad los locos no saben que lo están. De todas formas, creo que lo que pasa es que estás neurótica, y mucho, increíblemente neurótica, de una manera adorable, pero tendrías que salir de casa, en serio, ahora, ahora mismo. ¡Ahora! De acuerdo, entonces, ¿quieres que venga?» Eres la mejor.

Mi familia: Richard Osman, quien soportó mi colosal pérdida de aplomo y mi irreverencia aleatoria el día que intentó enseñarme cómo salir del aparcamiento del Banco Chase. A mi estupendo hermano, que me da todo su apoyo sin avasallar, Tommy Cohen, o, como a él le gusta llamarse, «Antes el Capítulo 24». Los igualmente estupendos Elisa Singer, Sarah y Eric Osman, Eli y Jessie Cohen, tía Betty Judson y nuestra copiloto favorito, Beverly Albert.

Mi querida y extraordinariamente divertida Robin Swid, que escuchó hasta la última frase de todos y cada uno de los borradores y sin la cual este libro sencillamente no existiría. Cada día efectuaba su mejor interpretación, fingiendo que era la primera vez que oía algo, una y otra vez, y eso estuvo bien (cuando no lo estuvo).

La imbatible Molly Friedrich, por creer que hasta los libros pueden ser «Flores Tardías» y por invitarme a una cena cara en el

Craftbar y emborracharme un poco cuando no creía que hubiese escrito ni una sola página. No puedo agradecértelo lo suficiente. Y por toda su ayuda: Paul Cirone, Andy *Later On* Marino, Nicole Kenealy, a la que deberían tener en cuenta para concederle la santidad, aunque sólo fuera por escuchar mis interminables preguntas sobre el ordenador.

En Hyperion, mi editora, la reina del dicho ingenioso perfecto, la gran Brenda Copeland, que es tan divertida y aguda que tengo problemas para pensar en algo lo bastante divertido y agudo para captar toda su divertida agudeza; Kathleen *Rock Star Supernova* Carr; Will Schwalbe y Ellen Archer; el siempre juvenil Bob Miller; Ashley Van Buren, *Miss Simpatía*; Christine Ragasa; Miriam Wenger; Christine Casaccio; Katie Wainwright; Claire McKean; Cassie Mayer, que fue la primera en sugerir este libro, y Michelle Ishay, por su magnífica cubierta.

Mis incansables lectores: Pal Irish y Richard Rodriguez, que me ayudaron minuciosamente a reconsiderar, vapulear, reducir, engordar y dar sensatez a incontables borradores. Mi editor del *New York Observer*, Peter Stevenson. Mi personal de apoyo: Amy Witkoff, Rachel Berman, Lulie Haddad, Ellen Biben, Jen Unter, Michelle Nader, Sarah Brysk Bridge y Sarah Dunn. Patricia Murrell, alias *Ian no deja de preguntarme cuándo vas a terminar tu libro*. Joyce McFadden, sin la cual tal vez hubiera escrito todos los artículos con lápices de colores, vestida con una bata andrajosa y zapatillas en un «centro de reposo». Phyllis Rose, que leyó mis primeros escritos, que casi eran tan ininteligibles como los borrones de tinta, y me animó a seguir adelante aun cuando ya no tenía que hacerlo.

Por último, muchas gracias a todas las personas ingeniosas, inteligentes y encantadoras mencionadas en las páginas de este libro. Espero que sepáis que salís en él porque sois absolutamente memorables. Os debo mucho y os doy las gracias por todo ello.

«Nunca es demasiado tarde para ser lo que podrías haber sido.»

GEORGE ELIOT

1

Para reformar

Crecí pensando que mi madre tenía la respuesta a todo. Cuando mirábamos una película en blanco y negro, ella siempre sabía algún dato oscuro sobre un actor que sólo tenía una frase. «¿Ves a ese pescadero que está detrás del buey, el que está gritando: "¡Matad al jorobado!"? —decía—. Se llamaba Skids Monroe. Provenía del teatro yidis y quedó trágicamente mutilado en un accidente que sufrió en una noria.»

Conocía la etimología de las palabras.

«La palabra "esteatopigio" significa caracterizado por tener grasa en las caderas y las nalgas —me explicó. Se pellizcó un mullido pedazo de muslo por debajo de la falda de tenis y añadió—: Todo esto que hay aquí es esteatopigia, ¡y antiguamente no se consideraba celulitis, sino una muy deseable prueba de fertilidad! —me señaló—. Recuérdalo la próxima vez que digas que estás horrible en traje de baño.»

Y sabía mucho de hombres.

Para mi madre sólo había dos respuestas para cualquier tema relacionado con el amor: que ya volvería o que estaba mejor sin él.

Cuando yo tenía dieciséis años y mi primer novio, Cliff Green, me dijo que debíamos vernos con más gente, me quedé muy abatida, presa de una desesperación que nunca había experimentado.

—¡Mi vida ha terminado! —exclamé llorando.

—Sé que estás disgustada, cariño, pero dame el cuchillo —dijo mi madre cuando me dio por comerme tartas enteras de una sentada.

A menudo se proponía levantarme la moral recurriendo a la asociación libre.

—A todos nos gustaba Cliff, y probablemente ya es hora de que te diga que, aunque tu padre y tú creíais que era vuestro pequeño secreto, yo ya sabía que Cliff salía de esta casa a hurtadillas todas las mañanas. Oía sus pisadas por el salón y el portazo en la cocina.

Yo estaba sentada en una pequeña escalera de mano con los codos apoyados en las rodillas, raspando el relleno de nata de un montón de galletas Oreo pasadas que tenía intención de devolver al tarro. Mi madre se encontraba detrás de mí, vestida con un kimono floreado azul marino y amarillo que habíamos escogido juntas en nuestro viaje a Japón. Su cabellera terminaba justo bajo el mentón. Por aquel entonces ya tenía el pelo completamente cano, de un color platino intenso, pero su rostro seguía sin tener apenas una arruga. Sus mejillas anchas y suaves, su nariz pequeña y sus ojos vivos color avellana eran prácticamente los mismos de hacía una década.

—Me alegra que me confiaras que estás deprimida por lo de tu relación. Al principio temí que Cliff y tú estuvierais fumando hierba y que por eso te entraba gusa —dijo, utilizando un poco de argot que había aprendido en un almuerzo de la asociación de mujeres de la sinagoga bajo el lema: «Di no a las drogas». Tiró a la basura un envase vacío de helado de mantequilla de pacana que me había comido y otro de menta con pedacitos de chocolate del que había sacado sistemáticamente todos los pedacitos—. Pero ahora que sé que estás deprimida, las largas siestas ya tienen sentido.

Se quedó de pie a mis espaldas y me quitó las migas de galleta del pelo con ternura.

—Confía en mí, tesoro. Estoy segura de que volverá.

—¿Lo crees de verdad?

—Ya lo verás —repuso—. Te lo prometo.

Al cabo de dos meses, Cliff volvió.

Cuando me enamoré de un chico llamado Ian, un estudiante de primer año de universidad que me dijo que me quería como nunca había querido a nadie, lo suficiente para confesarme, sólo a mí, que era gay, mientras el rímel se le corría con las lágrimas, mi madre me consoló diciendo:

—Mejor que haya sido ahora que dentro de treinta años —me rodeó con el brazo—. ¿De verdad podrías ir en serio con un hombre que lleva bustier? —y finalmente añadió—: Estás mejor sin él.

Cuando tenía veinticuatro años, Jay McPhee puso fin a nuestra relación de dos años explicando que, en tanto su modelo de amor preferido era el de «El hueso del perro» —a saber, dos entidades separadas e independientes unidas por un puente largo y sólido (dijo «largo» dos veces, como en «un puente largo, largo y sólido»)—, mi ideal era lo que él llamaba «El Pretzel», donde dos personas están entrelazadas, fusionadas en varios puntos, impidiendo toda posibilidad de individualismo. O de evasión.

—Yo no soy un pretzel —repliqué, desesperada.

—¡Ya lo creo que sí!

—¡Puedo ser un hueso de perro! —supliqué—. ¡Puedo serlo! ¡Dame una oportunidad!

No es que pensara que Jay y yo estuviéramos hechos el uno para el otro, pero siempre había esperado ser yo, y no él, quien decidiera si aguantar o no una vida de arrepentimiento y mediocridad opresiva.

—¿Te dijo que no eras independiente? Eso es ridículo —dijo mi madre mientras me cogía la bolsa de fin de semana que había traído para quedarme en el apartamento de mis padres hasta que me sintiera mejor.

Me condujo a mi antiguo dormitorio, que seguía decorado con los muchos pósteres de gatos que coleccionaba antes de descubrir que era alérgica a ellos.

—¡Que no eres independiente! —se burló—. Mira lo que te digo. Volverá. —Y cuando eso no ocurrió, me aseguró—: Estás mejor sin él.

Por la época en que cumplí veintiséis años, cuando rompí con David Orlean a regañadientes porque se quejaba de mi excesiva independencia y mentalidad profesional, mi madre añadió un nuevo dicho a su repertorio.

—Las personas que quieren estar casadas lo están —repetía—. Fíjate en esa mujer, la que te enseñé en el periódico, la que ahora está ciega porque su esposo le echó ácido en los ojos. Aun sabiendo que él tenía amantes, y aunque la mutiló, siguió casada con él.

Asintió con la cabeza y se cruzó de brazos, como diciendo: «Soy un genio, ¿no?»

Yo estaba confusa.

—De acuerdo. ¿Y qué?

—¡Que si de verdad quisieras estar casada lo estarías! —dio una fuerte palmada—. Ésta es la respuesta. Cuando lo desees de verdad, ocurrirá.

Al cabo de un año todavía no había ocurrido y yo empezaba a desearlo en serio. Había habido otro David. En esta ocasión se trataba de David Soloway, un hombre al que conocí en Los Ángeles, donde acababa de licenciarme en la Facultad de Cinematografía. Estaba entregado a mí y hablaba del matrimonio con frecuencia, pero teníamos problemas. Siempre quería que me pusiera pantalones cortos, de esos que yo consideraba que sólo debían ponerse las mujeres que se referían a su jefe como a «mi chulo», y a menudo comentaba que no juzgaba a las mujeres que se operaban los pechos. O que se hacían una liposucción. A cualquier edad. También podía ser muy crítico. En una ocasión me habló de una ex novia que le había susurrado al oído: «Te quiero dentro de mí».

—¿Te quiero dentro de mí? —dijo, asqueado—. ¿Cómo se puede decir una cosa así? Di: «Necesito esa polla enorme y dura dentro de mi caja caliente», o: «Tu polla es tan jodidamente descomunal que me corro sólo con mirarla», o simplemente: «Fóllame con ese increíble pedazo de polla», pero ¿«Te quiero dentro de mí»? ¿Y se suponía que eso tenía que ponerme cachondo?

Me entristecí cuando rompimos. Sabía que era lo correcto, pero seguía preguntándome cuántas oportunidades tienes en la vida de encontrar a la persona adecuada. ¿Serían tres? ¿Cinco? ¿Menos? ¿Las habría agotado ya sin saberlo? ¿Tendría que haberme quedado con él por si acaso no encontraba nada mejor? Además, hacía poco había hecho frente al rechazo unánime de mi primer guión. Se llamaba *Encantada de conocerme*, y trataba sobre una mujer soltera de treinta años siempre deprimida que odia su vida y que viaja hacia atrás en el tiempo para evitar que su yo adolescente se convierta en una soltera de treinta años que odia su vida. Yo tenía la esperanza de que fuera una de esas comedias para hacerte sentir bien destinada a las consumidoras de Zoloft, una prueba de que los abrumadores problemas psicológicos, inmunes tanto a la terapia como a la medicación, podrían invertirse fácilmente con la ayuda de una máquina del tiempo. Aunque conseguí entrevistas en algunos estudios, al final nadie compró el guión. Era una nerviosa, inquieta y gran perdedora tanto en el trabajo como en el amor y, una vez más, ahí estaba mi madre, ansiosa por recomponerme.

—¡Lo que te hace falta es un viaje a Praga conmigo en mayo! —anunció.

Anteriormente ya habíamos viajado las dos juntas a lugares como China, Japón y Holanda. A finales de la década de 1970 fuimos a Pekín y a Shangái, donde degustamos patas palmeadas de pato en rodajas, medusa y otra cosa que luego nos dijeron que era serpiente estofada. Cuando estuvimos en Ámsterdam alquilamos un coche para explorar la campiña y mi madre se metió sin querer en un único carril para bicicletas, donde los enojados ciclistas nos arrojaron manzanas al parabrisas.

—Creía que se suponía que los holandeses eran muy pacíficos —comentó mi madre mientras limpiábamos el jugo de manzana del capó.

Y ahora quería que fuéramos a visitar Praga, una ciudad que mi madre tenía la sensación de que prometía tanto arquitectura apasionante como la posibilidad de más aventuras. Le dijo a mi padre que tenía que arreglárselas solo durante diez días y allá que nos fuimos. El vuelo fue tranquilo y todo marchaba bien hasta que pasamos por inmigración. Toda la demás gente avanzó en fila con rapidez hasta que nos tocó a nosotras. El funcionario examinó el formulario de mi madre con expresión confusa.

—¿Qué significa esto? —dijo entrecerrando sus ojos de párpados grandes.

Miré el formulario de mi madre.

—¿Tenías que escribir esto, mamá?

Ella sonrió al darse cuenta de lo que el hombre señalaba.

—Soy voluntaria profesional —explicó mi madre—. Es mi profesión. Recaudo fondos para organizaciones benéficas que apoyan a comunidades que se están convirtiendo en autosuficientes. Construimos hospitales y escuelas, pero yo no cobro un sueldo.

El funcionario se encogió de hombros y le selló el pasaporte.

En el taxi de camino al hotel mi madre repitió que estaba muy contenta por la maravillosa tarifa que habíamos obtenido.

—El hotel se encuentra en el centro mismo de la ciudad —dijo—. Lo he hecho bien.

Así lo creíamos hasta que llegamos al hotel y descubrimos que lo estaban reformando. Lo primero que pensé al ver nuestra habitación fue que la había diseñado un arquitecto especializado en cárceles del Tercer Mundo. La cama era algo parecido al trasto en el que dormiría un monje tras haber renunciado a sus posesiones terrenales. Como si eso no fuera ya bastante malo de por sí, encima nuestra ventana estaba tapada con un pedazo de madera astillada para evitar que entrara el polvo de las obras del exterior. Cuando el botones quiso decirnos a qué hora se servía el desayuno, tuvo que gritar para hacerse oír por encima del estruendo de las bolas de demolición y la maquinaria pesada. Intentamos cambiar de hotel, pero, como estábamos en mayo, lo único que quedaba disponible se encontraba a cuarenta minutos de la ciudad.

—Pues bueno —dijo mi madre—, no pasaremos el tiempo en el hotel. Al fin y al cabo, ¿quién quiere hacerlo?

En Praga, por lo visto, los obreros iniciaban su jornada muy temprano. Miré fuera y vi a un grupo de hombres bigotudos fumando y bebiendo café solo mientras escuchaban una música de acordeón de ritmo apresurado.

Mi madre y yo empezamos el día con lo que yo había oído denominar el Barrio Judío, pero al que el conserje se refirió como la Ciudad Judía, lo cual me sonó como un parque temático lleno de atracciones, como La Montaña Rusa Emocional.

—¿Crees que era antisemita? —pregunté cuando abandonamos el hotel.

—Tú y tu paranoia —repuso ella—. No, no creo que fuera antisemita. Y tampoco creo que lo fuera el taxista —dijo refiriéndose al viaje desde el aeropuerto—. Creo que el hecho de que nos llamara «judías» fue una traducción desafortunada.

Nos dirigimos a Josefov, el Barrio Judío. Mi madre iba leyendo la guía en voz baja mientras caminábamos.

—«La zona se llamó así en honor al emperador José II del Imperio austríaco, a quien pertenecía la República Checa en el siglo dieciocho. En 1781 el emperador José dictó el Edicto de Tolerancia mediante el cual se revocaba la vieja ley que exigía que los judíos llevaran unas gorras características y una estrella de David en la ropa» —volvió a meter la guía en el bolso—. Bueno, pues gracias a Dios por ello. Verás, esta ciudad era muy progresista por lo que respecta a los judíos, ¿sabes? —sacó una foto del reloj hebreo, que tenía los números en hebreo e iba al revés. Estaba situado en lo alto de un edificio color malva de elaborada fachada barroca. Era temprano y las calles se encontraban vacías cuando nos dirigimos a la sinagoga «Vieja-Nueva» de al lado.

Fue entonces cuando noté un golpecito en el hombro. El joven tendría unos veinticinco años y era guapísimo. Tenía los ojos azules, una melena negra hasta los hombros e iba vestido con vaqueros y un jersey de cuello de pico de color crudo. Poseía una belleza etérea que decía: «Puedes mirar, pero no tocar». Los poetas escribirían sobre bellezas como la suya. Lo cual me hizo pensar en el soneto de Shakespeare, «¿Puedo compararte con un día de verano?» Entonces pensé en lo que diría Shakespeare de mí. «Y ésta la comparo con una noche húmeda en Newark.»

—¿Sois judías? —preguntó el joven.

Yo apreté los dientes y lo miré.

—¿Por qué?

Mi madre intervino al tiempo que se ponía las manos en las caderas.

—Sí, somos judías. Y estamos profundamente orgullosas de serlo.

—Yo también —repuso él alegremente. Nos tendió la mano—. Me llamo Miguel. Soy de Argentina.

—Hola, Miguel —mi madre le estrechó la mano—. Yo soy Joyce Arnoff-Cohen. —Ella siempre utilizaba el apellido con guión, lo cual suponía una vuelta a su interés por el feminismo de principios de la década de 1970 cuando, por un breve espacio de tiempo, anduvo sin sujetador y se pavoneó con un abrigo largo fosforescente ribeteado con nudosa piel de yak—. Y ésta es mi hija, Amy Cohen.

Miguel sonrió.

—Es un gran placer conoceros, Amy y Joyce. ¿Puedo ir con vosotras?

—Nos encantaría —contestó mi madre.

Durante la comida descubrimos que Miguel había planeado ir a Praga con su hermano, pero que éste había sufrido un percance futbolístico que tuvo como resultado una herida de poca importancia en la cabeza.

—Estoy estudiando para ser pediatra —nos contó Miguel.

—¡Bravo! —exclamó mi madre.

—¿Te gustan los niños, Amy? —me preguntó.

—No me gustan, me encantan —respondí esgrimiendo mi mejor artificio de madraza—. Me muero por tenerlos.

—Yo también —dijo él con un guiño—. A mi madre le gustaría que los tuviera mañana mismo. Creo que pronto estaré preparado —empujó su plato hacia mí—. Amy, ¿quieres comerte el resto de mi ensalada? Está muy buena.

—No, gracias —respondí, pero lo que en realidad quería decirle era: «Yo tendré a tus hijos».

Un médico judío argentino. Y por si Miguel ya no era lo bastante perfecto, cuando fuimos al cementerio judío, lloró. No sollozó, sólo le cayó una única lágrima elegante por una de sus mejillas perfectamente moldeadas. Le ofrecí una servilleta que me había llevado del restaurante y se dio unos toques con ella en la comisura del ojo.

Me tomó la mano y la sostuvo un momento.

—Gracias —me dijo—. Es que el estar aquí me produce mucho sentimiento. Todo lo que hemos soportado y por lo que hemos luchado. Todas las personas que murieron.

Nos quedamos entre las lápidas, algunas gruesas, otras altas, todas apiñadas. Mi madre también lloraba, pero ella ya había empezado a hacerlo nada más cruzar la puerta principal.

—Tus palabras son muy hermosas, Miguel —dijo, y se sonó la nariz.

Yo también estaba muy emocionada por estar allí y sin embargo, no podía pensar en otra cosa que no fuera: «¿Cómo puedo librarme de mi madre?»

—Espero que cenarás con nosotras, Miguel —dijo ella.

—Sí —contestó él—. Esperaba que me lo pidieras, Joyce.

Entonces nos besó a las dos en ambas mejillas y dijo:

—Hasta luego.

Nos lo quedamos mirando mientras se alejaba, y cuando tuvimos la seguridad de que se encontraba fuera de la vista, mi madre comentó:

—Es un joven irresistiblemente atractivo. Por él iría a visitarte en Argentina.

—No vayas tan deprisa, compañera —dije, dirigiéndome tanto a mi madre como a mí misma.

—Cariño, una madre puede soñar, ¿no es cierto? He visto que te miraba fijamente no una vez, sino varias.

—No. ¿En serio?

Se cruzó de brazos y asintió con la cabeza.

—Sí, en serio. Para empezar, la única razón por la que lo invité fue por ti. A veces necesitas que tu madre te dé un empujón.

De acuerdo, pensé, me desharía de ella después de cenar.

Elegimos un restaurante que, según nos dijeron, era el mejor de Praga. Lo cierto es que se trataba de una estancia amplia que habían dividido en varios comedores formales e íntimos, con tan sólo unas pocas mesas cada uno.

Cuando llegó Miguel, me pareció todavía más guapo de lo que lo recordaba. Llevaba puesto un fino traje de lana azul marino de un solo botón con un jersey de cuello de pico de un azul cálido e intenso. ¡Era tan europeo y yo tan local! Él era la Riviera. Yo era el East River. Estábamos a principios de los noventa, cuando hacían furor las botas veganas y los pichis holgados con camiseta debajo, que era lo que me había puesto yo para la ocasión, mi conjunto preferido. También me había puesto unos pendientes grandes de aro. Rara vez llevaba pendientes porque creía que me hacían parecer una gitana y, fiel a mi miedo, en aquellos momentos me sentía como si tuviera que estar golpeando una pandereta y robándoles la cartera a los turistas en un mercado abarrotado de gente.

—Estáis preciosas las dos —dijo.

Me imaginé besándole. Bajo uno de los espectaculares arcos que habíamos visto aquel día, o en una calle adoquinada con mi pichi largo y mis botas veganas. Apretaría ese guapo rostro argentino contra el mío. Él me susurraría al oído algo así como: «No veía el momento de que terminara la cena. Me moría por estar a solas contigo». Tan sólo tenía que cuidarme de no beber mucho puesto que estaba muy nerviosa.

—Joyce, el collar que llevas es muy poco corriente —comentó Miguel.

Mi madre llevaba un jersey fino de color rojo y un pesado collar de plata que mi hermano, mi hermana y yo creíamos que se parecía a un órgano dilatado y enfermo.

—Se lo compré a un escultor en Tel Aviv —explicó mi madre— que normalmente realiza grandes obras utilizando chatarra de las latas. Mis hijos detestan este collar, ¿verdad?

—Lo llamamos «El hígado» —tercié mirando a Miguel con una sonrisa. Seguí sonriendo, luego sonreí un poco más, pero él no me miró. En cambio, miraba fijamente a mi madre.

—¡Oh, no! Es muy artístico —dijo Miguel—. Además, lo cierto es que llamarlo «El hígado» es un cumplido por todo lo que este órgano hace.

—No me fue muy bien en biología —comenté—. Resultó que nuestro profesor de biología se sacaba un dinero extra como actor de películas porno y lo despidieron a mitad de curso.

—Eso está muy bien —se volvió hacia mi madre—. El hígado es nuestro filtro. Nos mantiene vivos. Es el órgano más importante del cuerpo —explicó Miguel, que se acercó tanto a mi madre que sus rostros quedaron a pocos centímetros de distancia—. Después del corazón —extendió la mano—. ¿Puedo tocarlo, Joyce?

—¡Pues claro que sí! —respondió mi madre.

Me quedé mirando mientras Miguel alzaba aquel pesado bulbo piriforme que mi madre llevaba en medio de su pecho.

—Es fantástico —afirmó sin mirar el collar, sino fijamente a los ojos de mi madre, de la manera en que yo me imaginé que me había mirado cuando le ofrecí la servilleta de papel en el cementerio, aquel breve instante que se había estado repitiendo en mi cabeza durante todo el día. Eso fue antes de empezar a imaginarme que Miguel pasaría sus próximas vacaciones conmigo en Los Ángeles. Me imaginé que pasaríamos todo el tiempo escondidos en mi apartamento oscuro y un tanto deprimente. Cuando lográramos arrancarnos de los brazos del otro, lo llevaría a una de esas fiestas que parecían tan propias de Los Ángeles, de esas en las que estás haciendo cola frente al barril de cerveza y te das cuenta de que tienes detrás de ti a John Stamos y Dave Grohl. Luego, al final de la velada, les diría adiós con la mano a mis amigos, todos ellos guionistas de éxito, y pensaría que, a pesar de ser una absoluta fracasada con una carrera en el retrete, al menos tenía a un ardiente novio argentino que quizás algún día me amaría.

Cuando vino el camarero, Miguel seguía aferrado al collar de mi madre como si lo tuviera pegado a los dedos.

—Está claro que tienes muy buen ojo para el estilo, Joyce —aseguró Miguel.

El camarero, un hombre delgado con un llamativo bigote negro que alfombraba su labio, se detuvo frente a la mesa sosteniendo dos botellas de vino, aguardando a que mi madre se apercibiera de su presencia. Le di una patada a mi madre por debajo de la mesa con la intención de decirle que el camarero estaba allí de pie, pero Miguel me miró y frunció el entrecejo.

—Es mi pie —dijo, y soltó el collar.

—Éste parece bueno, mamá —dije señalando el más caro de los dos. Mi madre aceptó mi sugerencia y miró al camarero.

—Tomaremos éste.

—Excelente elección, Joyce —dijo Miguel—. No hay duda de que entiendes de vinos.

—Sé que me gustan —repuso mi madre—, pero no puede decirse que sea una experta. He sido una expatriada, cuando viví en Inglaterra después de la guerra, pero nunca una experta.

Miguel se rió. Fue una risa expansiva, una alegre carcajada. Yo ni siquiera estaba convencida de que hubiera entendido lo que había dicho mi madre.

—Eres muy graciosa, Joyce —dijo. Entonces se volvió a mirarme—. ¿No le dice todo el mundo lo graciosa que es?

—La verdad es que no —contesté. Apuré mi copa de vino y volví a llenarla.

—Las mentiras te abrirán todas las puertas —dijo mi madre—, pero la graciosa es Amy. Adivina a qué se dedica Amy, Miguel. Anda, cuéntaselo tú, cariño. Es muy emocionante.

—No, mamá, en serio —moví la mano de un lado a otro de la garganta, diciéndole por gestos que dejara de hablar de ello.

Miguel mantuvo la mirada fija en mi madre mientras se volvía hacia mí a regañadientes.

—¿A qué te dedicas? —preguntó.

—Acabo de licenciarme en la Facultad de Cinematografía —dije—. Escribí un guión que no llegaron a comprarme. Fin de la historia.

Me quedé mirando mi copa vacía, esperando que Miguel me sirviera otra, como hacía por mi madre.

—Vamos, vamos —terció ella—. Es mucho más emocionante que eso. Cuéntale de qué iba la película.

—Va de una mujer que retrocede en el tiempo para encontrarse consigo misma siendo adolescente —expliqué, como si mis palabras avanzaran a marchas forzadas hacia la muerte—. De adulta es muy infeliz, por lo que intenta evitar convertirse en una persona tan desgraciada. Etcétera, etcétera…

Al principio Miguel no dijo nada; dio la impresión de estar cavilando sobre lo ingenioso de mi guión. Pero no me miraba a mí, sino a algún punto en la distancia.

—¿Por qué las películas de Hollywood se han vuelto tan tontas? —preguntó—. No me refiero a la tuya —añadió al fin, lo cual dejó absolutamente claro que no era así—. ¿Tan desesperada está la gente por hacer dinero?.

—Bueno, es que es Hollywood —dije, bastante desesperada yo también. Alargué la mano para coger la botella de vino que entonces estaba delante de Miguel—. Mi única intención era hacer reír a la gente. Es mi primer guión.

—¿Y ése es un motivo para hacerlo? —dijo—. El mundo necesita *El cazador* y *La batalla de Argel*, no otra comedia insustancial.

Antes de que pudiera defenderme y mencionar que era una gran admiradora de ambas películas y que las había visto varias veces, Miguel se volvió hacia mi madre.

—¿Y tú a qué te dedicas, Joyce?

Ella se irguió en el asiento y supe lo que se avecinaba.

—Soy voluntaria profesional —respondió—. Lo cual significa que…

—Lo entiendo —la interrumpió él—. Trabajas para una organización benéfica. Es excelente. Háblame de ello. Me interesa muchísimo porque durante un tiempo estuve pensando que quería entrar en el Cuerpo de Paz. Para dedicar mi vida al servicio público. Y mis padres lo aprobaban. Mi padre pasó una breve temporada trabajando en África con el doctor Schweitzer.

—¿Y tuvieron que conformarse con un doctor? —dijo mi madre, orgullosa de su broma.

Miguel se rió con ganas.

—Sí, es triste, ¿verdad?. No, en serio, pensé, y mi padre estuvo de acuerdo, que con una licenciatura en medicina sería de más ayuda en una sala de enfermos de sida. —Me sonrió mecánicamente, como si me dijera: «¿Lo ves? No todo el mundo está tan desesperado por hacer dinero». Entonces se volvió nuevamente hacia mi madre—. Es que veo a mucha gente que es demasiado indulgente con su vida.

Para entonces mi copa ya estaba vacía, y la botella también. No tuve más remedio que robarle el vino a mi madre.

—Miguel, cuando Amy iba al instituto recaudó fondos para Oxfam —dijo mi madre—. Siempre estuvo muy comprometida.

Él le lanzó una mirada teatral.

—Eso es porque eres una madre maravillosa. Has inculcado a tus hijos la importancia de pensar en los demás —entonces se volvió hacia mí—. ¿Ahora trabajas de voluntaria? Es probable que en ocasiones quieras alejarte de ti misma.

Fue más o menos entonces cuando terminé con el cuello de cerdo con salsa de eneldo y empecé con el *goulash* que le quedaba a mi madre.

—El mes pasado pinté adornos de Navidad en un centro para jóvenes delincuentes —dije al tiempo que pinchaba varios dados de carne resbaladiza y los engullía—. Pinté copos de nieve con un chico que había robado en un Seven-Eleven.

—Bueno, eso está muy bien —comentó él—. Joyce, ¿la gente no te dice que tienes un aspecto muy joven? Es asombroso.

—Creo que te ha dado demasiado el sol —repuso ella—. Pero es encantador por tu parte.

—¿Habéis terminado? —tercié.

Miguel me miró y señalé al camarero que estaba de pie a mi izquierda.

—Quiere llevarse los platos —dije.

—Ah, sí —dijo mi madre.

—Gracias —añadió Miguel.

—Me he portado bien todo el día —dijo entonces mi madre—, pero no puedo contenerme más. ¿Tienes novia?

Miguel adoptó un aire tímido y bajó la vista a su regazo, momento que aproveché para musitarle a mi madre: «¡Déjalo ya!» Ella agitó la mano como para decir: «¡Vamos, cállate!» Eso me recordó una vez que le conté que había conocido a un ingenioso productor de Hollywood un tanto famoso en una fiesta y que me había enamorado de él insaciablemente y ella dijo: «¡Llámalo e invítalo a tomar una Coca-Cola!» Era esa sensación de pensar: «¿En qué planeta vives, mamá?» Yo no le gustaba al doctor argentino judío. Lo mejor era perder el combate y volver a casa sangrando lo menos posible.

—Estoy muy disponible, Joyce —contestó él mirando a mi madre con una sonrisa—. Dime, ¿dónde está tu esposo? ¿Estás casada?

—Mi padre tuvo que quedarse trabajando en Nueva York —comenté—. Lo llamamos antes de venir a cenar. Dijo que nos echaba de menos. Mucho. Nos extraña de verdad. Está loco de celos.

—Bueno, es un hombre muy afortunado, Joyce —dijo Miguel—. Tienes un carácter muy especial. Además de que eres muy hermosa, es como si te conociera desde hace mucho. Imagino que has tenido una vida muy interesante.

Mientras mi madre le contaba los años que había pasado en la Inglaterra de la postguerra, cuando conoció a Freud y comió sopa de lentejas con Alec Guinnes, yo me comí toda su porción de *strudel* de manzana y a continuación la generosa fuente de crepes regados con chocolate espeso y nata que se suponía era para tres. Y después pedí un plato de esponjosos buñuelos de melocotón.

—Mañana vamos a hacer la ruta de Kafka —dijo mi madre—. Se me hace la boca agua. Me encanta Kafka.

Miguel adoptó un semblante soñador.

—Es mi escritor favorito —declaró—. ¿Cuáles son tus obras preferidas?

—¿Cuál es la historia de Kafka que describe la tortura y asesinato de prisioneros? —interrumpí mirando a Miguel—. Ésa que es brutal, en la que tienen ese instrumento al que llaman el «aparato».

—*En la colonia penitenciaria* —dijo mi madre alegremente—. A mí también me encanta esa historia. Aun así, creo que *La metamorfosis* sigue siendo mi favorita.

—La mía también —afirmó Miguel—. Un gusto excelente, Joyce.

Mi madre se ruborizó y me miró.

—Oh, cariño, pareces estar a punto de desfallecer. Vámonos a dormir.

Y se acabó. No habría paseo a medianoche. Ni besos debajo de ningún arco. Sólo bolas de demolición a las seis de la mañana.

Cuando salíamos del restaurante, Miguel dijo:

—Espero verte mañana. —Y añadió torpemente—: A las dos.

Mi madre sonrió y le dijo adiós con la mano.

—Está enamorado de ti —le dije.

—¡Vamos, por favor! Eso es ridículo. La culpa es del vino.

—¿El que has bebido tú o el que he bebido yo? —repuse—. Y mañana no pienso pasar el día con él.

—Estupendo. Saldremos del hotel antes de que venga. Además, ya conoces a esos latinos. Son como los italianos. Están todos locos por sus madres y estoy segura que lo único que buscaba en mí era una sustituta. A decir verdad, resulta muy insultante.

A la mañana siguiente, de camino hacia el Castillo de Praga, recorrimos el Callejón de Oro, una hilera de diminutas casitas de vivos colores construidas en las murallas del castillo en el siglo XVI para albergar a la guardia. Yo había vuelto a ponerme el pichi, un penoso recordatorio de la cena de la noche anterior, y mi madre llevaba una alegre blusa escocesa, una falda de sarga y unas burdas alpargatas que hacían que sus talones adquirieran un doloroso tono rosado.

Era un día cálido de primavera, sin viento, y nos detuvimos frente a un edificio desproporcionadamente bajo, de color azul claro, en el que Franz Kafka había vivido con su hermana durante un breve espacio de tiempo.

—Espero que tengas una boda *kosher** —dijo mi madre mientras metía la mano hasta el fondo de su bolsa de la televisión pública buscando su cámara—. No dejo de preguntarme qué fue lo que influenció la obra de Kafka. ¿Vio una cucaracha en la cocina y se imaginó *La metamorfosis*? Sé que tenía tuberculosis y creo que se estaba muriendo de inanición cuando escribió *Un artista del hambre* —contempló el pequeño edificio y levantó la mirada hacia la ventana del segundo piso—. ¿Estaría enamorado cuando vivía aquí? ¿Estaría deprimido? —sonrió—. Es divertido imaginárselo, ¿no?

Yo la miré sin saber cómo reaccionar exactamente.

—¿De qué estás hablando? —dije—. ¿De mi boda? Si ni siquiera tengo novio.

—Ya lo sé —repuso ella mientras encuadraba una fotografía de la casa procurando enfocar el tejado de tablillas—. Me refiero a cuando sea. Cuando te cases, espero que sea una boda *kosher*. No me gustaría que mis amigos *kosher* tuvieran que comer en platos de papel.

Todavía no sé por qué le seguí la corriente.

—¿Cuántos amigos *kosher* tienes? —pregunté.

Ella empezó a contar.

—Bueno, está el rabino Hershkowitz y su esposa, Tsipora, eso hacen dos. Y Sam y Audrey Bloom, con lo que ya son cuatro. Me gustaría invitar a los Yarone de Israel, con lo que son seis, pero dudo que vengan.

He leído que no hay nada más rápido que la velocidad de la luz, pero creo que en segundo lugar estaría la velocidad en la que pasé de tener veintisiete años a tener trece.

---

* En yidis, alimento que se ajusta a los preceptos judíos en cuestiones dietéticas; por extensión, algo o alguien conforme a la ley judía. *(N. de la T.)*

—No, yo no quiero una boda *kosher* —dije, con los brazos firmemente cruzados—. ¿Qué pasa si quiero que en el menú de la boda haya langostinos?

—A ti no te gustan los langostinos —replicó mi madre—. ¿Por qué quieres langostinos?

—Porque quizá a mis invitados les gusten. O a mi prometido.

—Podrías poner langostinos de criadero —dijo.

—No voy a poner langostinos de criadero. Si vamos a servir langostinos de criadero también podríamos poner jamón de imitación. ¿O por qué no hacemos una boda de imitación?

—¿Estás convencida de lo que dices? —preguntó.

—Estoy pensando muy en serio en fugarme.

—¿Por qué no hacemos un menú completamente vegetariano? —sugirió en alusión a los diez años que había pasado sin comer carne—. Cuando asistí a esa clase sobre la historia del judaísmo, aprendimos que la base del *kashrut** es, en realidad, el vegetarianismo, lo cual parece ser justo lo que a ti te encanta. Podríamos hacer una comida temática hindú con platos al curry y papadams. Siguen habiendo judíos en la India.

—Yo... —empecé a decir algo, pero en lugar de eso exhalé con fuerza.

—¿Tú qué? —dijo mi madre—. ¿Tú qué? Dímelo, cariño.

—No quiero tener esta conversación —protesté—. Es una locura.

—Bueno, espero que cambies de opinión —repuso ella.

Supe que estaba disgustada por la rapidez con la que empezó a subir por la cuesta.

—¿Vienes? —me llamó.

No respondí.

—Te he preguntado si vienes —se me acercó—. Cariño, ¿estás llorando?

---

* Véase la explicación de *kosher* en la nota de página 29. *(N. de la T.)*

A duras penas pude recuperar el aliento y cuando por fin hablé lo hice de manera entrecortada, respirando largamente cada pocas palabras.

—Es que tengo la sensación de que no les gusto a los hombres. O de que les gusto una temporada y luego meto la pata.

—¿Qué estás diciendo? Todo el mundo te quiere.

—No, no es verdad, mamá. No me quieren. Lejos de eso.

—¡Qué tontería! Sí que te quieren.

—No te lo conté, pero antes de marcharme empecé a ver a ese guionista tan guapo por el que estuve chiflada tanto tiempo y que acababa de romper con su novia, y soy una idiota, porque él acababa de romper con ella y eso preludiaba masoquismo, pero tonteamos mucho, no nos acostamos, pero... —me detuve el tiempo suficiente para recobrar el aliento—, pero nos veíamos con mucha frecuencia, y entonces le invité a cenar. Cociné esa receta de fetuchini que te preparé...

—Y que me encantó —dijo ella—. Es tu mejor plato.

Eso era típico de mi madre. Decir que era mi mejor plato cuando sólo tenía uno.

—Y me gasté más de cincuenta dólares. Y también le hice un pastel Duncan Hines, como una idiota, y...

Mi madre me rodeó con el brazo.

—Y rompió contigo.

—¡No! Peor aún. No apareció. Lo llamé como cinco veces esa noche y le dejé unos mensajes patéticos como: «Eh, hola, ¿te has olvidado?» Como una jodida perdedora. Si hubiera tenido un poco de dignidad le hubiera llamado y le hubiera dicho: «¡Que te jodan! ¡Mentiroso de mierda! ¡Vete al infierno!» Pero no lo hice. En lugar de eso, me comí el pastel entero, y él estuvo más de una semana sin llamarme. Cuando por fin lo hizo, me dijo que se había olvidado de la cena y que se había ido a Wisconsin una semana, y aunque sabía que estaba mintiendo, ni siquiera entonces le di su merecido. Le dije: «Está bien, lo entiendo», porque soy una borrega. Me sentí como una idiota, como un estúpido pedazo de mierda estúpida porque tendría que haberlo sabido. Y últimamente me siento así muy a menudo, mamá. Como una mierda. Así me siento.

Mi madre guardó silencio.

Con frecuencia había dicho que me sentía como una casa que los hombres alquilaban de buen grado, pero que, llegado el momento de comprarla, rehusaban hacerlo. Varios novios me habían dicho que tener una relación conmigo requería trabajo. Un montón de trabajo importante. Yo no era la casa flamante con aire acondicionado central y suelos de madera noble recién pulidos en la que se podía entrar a vivir de inmediato. Yo era la casa para reformar, la que se podía mejorar mucho, una de esas sobre las que el agente inmobiliario dice: «Podría ser una joya si estás dispuesto a realizar una enorme cantidad de trabajo agotador». Yo era la casa que necesitaba desesperadamente una restauración. Y si seguía comiendo tal y como lo estaba haciendo en ese viaje, sería la casa más grande de toda la manzana.

—Deja que te diga una cosa —dijo mi madre—. Eres lo menos parecido que hay a una mierda. Eres una mujer hermosa, maravillosa, muy creativa y, a propósito, estás hablando de mi hija y tendría que darte un puñetazo en la nariz si vuelves a decir que eres una mierda.

—Hablo en serio, mamá.

—Después de divorciarme me maltrataron mucho antes de conocer a tu padre —dijo.

Mi madre se había casado a los veintiún años con un psiquiatra que, según ella, amaba el béisbol, a Freud, a Groucho Marx y a ella, por este orden.

—Me divorcié en una época en la que todavía se consideraba vergonzoso, y creo que quizás es por eso que tenía muy poca autoestima y elegía a unos hombres tan espantosos. Salí con un alcohólico que trabajaba para la Associated Press cuando no estaba sufriendo desmayos o cancelando sus citas conmigo, y luego con ese productor de Hollywood del que te hablé, ese que conocía a Esther Williams y a Jimmy Durante, de quien ya sabía que programaba nuestras cenas

coordinándolas con sus saltos a la cama de las coristas. Me planta-
ban continuamente. Constantemente. Y entonces conocí a tu padre.
Y él era dulce y honesto y yo estaba lista para un buen hombre
porque antes que a él había tenido a todos esos desgraciados de
marca mayor. La primera vez me casé con el hombre equivocado y
estuve a punto de cometer el mismo error hasta que me di cuenta de
lo que ˙de verdad me importaba. Todo sucedió con muchos rodeos.
¿Entiendes lo que quiero decir?

—Ajá —respondí mientras me limpiaba la nariz.

—Si quieres saber la verdad —dijo—, nuestro amigo Miguel no
me causó muy buena impresión. Era un poco empalagoso para mi
gusto. ¿Besarme la mano para decirme buenas noches? Casi esperaba que diera un taconazo. Fue excesivo. Tú necesitas a alguien más
original. Y yo, sin ir más lejos, estoy deseando conocerle.

—Sí, bueno, tú y yo, las dos —repuse.

Pero eso no iba a suceder nunca. Cuando yo tenía treinta años, descubrimos que mi madre tenía un tumor cerebral inoperable y que
con suerte le quedaba un año de vida. Acabó viviendo diecinueve
meses. Nos dijeron que su cerebro se deterioraría rápidamente, que
cada semana perdería un poco más: la capacidad de escribir o incluso de reconocer a personas que conocía perfectamente. Ella aceptó
que si quería decirme algo tendría que hacerlo pronto, de modo que
intentó poner nuestra casa en orden antes de marcharse.

—Quiero que sepas que deseo que papá conozca a alguien
—dijo—. Lo deseo. Lo deseo con todas mis fuerzas y quiero que la
recibas bien.

—Mamá, no puedo... —ni siquiera pude terminar la frase.

Estábamos sentadas en el cuarto de estar del apartamento de
mis padres. La habitación estaba pintada de un escarlata intenso y
en ella había dos mullidos sofás floreados de color azul con almoha-
dones bordados en cañamazo. En una esquina había una escultura
que a mi madre le encantaba, una pieza interactiva en la que colo-

cabas el rostro en una máscara de plástico y veías multiplicado tu repulsivo reflejo.

—Es una pieza de conversación —anunció el día que la trajo a casa—. Es como enfrentarte a tus múltiples personalidades. Me parece divertida.

Ahora mi madre estaba en una silla de ruedas con una pesada manta de punto sobre las piernas. Tenía medio cuerpo paralizado como resultado de su reciente ataque de apoplejía y el lado izquierdo de su rostro se iba acercando a su mentón.

—Por favor, cariño, sé que puedes hacerlo —dijo—. Trátala como a un miembro de la familia. Hazlo por mí.

Mi madre sabía que me iba a costar dar la bienvenida a alguien nuevo y que, fuera quien fuera esa persona, yo no podría aceptarla por lealtad a ella. Aun cuando su mente se estaba desintegrando, mi madre lo comprendía e, incluso en aquellos momentos, estaba haciendo de casamentera por mi padre, organizando una relación con alguien a quien aún no conocíamos.

—Todo esto... —dije meneando la cabeza. En esa época solía hablar dejando las frases a medias y siempre estaba buscando camorra, discutiendo con la gente, incluso cuando estábamos en el mismo bando. Estaba muy enfadada desde que le diagnosticaron el tumor a mi madre. Me salió un sarpullido. La gente gritaba y yo sólo quería escuchar música. Soñaba con darle un puñetazo en el capó a un taxi que virara bruscamente demasiado cerca de mí. O con llamar a toda la gente que me había contrariado e insultarla a gritos, incluido ese guionista que me dio plantón en la cena. Cualquier cosa que desatara mi furia.

Dirigí la mirada hacia una foto enmarcada de mis hermanos mayores, Tom y Holly, y de mí en unas vacaciones en Miami a principios de la década de 1970, vestidos con unos conjuntos blancos a juego y sonriendo abiertamente, achispados tras habernos comido las aceitunas del martini de mi padre. Recuerdo que en aquellas mismas vacaciones me comí toda la fruta remojada de una jarra de sangría y después, con mi madre detrás de mí, empecé a correr por el aparcamiento gritando: «¡Puedo volar!» Años después mi madre me contó que ojalá hubiera tenido una red aquella noche porque tardaron veinte minutos en meterme en el coche.

—Todo esto es una mierda —dijo mi madre—. Pero soy muy afortunada, cariño. He tenido una vida muy buena. Y tú tienes que seguir adelante y ser feliz porque es lo mejor que podrías hacer por mí. Es un desperdicio que estés tan enfadada. ¿De acuerdo?

Me encogí de hombros.

—No sé —respondí.

—Lo es —dijo ella—. Yo no estoy enfadada.

—Ya lo sé. Por eso estoy enfadada por ti.

—Pero es que yo no quiero eso —protestó—. Ya te dije lo que quiero. ¿Me has oído?

Asentí con la cabeza a regañadientes.

Y parecía acertado que una de las últimas cosas que hiciera mi madre, uno de sus últimos deseos cuando daba la impresión de que mi dolor y mi ira me consumirían entera, fuera recomponerme una vez más.

2

Perder la cara

No supe lo mal que tenía el sarpullido de la cara hasta que fui a dejar la ropa a la tintorería.

—¡Dios mío! ¿Qué tienes en la cara? —me preguntó Sunhee, la dependienta, que se acercó para examinarme el rostro—. ¿Te quemaste con aceite ardiendo?

—No lo sé. Me he levantado así por la mañana —respondí. Dejé una blusa blanca en el mostrador y señalé un círculo de lunares—. Todo esto es aliño de ensalada.

Sunhee puso tantas flechas adhesivas junto a las manchas que la blusa parecía una representación de san Sebastián. Mientras ella seguía con lo suyo, me miré en la pared de espejos que había tras la caja registradora, preguntándome si se podía adquirir una coloración vino de oporto a cualquier edad. Me toqué las mejillas, que noté calientes e hinchadas bajo los dedos.

—¿Qué demonios? —farfullé.

Pensé en lo que había comido y en lo que había tocado, preguntándome qué podría haber producido una reacción tan espectacular. Ni siquiera unos langostinos en mal estado me harían parecer como si tuviera la cara escaldada. Y, que yo supiera, no me había lavado con ácido de batería. No, haría falta mucho más que eso para darme ese aspecto. Haría falta algo como que me despidieran de repente de mi trabajo de tres años de guionista para la televisión, y que luego, al cabo de poco, me abandonara Josh, el novio con el que había esperado casarme, con quien me había imaginado envejeciendo.

Eso sí lo conseguiría.

—Parece doloroso —dijo Sunhee mientras me observaba con más detenimiento—. ¿Te estrellaste contra el parabrisas de un coche?

No recordaba cuándo empecé a caerle bien a Sunhee. Creo que me gané su simpatía cuando le agradecí el buen trabajo que hizo eliminando la salsa de alubias negras de la funda de mi edredón. La siguiente vez que entré me preguntó con excitación:

—¡Eh, tú! ¡Adivina cuántos años tengo! —Estudié su rostro ancho y plano; sus ojos, oscurecidos por más de dos centímetros de sombra color espuma de mar; su media melena cóncava de grueso cabello negro.

—¿Cuarenta? —mentí.

—¡Cincuenta y dos! —gritó—. ¡Pongo las bolsas de ropa en la balanza! ¡Cincuenta y dos! Tengo un aspecto joven, ¿verdad?

—¡Muy joven! —dije.

—Cuesta creer que tenga un hijo de dieciséis años en la academia militar, ¿eh?

—Debías de ser una niña cuando te casaste —dije. Pensé que tal vez había exagerado hasta que me di cuenta de que se había ruborizado. Después de aquello me recordó, aunque nunca por mi nombre.

—A ti te conozco —decía—. Quinientos cincuenta y cinco guión cuatro mil quinientos setenta y cinco. El doscientos diez de la calle Setenta y uno Oeste. Sin raya. Dejar la ropa con el portero.

Sunhee estudió mi rostro. En cuestión de pocos minutos aquellos verdugones habían adquirido un tono púrpura más intenso y ahora tenían el mismo color que un Cabernet con cuerpo.

—¿Te hiciste una exfoliación química barata? —inquirió—. Porque yo una vez me hice una y quedé exactamente igual. La gente me preguntaba si me había quemado. Lo hice cuando todavía vivía en Corea. Pienso: «Bien, la piel se me ve vieja, necesito una exfoliación química». Pero no quiero gastar dinero, ¿entiendes? Quiero hacerlo más barato, de modo que voy a una mujer que lo hace en su cocina. Me tumbo en el suelo. Después todo el mundo piensa que estuve en un incendio o en un accidente de una fábrica —me señaló—. Es igual que esto.

—¿Y cuánto tiempo tardaste en mejorar? —pregunté, cada vez más alarmada.

—Bueno, pues… más o menos… —parecía que estaba sumando el tiempo que tardó en curarse, en semanas—. Unos cinco años —contestó.

Yo estaba un poco preocupada pero calculé que, si me compraba alguna crema o unas pastillas, lo que fuera que tenía en la cara desaparecería en cuestión de una semana. Y esto demuestra la suerte que tengo. La única vez que en realidad estaba tranquila, tenía motivos para asustarme. Pediría una cita con mi dermatólogo, el doctor Navasky, pues siempre había sido capaz de curar cualquier cosa.

—Apuesto a que no será nada —me aseguró mi hermana Holly—. Cuando mamá estaba enferma, tú siempre decías que tenías la piel horrible.

—Y la tenía —repuse, refiriéndome al acné que me salió en la cara justo después de que le diagnosticaran el tumor a mi madre y que siguió empeorando después de su muerte hacía un año—. Estaba llena de verdugones. Parecía como si alguien me hubiera pisoteado la cara.

—Sí, bueno, muy bien no la tenías —admitió.

Poseía un largo historial de dolencias psicosomáticas, la peor de las cuales fueron los orzuelos que me salían cada verano cuando iba al campamento. Cuando tenía nueve años, mi madre acababa de recuperarse de su segundo cáncer de pecho, yo tenía insomnio y estaba tan unida a ella que prácticamente era un brote en su cadera. No sé cómo se le ocurrió que me haría bien ir a un campamento de verano. Lo cierto es que no era una mala idea en sí misma, pero le rogué que no me hiciera ir, llorando como sólo puede hacerlo una cría de nueve años. «¡Por favor, no me obligues a ir! ¡Puedo quedarme y trabajar de camarera!» Ella insistió. El día anterior a mi marcha me desperté con el ojo izquierdo completamente cerrado y lo que parecía un hueso de melocotón bajo el párpado. Así pues, el primer día de campamento, el día en que das la primera impresión vital que te ayuda a sobrellevar los siguientes dos meses de natación obligatoria y paseos por la naturaleza dejada de la mano de Dios, subí al autobús con unas enormes gafas oscuras que llevaban las iniciales de mi madre, J.A.C., grabadas con letras doradas en la esquina inferior derecha. Un perro labrador atado a un arnés hubiera completado el cuadro. Me senté al lado de una niña regordeta libanesa que no hablaba inglés cuyo nombre era Fátima, pero a quien la monitora llamaba «Fat Ma» por error. Cuando ella se fue a casa a la semana siguiente, me quedé con mi única amiga, una niña rellenita y pecosa llamada Jodie con quien establecí un vínculo afectivo puesto que sólo tenía un ojo.

Durante las primeras semanas que siguieron a mi ruptura me escondí en mi apartamento porque me daba miedo salir. Estaba bien y al minuto siguiente empezaba a llorar de un modo tan violento que daba la impresión de que en cualquier momento me estallaría la cabeza como un petardo mejicano barato. Me volví incontinente emocionalmente. Lloré en la fiesta de mi sobrino; durante una manicura con parafina con las manos cubiertas por unos mitones; cuando cogía el correo. No podía dormir. Sufría ataques de pánico en los que sentía como si el corazón saltara con pértiga para salirse de mi pecho. Perdí casi cinco kilos porque no podía comer nada más que copos de maíz a palo seco. Me pasaba horas tumbada en la cama preguntándome si algún día me sentiría mejor y cuándo sería eso. ¿Dentro de un mes? ¿El próximo otoño? ¿Al año siguiente? Todo el mundo me preguntaba continuamente cuándo estaría preparada para conocer a alguien. ¿Podrían ellos conseguirme un novio? Y entonces, muy poco a poco, las cosas empezaron a mejorar mínimamente, con mucha ayuda por parte del Xanax y de una terapeuta muy paciente. Me dije que aquél iba a ser el verano en el que regresaría al mundo y creo que, como tenía tanto miedo de no volver a disfrutar jamás de la vida, aún me emocioné más con ello.

Anuncié a todo aquel que le importara que, después de dos meses, me creía preparada para volver a tener una cita y, quizá porque la gente sentía mucha lástima por mí, se encargaron de la puesta en escena, y así fue como Andy Gluskin consiguió mi número de teléfono. Me llamó pocas horas después de que yo llegara a casa de la tintorería.

Debo admitir que, cuando empezó la conversación diciendo: «Tengo la impresión de que las citas a ciegas están sacadas de *El violinista en el tejado*, pero Mitchell dijo que me mataría si no te llamaba», tuve ciertas reservas. Andy tenía una voz aguda y nasal, una voz como la que podría tener un carnero si fuera a decir: «Me divorcié el año pasado... a veces le digo a la gente que ella está muerta».

—Pues vaya —dije yo.

Después me contó: «La primera vez que salí de Darmouth pensé en convertirme en marchante de arte, pero luego me pregunté: "¿Puedo lidiar todo el día con artistas neuróticos y raros? De ninguna manera. No tengo paciencia para eso", de modo que me hice médico». Dirigía la conversación con la precisión de un guardia de cruce peatonal, dando paso a ciertos temas y deteniendo bruscamente otros. Empezó diciendo: «Háblame del trabajo en televisión», lo que detuvo con: «¿Sabes qué? Reservemos esta conversación para la cena», en tanto que: «¿Qué te gusta hacer aparte de leer?» fue seguido de: «¿No te gusta el *snowboarding* o el golf?»

En algún momento durante su descripción del verano que pasó en Alaska enlatando salmón, empecé a tener ganas no sólo de quedar con él, sino de salir con hombres en general. Como tenía treinta y tres años, me preocupaba mi regreso a la escena de las citas como mujer soltera y treintañera, una población que, según me aseguraron, se estaba disparando con más rapidez que la tasa de natalidad china antes de que el gobierno pusiera en práctica la ley del hijo único. Ya que hacía tanto tiempo que no lo hacía, había olvidado que en realidad tener una cita era muy sencillo y que a menudo implicaba poco más que escuchar a alguien como Andy Gluskin explicando cómo quitaba el olor a salmón de su camisa de franela e intentaba ligar con las esquimales rellenitas en los bares. Hicimos planes para salir a cenar el viernes por la noche. Al fin estaba recuperando mi vida.

Aquella noche me probé varios conjuntos que pensé que podría ponerme. Estaba el «Intentando con demasiado empeño parecer una artista bohemia», que incluía un cadencioso abrigo de gamuza de color verde que había comprado en un mercadillo de Barcelona. Era un abrigo que decía: «Tengo corazón de pintora aunque en realidad no pinto». Había conjuntos seguros: monótonos vaqueros combinados con camisetas lánguidas. Estaba el conjunto «Dado que es nuestra primera cita trataré de parecer guapa y femenina, aunque nunca me visto así, de manera que no te acostumbres». Éste constaba de una falda de un color fucsia brillante que podría haber estado bien si el llamativo tono de rosa no hubiera coincidido exactamente con el color de los verdugones que tenía en la cara. Me moría de ganas de ir a la consulta del doctor Navasky, aunque con ello no evitaría tener que responder a las preguntas de mi portero como: «¡Por Dios, Amy! ¿Tienes el sarampión?»

La consulta del doctor Navasky era tal como podías esperar de alguien que creía que la buena medicina y el oropel no debían mezclarse nunca. Había probado dermatólogos con más clase, médicos que creaban sus propias líneas cosméticas y que afirmaban haber tratado a Naomi Campbell y a Kathie Lee Gifford, pero siempre volvía al doctor Navasky. Su sala de espera parecía una venta de garaje organizada a toda prisa: montones de revistas apiladas en una mesa de cartas; un cuadro de fruta que daba la impresión de provenir de una exposición celebrada en un hotel de aeropuerto; un viejo y maltrecho sofá de cuero negro y cromado que quizás un avejentado soltero italiano guardaría para recordar su juventud decadente. Mientras esperaba sentada en el sofá tenía frente a mí a una mujer que charlaba en yidis por el teléfono móvil sin dejar de rascarse la peluca de color canela que llevaba. La mujer me miró y puso cara de estar oliendo algo desagradable. Conocía esa expresión, pues yo misma había sido culpable de ella unas cuantas veces. Era la expresión que decía: «Si es tan buen médico, ¿por qué tienes este aspecto?»

—¡Cuánto tiempo sin verte! —dijo el doctor Navasky cuando entré en la diminuta sala de exploración—. ¿Te has casado? ¿Tienes hijos?

—Todavía no —repuse—. Y si no me ayuda creo que voy a tardar bastante en hacerlo.

El doctor Navasky era un hombre alto y ancho de espaldas, con una brillante mata de pelo ondulado teñido de negro que se peinaba con raya desde la oreja izquierda hasta cubrir la derecha. Se puso las manos en las caderas y me miró fijamente.

—¡Caray! ¿Qué te has hecho, chiquilla?

Se acercó más para contemplar mi rostro, con una luz en la cabeza y esas disparatadas gafas gruesas de aumento, como las que normalmente llevan puestas los prodigios del ajedrez. Recuerdo haberme sentido muy inquieta cuando por fin se quitó los guantes de goma y los arrojó a un pequeño cubo de plástico, lo cual me hizo pensar en lo que hacen los cirujanos en televisión cuando anuncian en tono grave al resto del personal de quirófano: «No os culpéis. Hicimos todo lo posible por salvarla».

El doctor Navasky exhaló profundamente mirando al suelo. A continuación tomó asiento en un diminuto taburete redondo que hizo girar para mirarme.

—Estoy preocupada —dije.

—Creo que es probable que esta erupción actual esté relacionada con el acné provocado por el estrés que presentaste cuando tu madre estaba enferma —explicó—. Sin embargo, también existe la posibilidad de que sea una alergia, y si lo es, sólo va a empeorar.

—¿Empeorar? —Yo no había considerado un empeoramiento—. ¿Tendré que entrar en una leprosería?

Respiró hondo.

—Para descartar la posibilidad de una alergia, sólo puedes comer verduras al vapor y nada más, sin sal ni pimienta, al menos durante un mes. Después, si mejoras, podemos probar a añadir arroz integral y luego, quizás al cabo de otro mes, pollo hervido, pero no es seguro. Además, no quiero que salgas de tu apartamento a menos que sea absolutamente necesario. Dicen que este mes de julio va a haber mucha humedad. Tanto el calor como el frío pueden hacer que tu piel empeore, y necesitas estar en un lugar fresco, que no frío, y muy, muy seco. ¿Lo has entendido?

Meneé la cabeza.

—No. Mañana por la noche tengo una primera cita. Vamos a salir a cenar y ahora no puedo comer nada y… —caí en la cuenta de que me había olvidado de preguntar lo más importante—. Esto va a mejorar, ¿no es cierto? ¿No puede darme unas pastillas?

—Creo que sé lo que es —dijo—. Y si estoy en lo cierto —me puso la mano en el hombro—, aun tomando pastillas va a empeorar mucho, mucho, antes de mejorar.

Era la clase de experiencia que oyes describir a la gente en un programa de *Oprah* llamado «Mi descenso al infierno», o incluso «Pesadillas médicas». Sientes lástima por ellos, pero alivio por no haber sido tú.

—¿De cuánto tiempo estamos hablando? —pregunté.

—De entre tres meses a un año —me contestó—. Si tienes suerte.

No lloré. En primer lugar, me resultaba doloroso, pues la sal me hacía escocer la piel. Si lo pienso ahora, creo que todavía no había caído en la cuenta. Simplemente no podía creer que me hubiera sobrevenido otra desgracia. Mi padre, que no me había visto la cara en ese punto, sólo me pidió una cosa:

—No canceles tu cita. Por favor, cariño, hazlo por mí.

—No voy a ver a nadie con esta cara —respondí.

—No seas tonta —dijo mi padre—. Este joven es médico. ¿Acaso crees que no ha visto cosas peores? Probablemente habrá trabajado en urgencias en algún momento. Apuesto a que ha visto gente a la que han disparado o que ha sufrido un accidente de coche.

A juzgar por la vigorosidad de su elocución, deduje que supuestamente era para hacerme sentir mejor.

—Por favor, cariño, es muy importante. Tienes que seguir adelante con tu vida. Has pasado una temporada muy mala. Llevas mucho tiempo deprimida. Tienes que avanzar y hacer esto. Por favor.

Su voz estaba llena de emoción. Había perdido a su esposa y luego, al cabo de un año, veía que su hija menor estaba a punto de perder la chaveta. Se había sentado conmigo en cafeterías, cines, en el salón de su casa, mientras yo preguntaba por qué estaba sucediendo todo esto. Me llevó en coche a nuestra casa de Los Hamptons con la esperanza de que me sintiera mejor, pero yo me limité a mirar por la ventanilla, incapaz de mantener siquiera una simple conversación.

En aquellos momentos me sentía como si sólo un acceso de llanto más me separara de verme internada en una «casa de reposo», donde pasaría mis días recorriendo el patio en albornoz y zapatillas.

Recuerdo que cuando llegamos por fin a la casa mi padre dejó la maleta rápidamente.

—Cariño, tengo que ir corriendo al baño. Ya hace una hora que tengo ganas de ir. Me he estado aguantando. Vuelvo enseguida, ¿de acuerdo?

Asentí con la cabeza cansinamente y él se quedó allí plantado.

—¿Qué? —le dije—. Creía que ibas al baño.

Él se encogió de hombros.

—Voy a aguantarme más —respondió—. No quiero dejarte así.

Así pues, ahora no podía decirle que no.

Cuando llegó el día de nuestra cita, Andy Gluskin llamó para decirme que me reuniera con él en el Café Luxemburgo, un restaurante con mucho estilo del Upper West Side. Normalmente, en las citas a ciegas dices «Llevaré un jersey azul» o «Seré aquella que intenta disimular que está buscando a su cita a ciegas», pero en aquella ocasión yo tenía un método infalible para que me viera.

—Sólo para que lo sepas, me ha salido un extraño sarpullido en la cara —dije.

—Oh, por favor. No puede ser tan grave —repuso.

—Sí, sí que puede.

—Cuando volví de Belice, tenía un raro hongo de la jungla en la pierna y resultó ser un bicho que se había abierto paso por debajo de mi espinilla. No puede ser peor que eso.

Se equivocaba.

—¡Vaya! —dijo cuando nos encontramos en el restaurante—. Dijiste que era grave, pero ¿qué es esto?

Era un hombre atractivo de constitución baja y robusta y de rostro bronceado, un tercio del cual era nariz. Retorcía nerviosamente un apretado rizo rubio con el dedo.

—¿Lo ves? No bromeaba —dije.

—Muy bien —contestó, como si se preparara para un combate—. Hagámoslo.

Hay ciertas noches en Manhattan en las que sientes que estás en el epicentro mundial de la belleza. En la esquina estaba la rubia de más de metro ochenta que vendía limones en Leningrado antes de que la descubriera un representante de modelos. A la escultura de Miguel Ángel que comía bistec con patatas en la barra la encontraron en un pub de Dingle. El restaurante estaba lleno de maravillas de la genética y yo tenía el mismo aspecto que si me hubiera quedado dormida sobre una parrilla George Foreman. Cruzamos todo el restaurante, pasando junto a Liam Neeson, por el que yo estaba chiflada, hasta el banco situado contra la pared del fondo.

—Tiene aspecto de doler —dijo Andy señalándome. Cogió la carta de vinos—. ¿Blanco o tinto?

—Esto… la verdad es que tengo que hacer una dieta especial y sólo puedo comer verduras al vapor y beber agua.

—No me sorprende —dijo.

Se acercó el camarero. Tenía una sonrisa dulce y eufórica y supe de inmediato que actuaba en un musical porque era la clase de sonrisa que sólo ves en el coro de *Oklahoma!* o de *South Pacific*, lanzando las piernas al aire y cantando a grito pelado para el gallinero.

—¿Quieren tomar una copa de vino? —preguntó.

Andy me miró a mí y luego al camarero.

—Tomaré una botella de Pinot Noir —contestó.

Partió una rebanada de pan blanco. Estuvimos unos minutos sin decir nada hasta que él comentó:

—¿Sabes? Darwin tenía una piel muy mala.

¿Darwin? Yo quería oír que Audrey Hepburn tenía una piel muy mala. O Gwyneth Paltrow. Pero ¿Darwin?

—Algunos científicos creen que la afección de su piel la causaba la depresión. Otros creen que era la intolerancia a la lactosa. De hecho, formé parte de un estudio sobre cómo la mente puede afectar al corazón.

—¿Y? —pregunté, fascinada.

—Nada que no sepas. Un cuerpo enfermo puede ser producto de una mente enferma, etcétera, etcétera, etcétera. Como, por ejemplo, cuando me estaba divorciando, a mi ex mujer la tuvieron que llevar a urgencias —puso los ojos en blanco—. Me llamó porque pensó que estaba teniendo un infarto.

—¿Y lo tenía?

—No me importaba una mierda. Le dije que llamara a su loquero —respondió mientras se llenaba la copa de vino por segunda vez—. No es que sirviera de mucho.

El camarero regresó para tomarnos nota. Me miró con gran compasión y por primera vez me di cuenta de que tener esa erupción era como ser una radiografía humana, como si la gente pudiera ver mi interior. Era imposible ocultar mi dolor. Estaba todo allí. Podía sonreír, pero no podía fingir que todo iba bien.

—Sólo puedo comer verduras al vapor —le expliqué—. Sin aceite ni mantequilla y sin sal. Además —alcé la mirada hacia el techo—, necesito que la cacerola no haya contenido ajo porque podría ser alérgica.

—Muy bien —dijo el camarero—. No hay problema.

—¡Caray! No te pases, ¿eh? —dijo Andy cuando llegaron mis verduras al vapor—. No te comas todas las zanahorias.

Mientras se servía su quinta copa de vino, me fijé en que Andy estaba mirando fijamente a una mujer de la mesa de al lado.

—¿La conoces? —le pregunté. Me salió de pronto. Pensé que quizá fuera alguien a quien conocía a través de su ex esposa. Si me hubiera tomado unos segundos, me habría dado cuenta de lo estúpida que era esa pregunta.

—Esto... —bajó la vista a su regazo durante lo que pareció una eternidad hasta que me miró con una expresión que podía ser de vergüenza o de disculpa, no supe distinguirlo. A continuación levantó el dedo para pedir la cuenta y dijo—: He terminado.

Después llamé a mi amiga Eve para contarle lo ocurrido.

—Y... entonces... no dejaba de mirarla, y me sentí horrible.

—Me gustaría encontrar a ese tipo y cortarle las pelotas —dijo ella—. Ya sabes que me pongo en un plan muy mafioso cuando se trata de ti. Quiero ver muerto a ese individuo.

—Y lo peor de todo es que ahora añoro aún más a Josh.

—Por favor, Ame, no idolatres a Josh. Lo que quiero decir es que sí, que estaba bien y que de vez en cuando era divertido, pero, en esta ciudad, de adictos al trabajo físicamente mediocres los hay a patadas. Además, no olvidemos que siempre que te telefoneaba a su apartamento nunca podías hablar, o sólo podías hacerlo desde el baño, porque él intentaba dormir o estaba trabajando y necesitaba que guardaras silencio. Recuerda que yo solía llamarte «Prisionera X432897». ¡Pero si era como si estuvieras en el Gulag! Y no permitiera Dios que el hombre perdiera diez minutos de sueño. ¿Y acaso has olvidado la noche que te despidieron? ¿La indiferencia que mostró y cómo te obligó a llamar a tu agente desde el baño cuando tenías que discutir el resto de tu vida? Lo que quiero decir es que no es un buen partido.

—Está bien. Recuérdamelo todo —dije—. Me va bien.

—Deberías tratar de pensar en ti misma como en una de esas personas que salen sin un solo rasguño de una colisión frontal. Alguien que tiene suerte de haber recuperado su vida. ¿Tiene sentido lo que estoy diciendo?

Pensé que era un ejemplo interesante, teniendo en cuenta que últimamente mucha gente me decía que parecía que hubiera tenido un accidente de coche.

—Por supuesto —respondí, pero en aquellos momentos el simple hecho de pensar en Josh hacía que lo echara muchísimo de menos. Añoraba las pequeñas cosas: su manera de vestir, como uno de los

Beastie Boys, por lo que sus amigos lo llamaban «el judío rapero».
Me encantó una vez que lo acusé de mostrarse pasivo-agresivo durante una discusión y él dijo: «No estoy siendo pasivo-agresivo. Sólo
agresivo». Creo que, como estaba sufriendo tanto cuando conocí a
Josh, cualquier ápice de felicidad parecía absolutamente narcótico.
En mi cabeza nuestra historia tuvo un final feliz. Me enamoré en el
peor momento de mi vida. Conoció a mi madre moribunda. Vivimos felices para siempre.

Eve se estaba riendo.

—¡Entre tu padre, tu hermana y yo, me sorprende que Josh siga
andando por la calle con las rótulas enteras, en serio!

—Más, por favor —dije—. Esto me está ayudando.

—La patología de estos hombres es exasperante —continuó—.
Ya sabes que estoy convencida de que la mitad de los hombres de
Nueva York tienen complejo de Dios. ¿Y qué me dices de los médi-
cos? No me obligues a que empiece a hablar de ellos. Ese tal Andy
Dalucio o como se llame era médico, ¿verdad?

—Gatucio —la corregí—. Sí.

—Dalucio, Gatucio, Tomucio, Prepucio, ¿qué más da? ¡Menudo perdedor! Los médicos son los peores porque creen de verdad
que son Dios. Y estos hombres nunca son un Dios afectuoso, amable y dulce que ayuda a los dóciles a heredar la tierra. Estos hombres
son siempre dioses despiadados y punitivos que desatan inundacio-
nes, guerras y plagas porque cuando estaban en el instituto no liga-
ban con nadie, vamos que no se comían un rosco.

Al oírla hablar de Dios me cuestioné, una vez más, por qué me
estaban sucediendo todas esas cosas. No lo hice en plan «Pobre de
mí», sino que empecé a preguntarme si Dios intentaba decirme algo,
y en tal caso, ¿qué? Yo no luchaba únicamente con todas las cosas
que habían sucedido, sino también con la idea de que entonces era
la clase de persona a la que le ocurrían esas cosas. Cuando conocí
a Josh, todo el mundo me dijo que estábamos destinados a estar
juntos. Ocurre algo malo (mi madre estaba muy enferma) y algo maravilloso acontece también porque te lo mereces. Todos decían que

Josh era ese algo maravilloso. Tenía sentido, pues parecía obedecer a la ley de los promedios, que dice que al final todo se compensa. Toda mi vida he hallado consuelo en la ley de los promedios. Nunca se me ocurrió pensar que si tu madre moría podías perder el trabajo, perder a tu novio y quedar con los ánimos por el suelo, todo ello en cuestión de un año.

En agosto, la humedad hacía que la atmósfera fuera densa y pegajosa. Conforme a la predicción del doctor Navasky, la saturación del aire provocó que la piel se me hinchara y me doliera aún más.

Mi padre vino a visitarme.

—He venido a ofrecerte apoyo moral —dijo, y me entregó un ramo de tulipanes de color albaricoque—. Pero ahora mismo estoy pensando que quizá debería haberte traído unos pájaros. Es como si vivieras en Alcatraz.

—No puedo salir. Esto no mejora —repuse.

Me examinó la cara.

—Sí que está mejorando, cariño. Apenas se distingue —afirmó, como si estuviera leyendo de un teleprompter. Entonces miró con más detenimiento—. Tú ve a cenar a sitios muy, muy oscuros. Y si hay una vela en la mesa, apágala. Aguarda un minuto, ¿sabes qué te iría bien? Tengo una idea estupenda. No sé por qué no te lo he sugerido antes. ¡Quizá si te pones un poco de maquillaje!

—Ya llevo maquillaje.

—¿Ah, sí? —torció el gesto—. ¿En serio? ¿Y Navasky te dijo que si salías podía empeorar?

—Dijo que podía empeorar mucho.

—Bueno, al menos tienes televisión por cable.

Así pues, me quedé en casa. En otro tiempo el edificio en el que se encontraba mi apartamento había sido un hotel de habitaciones para una sola persona que se habían transformado en apartamentos de un solo dormitorio con el mismo encanto que un centro de reinserción social. La pintura de acabado semimate se estaba desconchando. Las habitaciones eran oscuras y ruidosas, puesto que el edificio estaba lleno de músicos que todo el día estaban practicando escalas. Era el lugar donde entonces pasaba los días, noches, tardes, mañanas y fines de semana exiliada, sola. Era Napoleón en la isla de Elba. Era *Gordo*, el mono ardilla, lanzado al espacio. Me preocupaba que pudiera volverme como Tom Hanks, que mantenía largas conversaciones con una pelota de voleibol en *Náufrago*. Me pasaba el día pensando. Por mucho que lo intentara, no podía dejar de pensar. La cabeza no paraba de darme vueltas.

Al principio, cuando mi madre se puso enferma, recuerdo que me sentí afortunada por tener un trabajo que exigía mucho y me absorbía por completo. Durante tres temporadas había escrito para un programa que tenía lugar en el despacho del alcalde de Nueva York. Casi todos los días empezábamos a trabajar a las diez para escribir y luego reescribir, retocar, añadir, quitar, reforzar, acortar o, si la cadena tenía información importante, cambiar completamente el guión de la semana. En nuestro primer año el personal constaba de tres mujeres y seis hombres, uno de los cuales había sido votado como el hombre más divertido de Wisconsin. Una vez oí decir a alguien que escribir para una comedia de situación semanal era como «tener que entregar tu tesis cada semana». Y en general yo estaba de acuerdo. Inventábamos chistes, ideas para las tramas, finales mejores, bromas mejores y nuevas historias si un personaje en concreto no tenía suficientes líneas aquella semana. Trabajábamos hasta las cuatro de la mañana, en ocasiones incluso hasta después del alba, y para mantenernos despiertos, comíamos. Y comíamos. La mesa de la sala de guionistas estaba siempre abarrotada de comida: pan Wonder, galletas saladas, lonchas de pavo que se rizaban por los bordes, mantequilla de cacahuete Skippy, queso amarillo, Doritos, Ruffles, Snickers, Häagen-Daz, galletas Oreo. Un *muffin* con virutas de chocolate despojado de virutas. Coca Cola, Coca Cola *light*, café, Snapple. Y en el centro, un frasco enorme de antiácido Rolaids. Durante algunas de nuestras semanas más agotadoras, yo describí el escribir para una comedia de situación como «el día de Acción de Gracias de una familia disfuncional», con un grupo de personas apretujadas en torno a una mesa que se gritan unas a otras mientras comen hasta sentir ganas de vomitar. Pero la mayoría de las veces me encantaba y me sentía afortunada porque el hecho de estar tan ocupada me permitía evitar hacerme preguntas sobre mi vida o sobre mí.

Sin embargo, ahora que estaba confinada en mi apartamento, no podía evadirme de nada, ni siquiera de mi peor enemigo: yo misma. Miraba películas como *El jorobado de Notre Dame* o *El hombre elefante* y me identificaba profundamente con los personajes, los cuales mueren al final, un hecho que no pude menos que observar.

Cuando llamaba Eve, cosa que hacía varias veces al día, y me preguntaba qué estaba haciendo, casi siempre respondía:

—Estoy tumbada en la cama. Pensando.

—¿Pensando o preocupándote? —me preguntó.

—Pensando, preocupándome, obsesionándome, lamentándome. Me gusta replantearme las cosas.

Todos los días pedía mi única comida de verduras al vapor al mismo restaurante chino, el Happy Cottage, donde ya me conocían. «Sin ajo en la cazuela, sin aceite, hola otra vez», decía la mujer. Además, como estaba constantemente preocupada por si había una interacción entre medicamentos que me hiciera empeorar la piel, acabé siendo bien conocida en la farmacia Rite Aid del barrio.

—¿No ha llamado usted hace diez minutos? —me preguntó el farmacéutico—. Es la chica de la erupción, ¿verdad?

Lo único que salvaba toda aquella situación era que había ahorrado dinero suficiente para vivir con holgura durante un año, de manera que no tenía que meterme en un despacho y enfrentarme a la gente y a los fluorescentes.

Sin embargo, echaba muchísimo de menos mi trabajo. Me encantaba el programa en el que había trabajado. Es más, me encantaba ser guionista de televisión. En parte, la razón por la que ser guionista de televisión significaba tanto para mí, el porqué era mucho más que un trabajo, tenía que ver con mi intenso miedo de no llegar nunca a ser nada. Después de la universidad, mi primer trabajo fue enseñar inglés como segundo idioma a inmigrantes recién llegados, en su mayoría procedentes de Rusia. Unos hombres fornidos tipo Boris Yeltsin que por la mañana me saludaban diciendo: «Emmy, ¿sabes qué es buena idea? Buena idea, mañana te pones falda muy corta y blusa transparente. ¡Nos parece buena idea!» Después fui ayudante del temperamental editor de una revista que, pese a ser un diabético grave, disfrutaba de comidas furtivas consistentes en un dulce pastel de frutas y ginebra. El editor tartamudeaba mucho y yo era una ayudante atroz. Todas las mañanas me quedaba escondida en mi cubículo esperando que gritara: «¡Eh!», en cuyo momento me dirigía a su despacho para oír: «¡Mii! ¿Cómo puedes ser tan estú…!» Se iba poniendo colorado mientras me enseñaba algo que yo había archivado o mecanografiado mal, agitándolo en el aire. «¡Tan estú…! ¡Tan estú…!», repetía, hasta que soltaba un último «¡Pida!» Al final acabé pasando tanto tiempo en el baño escondiéndome de ese hombre que la gente no podía menos que suponer que era bulímica o que tenía un problema con la cocaína. De modo que, para mí, el hecho de ser guionista de televisión me comportaba cierto nivel de validación. Todo el mundo me consideraba una gran idiota y ahora ganaba dinero con ello.

Las primeras semanas después de mi despido, a mi padre se le ocurrieron toda clase de ideas sobre a qué podía dedicarme.

—¿Qué te parece trabajar con ancianos o con niños retrasados? —insinuó—. Tú sabes tratar muy bien a la gente y podrías diplomarte en trabajo social.

—Pero es que a mí no me interesa el trabajo social —dije.

—Eso es ahora. La hija de Sy Sussman, Debbie, trabaja con personas afectadas de parálisis cerebral, ¡y le encanta! Está muy contenta. Quizá deberías pensártelo.

Yo sabía que carecía de la dedicación necesaria para dedicarme al trabajo social, con lo cual quedaba la pregunta: ¿Qué iba a hacer con mi vida? ¿Quién iba a ser ahora? Podía volver a la televisión, pero en Nueva York había tan poco trabajo en este campo que lo más probable era que tuviera que mudarme a Los Ángeles. Podría diseñar bolsos. O escribir un libro. O irme a Sudáfrica a trabajar con los huérfanos del sida durante unos meses. O diplomarme para ser maestra de algo.

—Quizá la erupción te salió para así no tener que decidir qué hacer —me dijo mi hermana Holly en una de sus llamadas matutinas diarias.

—¿Podría todo el mundo dejar de jugar a Freud, por favor? Ya está bien —dije.

Me refería al nuevo juego de salón al que todos parecían estar jugando: ¿Por qué le ha salido este sarpullido a Amy?

La terapeuta me sugirió que quizá el sarpullido era una manera de protegerme. «Si nadie puede acercarse a ti, no pueden hacerte daño», dijo. Lo comparó con la vez que engordé mucho cuando iba al instituto. «Eso también fue una manera de protegerte.»

—¿De qué? —pregunté—. ¿De mis vaqueros viejos?

Mi amigo Ray me preguntó por qué pensaba que llevaba la tensión en la cara.

—Lo que quiero decir es que podrías haber sufrido un pinzamiento en la espalda, o podría haberte salido otro orzuelo, pero no. Se te ve en la cara. ¿Por qué? Piensa en las metáforas.

—¿Las metáforas? ¿Quién eres? ¿Susan Sontag?

—Piénsalo —noté que se le iba animando la voz y me di cuenta de que se lo estaba pasando muy bien—. «Perder la cara», quedar en evidencia, avergonzarse, como cuando Josh te dejó y te despidieron. Plantar cara a los hechos, que es lo que tienes que hacer ahora. Últimamente tu vida ha pasado de ser bastante buena a ser una mierda: ha dado media vuelta, ha cambiado de cara. Está todo ahí.

—Enfrentarme a mí misma —dije.

—Sí. Quizá todo sea cuestión de enfrentarte a ti misma.

—¡Dios mío! ¿Ahora también tengo que enfrentarme a mí misma?

Se me ocurrió que quizás el motivo por el que estaba tan molesta con todo el mundo era porque sabía que había algo de verdad en lo que decían. Entonces, su juego de salón se convirtió en el mío. ¿Qué era aquella erupción y por qué me había salido? Tal vez todavía me quedaban muchas cosas de las que hablar. Lo que sentí con la muerte de mi madre. Lo que sentí cuando me despidieron. Lo que sentí cuando me plantó el hombre que tan sólo una semana antes había comunicado a mi familia que pensaba casarse conmigo. Fue en la boda de mi prima; estábamos sacando fotos y mi tía dijo en broma: «En las fotos sólo tiene que salir la familia», y Josh dijo: «Bueno, yo voy a casarme con Amy». En cuyo momento mi padre exclamó «*Mazel tov!*»* y alzó las manos por encima de la cabeza como un árbitro de fútbol americano confirmando un ensayo. El resto de mi familia —mi hermana, su marido y sus dos hijos, y mi hermano, su esposa y sus dos hijos— dijo que ya se esperaban oírlo anunciar algún día. Hubo abrazos y apretones de mano. Josh y yo bailamos una versión *klezmer*** de *Kung Fu Fighting* mientras yo me imaginaba nuestro primer baile en nuestra boda. Al cabo de siete días él puso fin a todo diciendo: «Sencillamente no puedo hacerlo. Es demasiada presión y me estoy asustando». Cuando sucedió todo esto, yo estaba sufriendo mucho, con un dolor errático e insoportable. Creía haber pasado al otro lado, pero quizá no lo había hecho.

Recordé una conversación que había mantenido con mi hermana justo después de sacar todas las cosas que guardaba en el apartamento de Josh. Le estaba contando que en aquellos momentos me sentía como si todo en mi vida fuera abstracto, que no podía definirme de una manera concreta.

—Eso no es cierto —opuso ella—. ¡Tu familia te quiere y eres genial!

---

* ¡Felicidades! *(N. de la T.)*

** Grupo de músicos itinerantes que interpretan canciones tradicionales judías (por ejemplo, en una boda). *(N. de la T.)*

—Imagínate que no tuvieras hijos, ni marido ni trabajo —le espeté—. ¿Cómo te definirías entonces? ¿Qué ibas a pensar de ti misma?
—No lo sé.

¿Qué es peor? ¿Perder todo lo que tienes o no haber tenido nunca nada? Creo que con mucha frecuencia la gente supone que es peor perder algo: un novio, un trabajo, un progenitor. Y sí, son unas pérdidas horribles; eso lo sabía tan bien como cualquiera. No obstante, también puedo decir que el hecho de no tener cosas, de mirar hacia tu futuro y ver solamente una idea amorfa del porvenir, es asimismo aterrador porque, por mucho interés que pongas en intentar obtener lo que quieres, te sientes vulnerable al vacío que espera ser llenado.

T. S. Eliot dijo que abril era «el mes más cruel», pero para mí fue un lazo entre septiembre y octubre. Entendí entonces lo que el doctor Navasky quería decir con lo de «empeorar mucho». No tenía ni idea de lo que me encontraría cada mañana al levantarme. Un día me desperté y los ojos se me habían multiplicado durante la noche, como al final de *Rocky*, cuando éste tiene los ojos tan hinchados que grita: «¡Córtame, Mick! ¡Córtame!» En otras ocasiones estaba tan abotargada que mi cara parecía un plumífero color púrpura.

Empecé a ir a la consulta de Navasky para que me pusiera inyecciones de cortisona. Al cabo de unas pocas semanas, su enfermera me dijo: «Amy, ¿por qué no esperas en el despacho privado del doctor? Allí puedes leer *Vogue* y llamar por teléfono si quieres. Es mucho más agradable». Supe que sólo trataba de encontrar una manera amable de decirme que no quería que esperara con los demás pacientes. La semana anterior había ocurrido un incidente. Yo estaba esperando con dos hombres jasídicos de constitución robusta que llevaban abrigos largos en mitad de un prolongado veranillo de San Martín. Cuando entré, los dos hombres estaban manteniendo una conversación.

—¿Por qué te quedas de pie, Shmulik? —dijo el más corpulento de los dos—. Me estás poniendo nervioso. Pareces uno de esos guardias del palacio de Buckingham ahí de pie. ¡Siéntate! Por favor.

—Tengo ciática y me duele la cadera —repuso Shmulik—. Estoy mejor de pie. ¿Te molesta?

Cuando cerré la puerta, los dos hombres se volvieron a mirarme. Después de haber hablado tanto, ahora permanecimos todos sentados en silencio hasta que al final Shmulik preguntó:

—¿Eso es contagioso, señorita?

De modo que desde entonces, aun cuando intentaba estar con otras personas, no podía.

A mediados de octubre llevaba más de dos meses sin salir de casa y estaba empezando a comprender muy bien la paranoia inestable de los miembros de los grupos parapoliciales rurales. Comencé a ver los publirreportajes de Proactive, el producto que alardea de curar hasta el acné más severo, como si de episodios de televisión se tratara. Escuchaba absorta a la gente que explicaba sus batallas con los problemas cutáneos que ahora ya eran cosa del pasado. Simplemente quería oír a otras personas hablando de lo mucho que odiaban su piel.

La suerte quiso que la única persona a la que veía a diario también luchaba con su piel. Claude había acudido a mi puerta entre las tres y las cuatro de la tarde cada día los últimos sesenta y tres días, siempre gritando: «¡Restaurante chino Happy Cottage! ¡Hola, amiga!», y saludaba con la mano describiendo una amplio arco, como si estuviera limpiando una enorme ventana invisible. «¡Diez dólares con ochenta y cinco centavos! ¡Gracias!»

Entonces le daba el dinero y él me entregaba la bolsa de papel cerrada con grapas. Claude tenía alrededor de veinticinco años, unos pómulos curvos y pronunciados y un peinado que me hacía pensar que era un gran admirador de Elvis. Formaba parte de una subcultura con la que en aquellos momentos me sentía intensamente vinculada, gente con problemas cutáneos, pues un acné entusiasta cubría casi todo su rostro. Con frecuencia Claude era la única persona que veía en todo el día. Fue el único que se dio cuenta de que añadí el arroz a mi dieta y, al cabo de un mes, caldo. «¡Has añadido la sopa! ¡Es buena para el frío! ¡Ánimo, chica!», dijo Claude, y me estrechó la mano. Sabía más sobre mi dieta que mi propia familia.

Últimamente, fruto de una especie de frenesí masoquista, había empezado a poner música que había escuchado de manera compulsiva cuando Josh y yo rompimos. Mis álbumes favoritos eran *The Globe Sessions*, de Sheryl Crow, y *When the Pawn…*, de Fiona Apple, ambos sobre rupturas dolorosas y los cuales había oído describir como «música de vagina suicida».

En ocasiones se me quebraba la voz cuando cantaba junto a Sheryl o Fiona, y no dejaba de pensar: «¡Mira cuánto he cambiado! ¿Lo ves, Josh?» Estaba cantando cuando Claude vino a entregarme mi pedido diario. Abrí la puerta vestida con el pijama, una camiseta negra de canalé sin mangas y unos pantalones vaporosos fruncidos con un cordón a la cintura. Me saludó con la mano, sonriente.

—¡Hola, amiga! —dijo—. ¡Diez dólares con ochenta y cinco centavos! ¡Gracias!

Le di el dinero y él me entregó la bolsa de papel, pero entonces añadió algo nuevo:

—¿Tú solista? —preguntó.

—¿Yo? ¿Solista? —dije, casi sin poder contener mi emoción, pues cantar era algo a lo que siempre había aspirado en secreto. Estaba claro que lo que me faltaba de entrenamiento vocal lo compensaba con emociones confusas—. ¡Oh, no, no! ¡No! No soy solista. Soy guionista —hice un garabato en el aire por si no me entendía—. Pero gracias. Es muy amable por tu parte.

—¿Tú no solista? —dijo.

Dije que no con la cabeza.

—Entonces, ¿tú casada? —preguntó.

Por un momento pensé que lo quería saber por curiosidad, hasta que me di cuenta de que todo su porte había cambiado. Parecía más joven y seguro de sí mismo.

—¿Tú solista? —insistió Claude—. ¡Yo solista también! —me mostró que no llevaba alianza—. Nada. Los dos solistas —anunció.

Se señaló y pensé que iba a cogerme la mano, pero no lo hizo.

—Mira, Claude —le dije con mucha pena—. Acabo de romper con mi novio. Romper —expliqué. Parecía que estuviera haciendo una pantomima de un truco de Houdini, doblando lentamente con las manos una viga metálica imaginaria—. Mi novio y yo hemos roto. Y yo estoy triste.

Se hizo un largo silencio, tras el cual dijo:

—¡Bien! —sonrió a pesar de todo—. Bien, amiga mía. ¡Bien! ¡Adiós!

—Adiós, Claude —me despedí, pero no creo que me oyera porque se marchó corriendo, optando por bajar por las escaleras por primera vez en más de dos meses. Claude no regresó. Al día siguiente vino otro hombre. Y al siguiente otro distinto. Y recuerdo que pensé: «Es increíble... ¿Ahora también rompe conmigo el repartidor?»

Creí que me iría acostumbrando a estar sola, pero me equivocaba. A finales de octubre empecé a investigar los efectos mentales y físicos de la incomunicación. Visité páginas web que tenían el texto enmarcado con alambre de espino y que con frecuencia condenaban dicha práctica como inhumana. Descubrí que en ciertos estudios se había observado que la incomunicación provocaba alucinaciones, hiperreacción a los estímulos externos (lo que explicaría lo mucho que me entusiasmaba cada día esperando mi única comida) y una enorme ansiedad fluctuante (eso me resultaba familiar). No es que hubiera pensado muy a menudo «¿Qué tengo en común con un prisionero incomunicado en una celda en la cárcel de San Quintín?», pero en aquel momento lo sabía exactamente. Y en lo que respecta a la tortura, era una experta, pues miraba sin cesar las fotos de los diez días que Josh y yo pasamos en París.

Nuestra primera noche fuimos a una famosa brasería en la que nos sentamos tan alejados de los demás comensales que nuestro camarero se quedaba sin resuello cada vez que tenía que recorrer la estancia. Nos sentamos en nuestra mesa solitaria riéndonos tontamente y oliéndonos las axilas, preguntándonos el uno al otro «¿Olemos mal?» Durante los días siguientes nos encontramos con empleados de pastelería que estábamos convencidos de que habían escupido en nuestros cruasanes, vendedores que hubieran preferido soportar una colonoscopia antes que buscarnos nuestra talla e incluso un policía hostil que, al ver que estábamos comiendo en el parque, nos ordenó: «¡*Salgán* de la *hieggbá*!» Cada uno de aquellos desaires nos deleitaba aún más. Llegamos allí con la teoría de que París es la ciudad de los amantes concretamente porque el desprecio que experimentan las parejas las une profundamente. Estábamos convencidos de que si los franceses se hubieran mostrado tan sólo un poco menos asqueados por nosotros, o hubieran intentado ocultar su odio de algún modo, no nos hubiéramos divertido tanto ni mucho menos. Nos moríamos por regresar.

Sabía que al mirar las fotos de nuestro viaje a París me comportaba como una ex adicta a la cocaína que mirara tiernamente fotografías de Bolivia. Confinada en mi apartamento resultaba difícil resistirse.

Uno de los otros síntomas del aislamiento era dejarme llevar por la depresión, lo cual podría explicar por qué había empezado a soñar con mi madre otra vez. Eran sueños crueles en los que ella todavía estaba sana y radiante e incluso se reía. Me pregunté si mi madre hubiera dicho una de sus frases habituales —«Volverá» o «Estás mejor sin él»— con respecto a Josh. ¿Me habría dicho que siguiera en la televisión o que probara con algo nuevo? Fueran cuales fueran sus consejos, sabía que me habría hecho sentir mejor. Sabía que hubiera dicho que, pese a la erupción estaba preciosa, me hubiera traído osos de peluche con un lazo al cuello y postales con la leyenda: «¡Estoy en tu equipo!» Seguía sin poder creer que hubiera muerto.

Había estado intentando recordar a mi madre antes de que se pusiera enferma, cosa que me había resultado difícil durante mucho tiempo. Me tumbaba en la cama con bolsas de hielo sobre la cara y pensaba en ella. Pensaba en la vez que fuimos juntas a Japón cuando yo tenía trece años. Nos alojamos en un hotel pequeño y muy cuidado en Kioto que alardeaba de tener habitaciones completamente blancas: alfombras, muebles, lámparas, toallas. Blanco. Y de todos los lugares posibles, fue allí donde tuve mi primer período. Me desperté y allí estaba: una enorme mancha en las sábanas, como si me hubieran atropellado en la carretera mientras dormía.

—¡Lo sabrán! —lloré señalando la mancha.

—¿Quién? —preguntó mi madre.

—¡Las de la limpieza!

—Ah, no, pensarán simplemente que estábamos bebiendo zumo de tomate en la cama y que se derramó. Si quieres puedo pedir zumo de tomate al servicio de habitaciones y dejaremos el vaso vacío junto a la cama. ¿Contenta?

Agité los brazos.

—No, no se lo creerán —dije—. ¡Sabrán lo que es! Sabrán que he manchado las sábanas de sangre.

Llamaron a la puerta.

—¡Son ellas! —chillé.

—Vamos, cariño, confía en mí. Ya verás. Esto ocurre continuamente.

Llamaron de nuevo.

—Diles que vuelvan más tarde —grité.

—¿Cuándo? Nos vamos dentro de cuatro días —me tomó la mano—. Yo me encargo de esto. Ya verás. Ten un poco de fe en mí.

Me dirigí a la puerta y dejé entrar a las dos ancianas japonesas que no parecían tener ni idea de inglés. Parecían desconcertadas sólo con decir «hola». Fuimos todas a la zona central: donde entonces mi madre estaba sentada en mi cama, con la mano apoyada junto a la mancha.

Sonrió. Las mujeres sonrieron y la saludaron con la mano.

—Tonta de mí —dijo—. Miren. Debo de haber sangrado mientras dormía.

Rememoraba este espisodio una y otra vez intentando detener otros más dolorosos que se deslizaban en mi cabeza: los recuerdos de cuando estaba en el hospital. Para entonces el tumor cerebral había empeorado mucho y su mente se deterioraba con rapidez. Una vez que fui a verla pareció estar confusa sobre mi identidad.

—Soy yo —dije—. Soy Amy.

—Ya sé que eres tú —repuso ella, aunque no sabía si creerla—. ¿Ha llamado mi hermana?

Su hermana hacía más de un año que había muerto.

—No —contesté—. ¿Cómo te encuentras, mamá?

—¿Cuál es tu número de teléfono? —me preguntó. Hacía apenas unos meses me había llamado varias veces al día, todos los días. Empecé a decírselo y me interrumpió—: Espera. Dame un bolígrafo.

—Siete-cinco-nueve —dije.

—Siete-cinco-nueve —repitió mientras escribía un tres, un seis y un círculo.

Lo volví a probar.

—Siete-cinco-nueve.

—Siete-cinco-nueve —repitió, y esta vez garabateó algo parecido a una cuerda enredada. Me miró—. ¿Por qué lloras? —preguntó.

—No lloro —mentí, y me sequé la cara con la manga.

Y entonces, en lo que pensé que tal vez fuera un raro momento de lucidez, mi madre dijo:

—¡Vaya si necesitas unas vacaciones!

Logré quedarme veinte minutos, le escribí mi número de teléfono y se lo dejé junto a la cama.

Ya había pasado más de un año desde la muerte de mi madre y creía que casi había terminado de llorar su pérdida, pero ahora ya no estaba tan segura. Todavía había muchas cosas que parecía incapaz de aceptar. Ella había conocido a Josh. No podía hablar, pero sus ojos estaban abiertos y pensé: «Muy bien, al menos mi madre ha conocido a mi futuro esposo». Y entonces, la marcha de Josh trajo de nuevo todos esos sentimientos de «Nunca me verá casada» y «Nunca conocerá a mis hijos».

Empecé a pensar en el dolor; en concreto, cuando uno siente dolor, ¿adónde va? ¿Lo almacenas en tu cuerpo como la grasa o lo expeles como el sudor? Recuerdo que Eve me contó que en una ocasión, después de una ruptura dolorosa, había acudido a una mujer para que le hiciera «un trabajo de carrocería». Dicha mujer le hizo un masaje en la espalda y le dijo que la tenía llena de «implantes», lo que ella denominó «bolsas de dolor que permanecerán aquí toda la vida». Dijo que se podía aprender a arreglárselas con los implantes, e incluso no hacerles caso, pero éstos formaban parte de tu cuerpo igual que un brazo o incluso el rostro. Quizá esta erupción había venido con intención de quedarse… mi letra escarlata.

Pensé en cuánto me gustaba ser la hija de mi madre y lo orgullosa que estaba de nuestra relación, sobre todo después de mi adolescencia, durante la cual estoy casi segura de que sopesó los pros y los contras de asesinarme. Sí, la gente decía que aunque estuviera muerta yo siempre sería su hija, y era cierto; pero ahora era distinto. Pensé en todas las cosas que deseaba que hubiéramos hecho. Recordé que, justo después de que muriera mi madre, pensé que el dolor no es sólo llorar a la persona que has perdido, sino a todas las fantasías de la vida que habíais compartido, lo cual me hizo pensar en Josh y en lo mucho que me gustaba ser su novia y en todas las fantasías que tenía sobre nuestra vida en común, y en nuestros preciosos hijos, que llevarían unas pelambreras despuntadas y tendrían una habitación en nuestro *loft* donde podrían tocar la batería.

Siempre he sido muy dada a definirme por los hombres con los que estaba. Era mucho más fácil que tener que pensar en quién era yo sin ellos. En el instituto fui la novia de Cliff. Después de la universidad fui la novia de David. Cuando tenía veintitantos, creí estar volviéndome muy independiente intentando forjarme una carrera, pero acabó siendo otra cosa más que podía decir sobre mí misma. Soy guionista. Ahora soy guionista de una comedia de situación. Recuerdo una vez que Josh y yo asistimos a una cena y nadie habló con nosotros hasta que dije que escribía para la televisión. Recuerdo haber pensado: «Hace cinco minutos pensabas que era una don nadie y ahora crees que soy alguien», pasando completamente por alto el hecho de que sí me sentía una don nadie y sin preguntarme por qué.

Creía que si pudiera añadir más títulos a mi lista —esposa, madre, productora ejecutiva, ganadora de un Emmy— me sería posible dejar atrás las preguntas sobre mí misma. Empecé a pensar que yo era como la casa de *Poltergeist*, que parecía estar muy bien por fuera, pero que después se descubría que se había levantado sobre el suelo poco firme de un cementerio, lo cual provocaba que estuviera embrujada y plagada de fantasmas.

Por lo que a mi cara concernía, aunque nunca me consideré una gran belleza, me sentía en gran medida atractiva. Y ahora había perdido eso también. Ya ni siquiera me parecía a mí misma. Es una sensación muy extraña no reconocer tu propio rostro. «¿Quién soy ahora?», me preguntaba con frecuencia. Me di cuenta de que era una pregunta que me había hecho muchas veces a lo largo de mi vida.

Cuando tenía dieciséis, años engordé casi dieciocho kilos en poco más de tres meses como resultado de mi primera ruptura verdadera. Pasé de ser una adolescente difícil a ser una adolescente insoportablemente difícil y destrozada. Llegué a convencerme de que mi trasero no sobresalía simplemente, sino que más bien parecía un estante en el que dejar cosas como una palmera grande en su maceta o los volúmenes de una enciclopedia. Pensé que, si no podía ser guapa, fingiría que no quería serlo, como una de esas lesbianas orgullosas y enormes, con una camisa de franela infinita y el pelo corto por delante y largo y greñudo por detrás, el tipo de mujer que siempre sonreía con educación cuando alguien la llamaba «señor». Empecé a ponerme mandiles de carnicero con botas militares, como si me dispusiera a invadir Polonia o a pasar hachís. Me hice un corte de pelo en el que se concentraban los dos géneros, rapado por un lado y largo por el otro, ese tipo de mal peinado de los ochenta que algunas personas consideraban aún más peligroso para el mundo que la agresión soviética. Mi madre intentó con todas sus fuerzas prestarme su apoyo.

—Creo que tu ropa es... —trató de encontrar la palabra adecuada—. Muy *à la mode*, lo cual, contrariamente a lo que en general se cree, no sólo significa con helado por encima, sino que quiere decir «a la moda» en francés. ¿Quién sino tú podría permitirse llevar una funda de almohada por sombrero. ¡Qué divertido! —entonces se inclinó para acercarse a mí y susurró—: Dime la verdad, cariño, ¿fumas marihuana?

Mi padre no estaba ni mucho menos tan contento con mi atuendo.

—¿El circo de los Ringling Brothers ha venido a la ciudad? —preguntó.

—Me estoy expresando —contesté, alzando la mirada al cielo.

—¿Y qué es lo que tratas de decir? ¿Soy un payaso?

Lo que no podía explicar a ninguno de los dos era que esperaba que mi nuevo aspecto pudiera decir más sobre mí de lo que podía decir yo misma. Mi fez de leopardo y mi *dashiki* largo hasta el suelo dirían que era una iconoclasta absolutamente ingeniosa, profundamente torturada y además divertidísima. Soñaba con que me adoptaran unos alocados modelos travestidos y artistas del grafiti hijos de papá. Entonces no lo sabía, pero aquél sería el primero de mis muchos intentos de reinventarme, cada uno de los cuales prometía una vida mucho mejor que la que estaba llevando. Durante un tiempo dio la impresión de que deseaba ser cualquier otra persona siempre y cuando no fuera yo. En la universidad, tras una breve fase Madonna probé la de «mujer naturaleza», subsistía con comida crujiente frita en poco aceite y no me depilaba las piernas, por lo que de rodillas para abajo parecía una alfombra *flokati*. En todas esas ocasiones pensaba: «Quizá ésta sea yo», y todas las veces me daba cuenta, con tristeza, de que no era ésa. Creí que finalmente me había aceptado a mí misma. A los veinticinco. A los treinta. A los treinta y tres. Pero ahora era consciente de que nada podía estar más lejos de la verdad.

Ahora había perdido todo aquello que pensaba que me hacía ser quien era, ¿y qué me quedaba? No tenía ni idea. Era casi como una película mala de ciencia-ficción en la que no tienes rostro ni características que te identifiquen. Y fue entonces cuando se me ocurrió que, aunque no tenía ni idea de lo que me esperaba, pese a que en esa época tenía muchas veces la sensación de que sabía muy poco, si es que sabía algo, de lo que sí tenía una absoluta certeza era que aquélla iba a ser mi mayor reinvención de todas.

3

Rompecorazones

Durante mi segundo curso en el instituto mi madre anunció que había hecho planes para que visitara Italia.

—Voy a sacarte del instituto una semana —declaró.

—¡Oh, Dios mío! —dije—. ¡Es fantástico! ¿Adónde vamos?

—Nosotras no —me corrigió—. Vas a ir con tu padre.

—¿Estás loca? —protesté—. Ni hablar.

No era que no me gustara mi padre, sino más bien que para mí era un desconocido. Importaba bolsos de mujer y viajaba constantemente, pasaba meses enteros en Filipinas y Corea para supervisar la producción, para asegurarse de que las cremalleras de los múltiples bolsillos cerraran bien y que las rechonchas margaritas de paja se cosieran correctamente. A su regreso yo siempre me ponía a dar saltitos delante de él, intentando obtener algún elogio de algo que le había hecho, como una rosca en la que ponía «Me llamo Murray» escrito con queso crema y mermelada de fresa, o libros que escribía e ilustraba y en los que aparecía una niña que se suponía que tenía que ser igual que yo, libros con títulos sutiles como: *¡Mira! ¡Mira! ¡Estoy aquí!*

Yo estaba tumbada en la cama cuando mi madre me dio la noticia. Acababa de despertarme de mi siesta de primera hora de la tarde, que normalmente tenía lugar poco antes de mi siesta de media tarde.

—No voy a ir —le dije—. Pero ha sido un buen intento.

Mi madre estaba de pie junto a mí, con las manos en las caderas.

—Vas a ir —afirmó—. Toma.

Me tendió una tarjeta de felicitación que tenía unos gorriones pintados con tinta de color rojo y gris pizarra con unas letras chinas

debajo. Decía: «No puedes evitar que los pájaros de la tristeza pasen
sobre tu cabeza, pero sí puedes evitar que aniden en tu pelo».

—¿Un nido en el pelo? —dije—. ¡Qué asco!

Mi madre agitó la tarjeta.

—Mira dentro.

Era una nota de mi profesora de geometría, una amable mujer
polaca mayor que cada día llevaba un pañuelo distinto en la cabeza.

La nota empezaba así: «Estoy preocupada por su hija. Amy solía ser una chica optimista con muchos amigos, pero últimamente
algo ha cambiado. Siempre parece estar muy triste y con frecuencia
da la impresión de que tiene que hacer un tremendo esfuerzo para
no llorar cuando responde una pregunta en clase. Espero que todo
vaya bien en casa porque me inquietaba que tal vez hubiera muerto
alguien».

La cuestión de si había muerto alguien me pareció muy perspicaz,
puesto que, en mi cabeza, sí había ocurrido. Todo empezó cuando mi
novio Cliff se marchó a la universidad y, poco después, mi mejor amiga, Beth, la chica con quien pasaba hasta el último minuto de mi tiempo libre, también encontró novio. Tenía la impresión de que cada vez
que la llamaba, Beth y su nuevo novio estaban confeccionando fun-
das de macramé para pipas de agua, cocinando falafel o manteniendo
relaciones sexuales mientras escuchaban cintas piratas de Brian Eno.
Incluso empezaron a parecerse, se ponían pantalones de paracaidista
y se cortaron el pelo largo por detrás y corto por delante, de manera
que parecía que llevaban sombreros de Daniel Boone. Mi soledad se
iba incrementando al tiempo que me iba deprimiendo cada vez más.

Empecé a trabajar como voluntaria en asociaciones benéficas que
ayudaban a las víctimas de la hambruna en Africa con la esperanza
de encontrar a gente que se sintiera tan abatida como yo. Pronto me
hallé tan inmersa en el sufrimiento del mundo que me convertí en
una persona absolutamente insoportable. Empecé a distanciarme de
los amigos que me quedaban diciendo cosas como «No sé si puedo
ir a esquiar a Vermont cuando en África la gente se está muriendo
de hambre». Me preocupaba que una semana con mi padre pudiera

hacerme sentir peor todavía, pero no quería decirle eso a mi madre, de modo que le espeté: «Sólo quiero dejar constancia de que esto es una mierda. ¡Ninguno de mis amigos tiene que ir a Italia con sus padres!»

—Tomo debida nota —repuso mi madre—. Coge tu pasaporte.

Mi padre y yo llegamos al aeropuerto con tres horas de antelación y no tardé en descubrir que para él eso era tarde. Mientras estaba allí sentada sin nada que hacer lo miré como nunca lo había hecho antes. De perfil, la nariz le sobresalía entre las cejas y se curvaba formando lo que parecía un higo maduro con orificios nasales. Mi abuela solía hacer que le pintaran la nariz con aerógrafo en las fotografías para que pareciera pequeña y recta. Mi padre llevaba unas grandes gafas cuadradas y tenía corto el cabello ondulado, de color castaño claro. Aquella noche vestía una gabardina larga con cinturón, pantalones de color beis y mocasines con hebilla que necesitaban suelas nuevas, pues estaban gastadas de tanto caminar de un lado a otro preocupado por su negocio.

—¿Y qué? ¿Quieres que vayamos a comer algo? —dijo.

Me encogí de hombros.

—¿Yuju? ¿Estás ahí? —añadió, llevándose las manos a los oídos y meneando los dedos.

Chasqueé la lengua y volví bruscamente la cabeza hacia un lado.

—Bueno, sí. ¡Dios!. Algo tenemos que hacer. Nos quedan tres horas que hubiera podido aprovechar en casa.

—¿Para hacer qué? —dijo—. Puedes echarte una siesta aquí.

Nos dirigimos a una animada cafetería con mucha luz y atestada de gente que elegía entre sándwiches flácidos y ensaladas que casi estaban tan deprimidas como yo.

—¿Quieres un plato de rosbif? —me preguntó mi padre.

—No como carne —respondí mirando al suelo—. Hace algo así como años que no la como.

Él puso los ojos en blanco.

—No come carne. De acuerdo, ¿qué tal pollo?

—Coge algo para ti y ya está, ¿vale?

—¿Y col rellena? ¿Te gusta? O mira, hay sopa de alubias blancas o gelatina roja con frutas, ¿qué te parece?

Crucé los brazos sobre mi camiseta de «Dejad en libertad a Nelson Mandela».

—Cuando miro todo este exceso, no puedo evitar pensar en toda la gente que se está muriendo de hambre en África.

—¿Desde cuándo la gelatina se ha convertido en un exceso? Yo la comía cuando tenía gota —dijo él, pero me di cuenta de que estaba pensando: «¡Por Dios! ¿Tengo que pasar una semana con esta niña?»

En un televisor sujeto al techo estaban dando el telediario de la noche. Como de costumbre, la noticia principal era sobre los rehenes norteamericanos en Irán.

—¡Uf! Sé cómo se sienten —mascullé.

—Muy bien, tú, escucha —dijo mi padre apuntándome con el dedo a dos centímetros de mi nariz—. Ya he tenido suficiente. Esto ha sido idea de mamá y ni siquiera sé si tenía razón, pero ya estoy hasta las narices.

Durante las dos horas siguientes apenas cruzamos palabra. Ni tampoco durante el vuelo de ocho horas. Ni durante nuestro primer día en Roma, cuando ambos nos dábamos desesperada cuenta de que éramos tan extraños el uno para el otro como la ciudad que estábamos visitando. Puesto que mi padre había ido a Italia buscando bolsos Gucci para copiarlos, yo pasaba el día sola. En el hotel lo arreglaron para que me uniera a un grupo de turistas que iba a visitar la Capilla Sixtina.

—Estuvimos unos cinco minutos en la capilla y luego nos hicieron salir, después el autobús me dejó en medio de la nada —expliqué aquella noche durante la cena—. Entonces me persiguieron unos drogadictos que arrojaban harina a la gente, me metí corriendo en una tienda y ellos me pidieron un taxi. Voy a quejarme. Esa empresa de autobuses es de lo peor. Fue peligroso.

Volvió a aparecer el dedo.

—Tú no vas a decir nada —sentenció mi padre—. Esas empresas son del gobierno y, si se enfurecen con nosotros, nos pueden complicar mucho la vida. ¿Lo entiendes?

—¿Qué van a hacer, arrestarnos?

—¿Sabes qué te digo? Regresaste sin ningún percance, de manera que déjalo estar. Cómete los espaguetis y deja de causar tantos problemas.

Lo fulminé con la mirada. Quería decir algo profundo. Algo sobre lo dolida que estaba y sobre cómo deseaba que se preocupara un poco más por mí y por el hecho de que me habían perseguido unos drogadictos, pero lo único que conseguí decir entre dientes apretados fue:

—No son espaguetis. Son *fetuccini*.

La noche siguiente fuimos a un restaurante que, según decían, tenía el mejor pescado de toda la ciudad. Estaba abarrotado, la gente esperaba junto a la puerta y grupos de siete personas se ofrecían a sentarse en mesas para cuatro. El restaurante daba la sensación de ser una cueva bien iluminada, con paredes de piedra oscura y techos bajos. Pero la principal atracción era, sin duda alguna, el bufet, que era un manantial de langostinos a la parrilla, mejillones a la marinera, ostras sobre hielo, verduras que nadaban en albahaca y aceite aromático y platos de pasta sencillos y consistentes. Ni siquiera había un menú. En cambio, el camarero anunciaba tu turno para el bufet para que así los comensales de las mesas no tuvieran que precipitarse a hacer cola. Como había oído que era el restaurante más popular de Roma, me había puesto mi mejor conjunto: zapatos dorados de puntera redonda con tacones, mi jersey rosa con voluminosas hombreras y una minifalda de estampado hawaiano. Mi padre se movió con rapidez por el bufet y regresó a la mesa en tanto que yo me tomé mi tiempo. Miré las almejas al orégano, el pulpo al pesto y al final alargué el brazo hacia lo alto de la fuente para coger unos espárragos al limón. Entonces fue cuando oí los aplausos. Tardé unos segundos en darme cuenta de que estaba allí de pie en ropa interior —unas sencillas bragas blancas, lo que algunas personas denominan bragas de abuelita— y que mi falda se hallaba entonces en torno a mis tobillos.

Alguien gritó: «*Buon Anno!*»; que según averigüé después significaba: «¡Feliz año nuevo!». Tras subirme la falda me quedé allí riendo y miré a mi padre, quien también se estaba riendo, doblado en dos y sujetándose el estómago.

—Levanto la vista... —se reía tanto que se estaba poniendo colorado y no podía terminar la frase—. ¡Y te veo ahí, en bragas!

Hacía mucho tiempo que no me reía tanto y ni siquiera recordaba haberme reído con él. Nos reímos más todavía y alguien mandó que nos trajeran una botella de vino y una rosa rosada.

—Puedes quedarte con la flor —dijo mi padre—. Yo me beberé el vino. —Puso un poco en una copa—. Está bien, te daré un sorbo.

Y no sé si fue por la risa o por el vino, pero aquella noche acabé contándole lo mucho que echaba de menos a Cliff.

—Erais inseparables —comentó—. ¿Él era tu mantita?

—¿Mi mantita?

—Tu manta de seguridad —aclaró—. Erais como Frick y Frack.

Entonces le expliqué que Beth había desaparecido.

—Bueno, cariño —dijo—. Vete acostumbrando porque las chicas siempre te plantarán por los chicos. Sobre todo si se acuestan con ellos. Entonces quedas fuera. Así es la vida.

La noche siguiente hablamos de lo deprimida que estaba y él me contó que tras el fracaso de su primer matrimonio quedó muy abatido. Me contó cosas que yo no sabía de él. Le gustaba darse una ducha fría cada día y se pasó años preguntándose qué hacer con su vida.

Después de aquello siempre describí ese viaje a Italia como la primera vez que llegué a conocer a mi padre. Sin embargo, ésta no es una de esas historias en las que todo fue delicioso y nos llevamos maravillosamente bien después de Italia. No obstante, durante los años siguientes, sencillamente nos sentimos más cómodos siendo nosotros mismos. Aprendí que cuando vas a una cafetería con mi padre, en cuanto llega la comida él dice:

—Termina. Estas señoras viven de las propinas.

—Pero si está ardiendo —decía yo.

—¿Por qué siempre tienes que ser tan difícil? —me replicaba—. Esta gente necesita ganarse la vida.

Discutimos cuando le hice un libro por su cumpleaños. Se llamaba *Las aventuras de Murray* y había tardado semanas en ilustrarlo con dibujos de él.

—No lo entiendo.

—¿Qué hay que entender? —dije—. Es un regalo.

—Sólo digo que creo que has hecho cosas mejores.

—Pero es un regalo. ¿Por qué no podías limitarte a decir gracias?

—No querrías que te mintiera, ¿verdad?

—Sí, por favor. Por supuesto. Cada día. Puedes empezar ahora mismo.

Nuestra relación siguió siendo polémica y nos peleábamos a menudo, pero nunca tanto como cuando mi madre se estaba muriendo. No pasaba un día sin que mi padre y yo no discutiéramos por algo. No era raro encontrarnos a la puerta de la habitación de mi madre en el hospital a punto de estallar.

—En el puesto de enfermeras están muy enfadados contigo —me informó mi padre una mañana—. Esa enfermera de ahí —señaló a una mujer de casi sesenta años que llevaba unas descomunales gafas cuadradas y unas trenzas gruesas y canosas— me enseñó lo que había escrito en el libro de registro con grandes letras negras: LA HIJA DE LA PACIENTE NO SE MARCHA.

—No quería dejar sola a mamá —dije—. Tenía dolor y nadie le daba nada. No quería dejarla hasta que estuviera mejor. ¿Cómo puedes pensar que no hice bien?

—¡Escúchame! ¡Deja de causar problemas! ¡Ya estoy harto!

Y aunque yo decía cosas como «Mi madre tiene un tumor cerebral y voy a quedarme con un loco», mi padre y yo estábamos profundamente compenetrados, pasábamos juntos todas las semanas,
unidos por el entendimiento de que ambos estábamos perdiendo a
la persona a quien considerábamos más importante.

—Hol y Tom tienen a sus familias —dijo refiriéndose a mi hermano y hermana, mayores que yo y casados—. Pero nosotros sólo
nos tenemos el uno al otro.

Y tenía razón. Éramos como una de esas viejas parejas discuti-
doras que no dejan nunca de pelearse, pero que no pueden existir
sin el otro.

Cuando mi madre estaba en el hospital, a mi padre le obsesionaba la
idea de que yo me citara con un médico.

—Me parece una idea maravillosa —anunció mi padre—. Pero
si quedas con un médico, él no va a comprender que te estés quejan-
do constantemente del hospital como siempre. Lo que quiero decir
es que algunos de estos médicos son muy arrogantes y no van a entender que les digas lo que tienen que hacer o cómo tratar a mamá.
No tienes que dar la impresión de ser demasiado dominante, cosa
que haces con mucha frecuencia.

Era típico de mi padre darme consejos muy concretos y a menudo ofensivos sobre situaciones hipotéticas.

—Si sales con un médico —dijo—, no le va a gustar todo ese
revoltijo que tienes en la bañera y querrá comer algo más que pollo.

—Mamá estaría encantada si salieras con un médico —coincidió
mi hermana y, por un momento, dio la impresión de que me estaba imaginando haciendo un guiño pícaro a los invitados a mi boda
mientras recorría el pasillo de la iglesia ataviada con un vestido cuyo
escote ella consideraba demasiado atrevido.

—Estaría contentísima —dijo mi padre, cuya mirada ausente sugería que se estaba imaginando el mismo acontecimiento. Mi padre
llevaba los últimos cinco años diciéndome que cada mañana, cuando

salía a correr en torno al embalse, practicaba el discurso que iba a pronunciar en mi boda—. Pero date prisa, porque me gustaría recitar ya el dichoso discursito. ¡Es que me lo sé de memoria!

Y cuando conocía a alguien, nadie se alegraba tanto como mi padre.

Conocí a Josh Adler en una oscura y concurrida fiesta de cumpleaños en el Soho. Mi madre ya no me reconocía y aquélla era la primera fiesta a la que asistía desde que tenía memoria. Josh entró cinco minutos antes de cuando yo pensaba marcharme. Tenía el cabello negro y ralo y llevaba unas gafas diminutas en lo alto de su fina nariz. Vestía una chaqueta de piloto negra de Agnès B. y Levi's, y calzaba zapatos de lona con suela de caucho.

—Josh te encantará o pensarás que es gay —me había dicho mi amiga Mia—. Pero no es porque se comporte como un gay. Más bien es que no ha tenido una novia desde hace muchísimo tiempo… —exhaló con fuerza—. Bueno, que yo sepa nunca ha tenido novia, y viste muy bien, de manera que la gente da por sentado que es gay.

Josh me pareció muy guapo y absolutamente inofensivo. Sonreía mucho y ante mis intentos de ser graciosa se reía con facilidad o me señalaba y decía: «¡Ja, ja! ¡Qué bueno!» Habló sobre su larga jornada laboral como editor de cine. Recuerdo que pensé: «Ésta es la clase de hombre dulce y tontorrón que nunca me haría daño».

En nuestras primeras citas no sabía qué pensar de Josh y con frecuencia consideré poner fin a la historia, hasta que al cabo de unas semanas, me dejó plantada un sábado por la noche.

—¡No necesito esta mierda! —le grité por teléfono cuando me llamó a la mañana siguiente.

Sabía que intentaba deshacerme de Josh antes de que él se deshiciera de mí. Hacía ya tiempo que era consciente de que tenía un fértil complejo de abandono, quizá porque mi madre se ponía enferma continuamente cuando yo era pequeña. A menudo decía en broma que el miedo que tenía a que me abandonaran era el mismo que sentía alguien a quien hubieran dejado en un moisés a la puerta de una iglesia.

—No recibía ninguna vibración que me indicara que querías seguir saliendo —explicó Josh con esa manera dulce y condescendiente que tenía de decir las cosas.

—¿Ninguna vibración? ¿Ninguna vibración? ¿Qué es esto, 1972? ¿Vas a pasar a recogerme con tu Gremlin? Teníamos planes, y tú lo sabes. ¡Tengo treinta y un años! ¿Sabes cuántos años son? ¡Muchos, y no necesito esta mierda y no vuelvas a llamarme nunca más!

Entonces me suplicó que quedáramos para almorzar, me dijo que debería darle una oportunidad para demostrarme cuánto le gustaba. Durante los meses siguientes creo que empecé a enamorarme tanto de Josh como de haber vuelto a salir al mundo. Me entusiasmaba el simple hecho de estar en su reducido apartamento mirando *Week End* de Godard y encargando kebab de pollo a domicilio. Algunos sábados por la mañana nos sentábamos en la terraza de una cafetería llamada La Bombonniere y compartíamos un plato de bacón mientras intentábamos reconocer a las personas que caminaban de forma extraña por haber practicado sexo duro la noche anterior. Y hubo un día que Josh salió corriendo de la ducha y cruzó la puerta principal completamente desnudo y cubierto de espuma, bajó al vestíbulo y pasó frente a una hilera de apartamentos sólo para decirme adiós antes de que me fuera a trabajar. Me siguió hasta el ascensor diciendo: «Se me ocurrió darte un beso antes de que te marcharas».

—Técnicamente esto se considera exhibicionismo, ¿lo sabes? —le dije mientras me quitaba la espuma de mi gorro de esquí de lana.

—¡Ja, ja! ¡Qué bueno! —repuso, y volvió a besarme—. ¡Ay! ¡Mierda! ¡Oigo venir a alguien! —y se marchó a toda prisa.

Durante los muchos años que estuve sin novio era una de esas personas que sólo con ver que una pareja se cogía de la mano, pensaba: «¡Alquilad ya una habitación, por Dios!» Y ahora, por supuesto, yo era la peor. La gente utilizaba palabras como «locamente cariñosos» y «el uno encima del otro» para describir la manera en que Josh y yo estábamos juntos. Había otros que utilizaban frases más vívidas como: «Dejad esta mierda. Es un fastidio».

Mi madre murió cuando llevábamos seis meses juntos. En su funeral, una amiga de la familia señaló a Josh y me dijo: «Me alegro mucho de que lo tengas a él. Pocas veces he visto a una madre y una hija tan unidas como vosotras. A todos nos preocupaba mucho que te vinieras abajo. ¿Cuándo será la boda?» Yo ya había hecho saber que me hacía la misma pregunta. Lanzaba indirectas sutiles como: «Necesito saberlo. ¿Vamos a casarnos o no?» Josh siempre decía que sí, pero su expresión me recordaba a la de alguien que acabara de recibir una patada en sus partes. Y en tanto que él se sentía atrapado, yo tenía la sensación de suponer demasiado, de que los acontecimientos de mi vida eran más de lo que él podía soportar y decidí intentar no necesitar nada. Me sentía como si hubiera empezado siendo un pájaro de papiroflexia, uno de esos cisnes sencillos, pero cada vez me iba doblando y haciéndome más y más pequeña hasta que ya sólo fui un irreconocible pedazo de papel arrugado. Sin embargo, por mucho que tratara de hacerme diminuta, seguía siendo demasiado para Josh, tal como él mismo anunció antes de romper conmigo.

Mientras yo permanecía en adobo en esa clase de dolor que los realmente agraviados consideran que les es exclusivo, ese dolor que te hace definir el mundo como «los que se han comparado con Job y los que no», obtuve cierto consuelo al saber que había otra persona que sentía la agonía de mi ruptura casi tanto como yo.

—¡Que se vaya a la mierda! ¡Es un desgraciado! ¡Un don nadie! —exclamó mi padre. Tenía los brazos extendidos de manera que las manos, que sacudía con cada palabra para mayor efecto, se movían a pocos centímetros de mi cara—. ¡Tienes que olvidarte de él! —dijo—. Por favor, cariño. ¿Puedes hacerlo?

—Aún le quiero —repuse, y apoyé la cara en la manga.

Estábamos sentados en Barney Greengrass, un restaurante especializado en platos como arenque *schmaltz** y arenque salado,

* Grasa para cocinar, generalmente de pollo. (*N. de la T.*)

un lugar modesto con ese tipo de iluminación fuerte propia de ciertas charcuterías judías y salas de interrogatorio soviéticas. Los elementos decorativos estaban apretujados, había unas mesas estrechas y unas sillas de madera rígidas.

—Ame, ¿podrías mirarme un minuto? —me pidió mi padre al tiempo que me daba unos golpecitos en el hombro. Hablaba con la voz fuerte y preocupada que podría utilizarse para despertar a alguien que se ha desmayado—. Levanta la cabeza de la mesa un instante y te prometo, te prometo que podrás volverla a bajar.

Me erguí lentamente en la silla mirando los bollos con bolas de ensalada de huevo y atún que habíamos pedido y que permanecían intactos.

—¡Las cosas van a mejorar! —dijo mi padre.

—¿Por qué lo crees? —le pregunté.

—¿Por qué? ¿Por qué? —repitió—. ¡Porque sí!

Una mujer mayor, una rubia con una permanente descabellada y un jersey velloso y escotado de color rosa, le hizo ojitos a mi padre.

—El atún es excelente —comentó la mujer.

—Nosotros hemos venido por los bollos —dijo él.

No era raro que las mujeres flirtearan con mi padre. Entonces, cuando ya había transcurrido más de un año de la muerte de mi madre, hacía muy poco que él había accedido a verse con mujeres con nombres como Pearl Hyman y Gay Solomon. Su nueva vida social se reflejaba en su atuendo, al que prestaba más atención, combinando, como aquel día, un jersey de cuello redondo y color vivo con unos pantalones caqui que, a diferencia de los que solía ponerse antes, no tenían los bordes deshilachados ni las pequeñas manchas del Bloody Mary de su cóctel de cada noche. Las mujeres con las que salía mi padre, casi todas viudas, solían lucir un cabello sedoso, cardado de tal manera que prácticamente parecía un casquete. Todas eran muy buenas y participaban en obras benéficas, pero, tal como decía mi padre, «No se parecían a mamá».

Y ahora nosotros dos, ambos solteros, nos veíamos a diario.

—Esa señora está flirteando contigo —le dije.

Mi padre miró a la mujer, quien seguía haciéndole caídas de ojos y frunciendo sus labios pintados.

—Me importa una mierda esa señora —replicó—. Me importas tú. Por favor, cariño, déjame decirte sólo una cosa. Creo que te animará. ¿Preparada? —preguntó con entusiasmo.

Asentí con la cabeza. Se trataba de la primera mujer divorciada con la que trataba mi padre y estaba ansiosa por oír lo que tenía que decirme.

—Sabes que fueron muchos los hombres que trataron mal a tu madre, todos los Toms, Dicks y Harrys que la dejaron plantada a diestro y siniestro antes de conocerme a mí —dijo alegremente—. ¡Igual que a ti!

Miré a mi padre.

—¿Esto tiene que animarme?

—A eso voy. Después de divorciarse, mamá viajó por Europa en ciclomotor con un búlgaro. Creo que era búlgaro o rumano, y quizá incluso hubiera otros. Era un caos. Un desastre. En cualquier caso, después regresó a Nueva York y sé a ciencia cierta que salió con al menos un alcohólico, luego con un productor que la engañaba y con algún periodista de la Associated Press.

Cuando mi madre vivía, mi padre a menudo hacía referencia a lo que él imaginaba que fue su animada vida de soltera antes de conocerlo a él, a lo cual ella replicaba: «Gracias, amigo. Tuve un novio y haces que parezca que dirigía un burdel».

Mi padre continuó hablando:

—Lo que te estoy diciendo es que tu madre me encontró. Y tú también encontrarás a alguien.

—Y tú también —le dije.

Me salió de repente, y si hubiera tenido un momento más, probablemente hubiera elegido una respuesta distinta. ¿Ahora estábamos los dos solteros? Todo aquello resultaba muy extraño porque todo era muy nuevo.

—No estamos hablando de mí —repuso—. No me saques a colación. A mí no me incluyas. ¿Quieres saber por qué ha ocurrido esto? ¿De verdad quieres saber la respuesta?

—Sí. De verdad me gustaría saber por qué ha ocurrido.

—Porque en realidad tú no querías casarte con Josh —dio una palmada en la mesa, se cruzó de brazos y asintió una vez con la cabeza. Ésta era la respuesta.

—Te equivocas —dije—. Lo deseaba.

—Puede que creas que es lo que querías —añadió mi padre—, pero vas a darte cuenta de que en realidad no lo deseabas en absoluto.

Después de tantos años de ser la hija de mi padre, estaba muy acostumbrada a su enfoque trilero de la psicología que, fundamentalmente, decía que por mucho que creas saber algo, no lo sabes, porque la realidad, aun siendo un concepto certero, nunca es fiable de verdad.

—Puede ser —asentí—. Pero la cuestión es que me hubiera casado con Josh y hubiera creído ser feliz, y ahora todo el mundo me dice que en realidad no hubiera sido feliz, sino que sólo hubiera creído serlo porque no habría sabido lo sumamente infeliz que de hecho era. Sin embargo, si no sabes lo infeliz que eres, ¿eso no significa que eres feliz?

Me miró con una expresión confusa que rayaba en el dolor.

—¿Sabes una cosa? —dijo al fin—. Has tenido suerte. ¿Me oyes? Suerte. Has esquivado una bala. Ahora bien, tu situación laboral ya es otra cosa. No puedo decir que seas tan afortunada porque no tienes trabajo y así dispones de mucho tiempo, cosa que puedo entender. Es lo peor.

Últimamente mi padre había tomado la difícil decisión de jubilarse. Cuando cuidaba de mi madre, recortó drásticamente sus actividades laborales para poder pasarse el día en el Gourmet Garage buscando sopas que a ella pudieran gustarle y sentado a su lado diciéndole lo hermosa que era, aunque estuviera calva y con un lado de la cara paralizado. Después de todo aquello había intentado volver a poner al día el negocio, pero fue demasiado tarde.

—Por eso necesitas una profesión y no tan sólo una carrera —me explicó—. Verás, si fuera abogado ahora podría estar trabajando, estaría encantado. Podría ir al despacho un par de días a la semana como Martin Sidelitz y ayudar a africanos detenidos, pero un negocio de bolsos no se puede llevar de esta manera. Tenlo presente cuando resuelvas lo que vas a hacer a continuación.

Me miró para ver si seguía su línea de pensamiento.

—Estamos muy deprimidos, ¿verdad, cariño? —preguntó.

—Sí, lo estamos —asentí con la cabeza—. Y muy, muy preocupados.

—Voy a repetir lo que dije y por una vez deberías escucharme y no ser tan condenadamente tozuda. Por favor. Estás mejor sin él.

Yo no estaba segura de compartir su opinión, pero me pareció que creyéndome afortunada se animaba, de modo que dejé que pensara que era cierto.

Ya era junio y yo seguía sin estar más cerca de encontrar la paz en ningún sentido. Puesto que todos mis amigos trabajaban y les resultaba difícil encontrar un hueco de tres horas en su jornada laboral para responder a la lacrimógena pregunta de «¿Cómo puedes decir que estás enamorado y que a la semana siguiente te entre el pánico?», la tarea de cuidar de mí recayó en mi padre. Fue una cosa que no me esperaba cuando apenas un año antes yo había considerado mi deber cuidar de él. Cuando Josh y yo salíamos a cenar o a ver a algún renombrado *disc jockey* nuevo venido de la India, muchas veces salía un momento para llamar a mi padre y se me rompía un poco el corazón cuando me decía que estaba solo, viendo un documental sobre Albert Speer y comiéndose sin ganas un sándwich de rosbif pasado.

Eso fue antes de que anunciara que estaba listo para conocer a alguien. Cuando lo hizo, su único requisito fue que las mujeres tuvieran más de sesenta años.

—No tendría nada que decirle a una más joven. Porque, claro,

¿qué le digo a una niña de cincuenta y cinco? —No le surgieron un montón de nombres de inmediato, pero sí mujeres suficientes para componer un coro de tabernáculo femenino. Dos veces.

—¿Qué se supone que tengo que hacer con todas éstas? —dijo, y dejó una nueva lista de nombres en un montón cada vez mayor—. Me siento mal, ¡pero es que son demasiadas!

Mientras que en Manhattan escaseaban los apartamentos asequibles y los aparcamientos, lo que por lo visto abundaba eran las viudas mayores y divorciadas de buen ver, muchas de las cuales tenían la esperanza de convencer a mi padre para que las eligiera. Como resultado de ello, no era raro que cuando iba a visitarlo a su apartamento el portero llamara para decir: «Una señora acaba de dejar una corona de bizcocho aquí abajo». O que una vecina de casi ochenta años le enviara cartas insinuantes escritas con caligrafía de niña prometiéndole que, en cuanto regresara de pasar las vacaciones con su bisnieta en Austria, lo invitaría a casa para que probara su *schnitzel* vienés.

Estaba nerviosa por el hecho de que mi padre conociera a alguien. Había tenido una amiga cuyo padre, después de casarse por segunda vez, quitó todas las fotografías de su primera esposa de las paredes y de los álbumes familiares. Sin embargo, sabía también que mi padre necesitaba que se ocuparan de él. La primera vez que mi madre se puso enferma él no sabía ni pedir comida china por teléfono. «¿Llamo y digo que quiero el número dieciséis o digo las Gambas Doble Felicidad? ¿Qué hace la gente?» Tantas veces que había discutido con mi padre y no se me había ocurrido pensar en lo desamparado que estaba. Siempre fui tan consciente de su enorme efecto sobre mí que nunca imaginé que algún día necesitaría que le enseñaran a encender el horno y a hacer unos huevos revueltos. Ni que miraría en los armarios de la cocina y en la nevera para comprobar que tuviera algo más aparte de aceitunas españolas y un trozo de queso Edam. Ni que tendría que escribir dos páginas con las instrucciones para el manejo del vídeo, unas instrucciones que empezaban con: «Pulsa el botón ON».

Sabía que una parte de mí quería que mi padre encontrara a alguien para así sentirme menos responsable de él. De modo que empecé a interrogarlo con frecuencia sobre sus dos o tres citas semanales.

—De acuerdo, así que su esposo murió de un ataque al corazón y la llevaste a cenar a Lusardi's, pero ¿te gusta? —pregunté con impaciencia—. ¿Volverás a invitarla a salir? Quizá deberías darle otra oportunidad.

—No lo sé —me explicó—. Es una señora estupenda, pero sólo hemos salido dos veces y ya me está preguntando si quiero acompañarla al *Bar Mitzvah** de su sobrino en Cincinnati.

Daba la impresión de que le costaba tomar una decisión.

—No es tan sencillo como crees, Ame.

—Ya sé que no es tan sencillo —dije—. ¿Recuerdas las veces que me preguntaste por qué no salía con alguien por segunda vez?

—No te hagas la sabihonda. Y ya que hablamos del tema, Greta Garbo, ya sería hora de que empezaras a salir con hombres.

—No estoy preparada.

—La señora no está preparada —meneó la cabeza—. Eres una joven hermosa, tontina. Eres inteligente. Eres amable. Olvida a ese desgraciado y sal de casa. Porque si no lo haces se convierte en una especie de síndrome, ¿no te parece?

—¿Un síndrome? —pregunté. Aquello me recordó la vez que me dijo que, si no limpiaba la arena del gato, los gases podían dejarme ciega.

—Como una obsesión —dijo—. Es el momento.

—Pensaré en ello.

—¿Me estás tomando el pelo?

—No te estoy tomando el pelo.

—Porque siempre hemos sido sinceros el uno con el otro, de modo que ahora no empieces a tomarme el pelo.

---

* Ceremonia religiosa por la que un muchacho, a los trece años, entra a formar parte de la comunidad de los adultos. (*N. de la T.*)

—No te estoy tomando el pelo. Lo pensaré. Y ahora déjame en paz.

Ya sabía que era una petición estúpida porque en cuanto nos dejáramos en paz el uno al otro dejaríamos de respirar.

Al cabo de varios meses mi hermana me llamó un día, después de acompañar a su hijo que se marchaba a un campamento de tenis, para decirme que tenía buenas noticias.

—El marido de Mandy Simon, Mitchell, a quien conociste el año pasado en Sports Authority, ¿recuerdas que llevaba el kayak de plástico rojo? Bueno, la cuestión es que hace veinticinco años fue monitor en un campamento y aún mantiene la amistad con uno de los chicos que estaban en su barracón, y quiere arreglarte una cita con él. ¡Y espera! Antes de que digas que no, le dije a Mitchell que te negarías, pero me dijo que el chico en cuestión nunca acepta citas a ciegas y que tendríamos suerte si aceptaba.

Cuando terminó de hablar, estaba sin resuello.

—Además —añadió, intentando aún recuperar el aliento—, ya se te está yendo el sarpullido, de manera que no tienes excusa.

—Estupendo —dije—. Iré.

—¡No! Espera. ¿Estás siendo sarcástica? ¿Lo dices en serio?

—Sí. Iré. Sea lo que sea.

—De acuerdo, se llama Aaron Ungerleider —dijo, y colgó el teléfono antes de que yo pudiera cambiar de opinión.

Llevé a mi padre a ver una película llamada *Happiness* en la que, entre otras cosas, aparecía un hombre que realizaba llamadas de teléfono obscenas y que eyaculaba en la pared de su casa.

—¿Qué intentas hacer, matarme? —dijo mi padre al salir del cine.

Decidimos ir a su nuevo apartamento, uno más pequeño que había adquirido pocos meses después del fallecimiento de mi madre.

Nuestro plan era pedir una pizza y mirar la televisión. Mi hermana había decorado la nueva guarida de mi padre con colores terrosos que eran cálidos a la par que masculinos. Era un piso más elegante que el que habían compartido mis padres, en parte porque mi madre, que sentía lástima por su única amiga soltera, Eden Levine, había dejado que ésta la ayudara a decorarlo, aun cuando a Eden le gustaban los tigres de cerámica a tamaño real, los melosos tonos pastel y todo lo que fuera de mimbre. Había unas cuantas cosas que antes estaban en el viejo apartamento de mis padres: los sillones con estampado azul de flores, las lámparas chinas de jade Sung y las estrambóticas obras de arte que a mi madre le gustaba coleccionar, manifestando así su fascinación por lo grotesco. Sin embargo, dichas piezas ahora parecían perdidas. Estaban rodeadas por tantas fotografías enmarcadas de mi madre en todos los estantes que parecían estar preguntando: «¿Dónde está?»

Después de pedir la cena mi padre me miró con expresión radiante hasta que ya no pudo contenerse más y dijo:

—¡Tu hermana me ha contado que tienes una cita!

—Las noticias vuelan —repuse—. Sí. El lunes que viene.

—¡Por fin ha aterrizado el águila! —exclamó.

Una vez más, eso me recordó lo mucho que habían cambiado las cosas. Años atrás hubiera respondido a su emoción con un seco «Tranquilízate» o «No quiero hablar de ello», sin imaginarme ni remotamente que un día querría que él conociera a alguien tanto como él lo soñaba ahora para mí.

—Tan sólo es una cena, papá.

—Pero ¿no te das cuenta? —dijo él—. Una cita llevará a otra cita y luego a otra. ¡Cuando los hombres de esta ciudad se enteren de que estás disponible, va a ser una bonanza! —Como ya había utilizado un término del Viejo Oeste, se sintió cómodo y soltó otro—. ¡Una estampida!

Daba por sentado que, como a él le daban listas de mujeres, a mí se me ofrecerían docenas de hombres ansiosos por cortejarme. La realidad era todo lo contrario. A menudo, cuando hablaba con gente que decía que conocía a alguien que podría presentarme, me sentía como si estuviera haciendo campaña a favor de mí misma, intentando demostrar por qué era la candidata adecuada para el puesto.

—Es un chico estupendo y sería perfecto para ti, pero vive en Los Ángeles.

Tras lo cual podría ser que yo dijera:

—¡Por la persona adecuada me mudaría!

Intenté explicarle a mi padre que para mí no era lo mismo; yo no tenía largas listas de posibles pretendientes, más bien al contrario, pero él se negó a creerme.

—¡Tonterías! ¡Cuando los hombres de esta ciudad se enteren de que estás disponible, tendrás que ahuyentarlos a golpes de bastón! Eres una chica guapísima. —De pronto su mirada de júbilo se tornó muy seria—. Pero te voy a dar un consejo muy importante. ¿Me estás escuchando?

Moví la cabeza en señal de asentimiento, con cautela.

—Tal vez.

—Todo el mundo me pregunta: «¿Por qué Amy está soltera?»

—¿Todo el mundo pregunta por qué estoy soltera? —repetí, horrorizada—. ¿Quién pregunta por qué estoy soltera?

—¿Quién lo pregunta? Bueno, mucha gente —respondió con aspecto de estar calculando mentalmente una cifra elevada, y cuando se dio cuenta de que necesitaría una calculadora, lo dejó—. Lo preguntaron los Berkowitz, Pat, Arlene y Milt Sussman, Hy Gittner…

—¿El tipo que antes vendía bolsos en tu sala de muestras preguntó por qué estoy soltera?

—No lo hacen con mala intención. No dicen —frunció el ceño—: «¿Por qué está soltera Amy?» No, ellos lo dicen más bien así —sonrió—: «¿Por qué está soltera Amy?» Es un cumplido. Les digo a todos que yo tampoco logro entenderlo, pero ¿puedo hacerte una sugerencia?

—¿Tienes que hacerlo?

—Tendrías que llevar el pelo así —dijo, y puso la palma contra los rizos castaños y grises que enmarcaban su frente bronceada—.

Lejos del rostro. No como lo llevas ahora —explicó señalando mi melena—. Cuando lo llevas todo desgreñado, parece que sea pelo de animal, o un nido o algo así. Eres una chica muy guapa, pero si vas peinada de esta manera nadie se dará cuenta.

Mi padre tenía tendencia a alabarme y ofenderme al mismo tiempo, diciendo cosas como: «¡Estás genial, Ame! Gracias a Dios que no te has puesto ese sombrero peludo. Era demasiado feo. Ahuyentaba a la gente».

—¡No creerás en serio que la forma en que llevo el pelo es el motivo por el que no me he casado!

Mi padre seguía agarrando sus rizos frontales con el puño.

—Si te peinas así, te garantizo que conocerás a alguien y durará —sonrió—. Estoy encantado de que vuelvas a salir. Pronto vas a encontrar a alguien, cariño. ¿Sabes por qué?

—¿Por qué? —pregunté con interés genuino.

Me puso la mano derecha en lo alto de la cabeza, como si me estuviera coronando o algo así.

—Antes eras insoportable, pero mírate ahora.

Estos intercambios me dejaban confundida, y no solamente por las razones obvias. Resultaba extraño darse cuenta de que, si mi madre no hubiera muerto, mi padre y yo nunca hubiéramos llegado a estar tan unidos, nunca hubiéramos tenido la relación que yo siempre había querido tener con él. Cuando mi madre vivía, era ella la que hacía de mediadora entre mi padre y yo. Si tenía un problema con él, o él conmigo, siempre se canalizaba por mediación de mi madre, que no escatimaba esfuerzos para explicarnos a cada uno los motivos del otro. «Tu padre necesita control», diría. O: «Amy necesita sentir que se la tiene en cuenta». Me pasé la vida reclamando la atención de mi padre y ahora ya la tenía. Cuando la gente admiraba lo estrecha que se había vuelto la relación entre nosotros desde la muerte de mi madre, yo no sabía cómo explicar que me sentía como si hubiera perdido a mi madre y encontrado a mi padre. Nunca se me había ocurrido pensar que la alegría podía ser tan desconcertante como el dolor, que se batallaría con los motivos por los que algo bueno te había sucedido de la misma manera en que lucharías contra algo terrible. Y sin embargo ahora me encontraba intentando entender ambas cosas.

Aaron Ungerleider era un hombre alto, un experto en Oriente Medio. Nos encontramos en un bar con paredes de ladrillo vista y poca iluminación. Era bien parecido, del estilo que Eve denominaba el «Al Gore de imagen muy cuidada al que todas las abuelas de Florida encuentran apuesto».

—Me dijiste que buscara una chica con camisa marrón —comentó—. Ésta es granate, no es marrón.

—Es de color chocolate —contesté, pero lo que en realidad estaba pensando era: «Una copa y me largo de aquí».

—Tranquila —dijo, y me dio una palmada en el brazo—, sólo era una broma de cita a ciegas. Ya sabes, como cuando le dices a alguien por teléfono que eres un enano calvo y obeso en silla de ruedas.

Después de aquella noche Aaron me llamaba constantemente, a menudo varias veces al día. En una ocasión llegó a llamarme desde un avión. Me invitó a ver *Reservoir Dogs* mientras hacía la colada. Otra vez me llamó y dijo: «Estoy pensando en ti. Vamos a comer a un coreano». No estaba segura de si me gustaba, pero era consciente de que sus atenciones me encantaban. No tardó en ganarse mi simpatía. Y luego no volví a saber nada más de él.

—¿Béisbol sigue sin llamarte? —me preguntó mi padre cuando nos encontramos para comer juntos. Lo llamaba «Béisbol» porque le había contado que Aaron, quien durante un tiempo había considerado jugar profesionalmente, lo hacía entonces en una liga local—. ¿Te acostaste con Béisbol?.

—¡Papá!

—No eres una monja. No eres ha hermana Amy Cohen. No te estoy pidiendo que me cuentes los detalles, pero si te acostaste con él, esto va a resultarte mucho más doloroso.

—No —respondí—. No me acosté con Béisbol. Sólo hacía dos semanas que lo conocía.

—Bueno, quizá Béisbol se cansó de esperar —dijo él—. Cuéntame qué pasó.

—No lo sé. Por su comportamiento se diría que yo le gustaba, me hablaba de planes futuros, pero había una especie de intimidad falsa. Te das cuenta de que lo que parece intimidad puede resultar muy engañoso.

—Tengo una gran historia para ti —me dijo con una sonrisa—. Cuando mamá y yo empezamos a salir, ella tenía el busto hasta aquí —dijo estirando los brazos frente al pecho—. La verdad es que llenaba del todo el jersey. Después, al cabo de un par de meses, estábamos en su apartamento y vi un montón de calcetines grandes en el suelo, entonces caí en la cuenta de que se ponía relleno —sonreía abiertamente—. ¿Te refieres a eso cuando dices engañoso?

—No exactamente —contesté—. Es más bien como cuando crees que empiezas a estar unida a alguien, pero entonces te percatas de que no estás tan unida como creías, que sólo te dice ciertas cosas para hacer que te sientas así. Como cuando la gente habla de temas que parecen íntimos y especiales, cosas que una persona no contaría nunca a nadie, y luego caes en la cuenta de que eso, en realidad, no significa que estés más unida a ellos. ¿Tiene sentido?

Me dirigió una mirada de desesperación desde el otro extremo de la mesa.

—No les contarás esto a los hombres en tus citas, ¿no?

Mientras yo me recuperaba del desastre de Béisbol, mi padre salía constantemente. Mis amigos y yo nos maravillábamos de su vida social.

—¡Por Dios, qué hombre tan popular! —dijo mi amiga Eve—. Es como si tuviera seguidoras, sólo que en vez de esperarlo desnudas en la suite de su hotel le hacen coronas de bizcocho. —Eve acababa de romper con su novio de varios años y, si bien a regaña-

dientes, también había empezado a tener alguna cita—. Lo que digo
es que yo tengo que ponerme a dar saltitos a la pata coja para que me
presenten a un empresario memo que me dice que soy muy cara de
mantener porque voy a tres quiroprácticos.

—¿Te lo puedes creer? —dije—. Es su cuarta cita en lo que va
de semana. Y podría tener tres veces más si quisiera. Todos necesitamos reencarnarnos en un judío entrado en años con un apartamento
en el Upper East Side.

—Exacto —repuso ella—. A mí nadie me deja coronas de bizcocho en el vestíbulo.

Cuando se lo comentaba a mi padre, éste me decía:

—Amy, estas señoras se sienten muy aliviadas de que no vaya en
silla de ruedas y de que recuerde sus nombres. Obtengo puntos adicionales por el hecho de ser capaz de ir andando hasta el restaurante
sin un asistente.

Si no estaba llevando al cine a una divorciada sin pelos en la lengua
o acompañando a la vecina de la madre del marido de mi amiga a un
concierto de Haydn, siempre lo podías encontrar en compañía de su
solitaria hija soltera. En realidad, ahora pasábamos tanto tiempo juntos,
tantos días y noches, que cuando la gente me preguntaba si volvía a salir
con chicos a menudo respondía: «Por lo visto salgo con mi padre».

Estábamos viendo la televisión en su piso, como hacíamos todos
los domingos por la noche.

—Deja que te pregunte una cosa —me dijo—. Cuando llamo a
una señora por primera vez, ¿debería dejarle un mensaje en el contestador o no?

—¿Por qué no? —repuse—. Así oís vuestras voces antes de hablar y no da tanto la sensación de que sea una emboscada.

Lo consideró un momento.

—Pues creo que te equivocas en un cien por cien. No es muy
elegante. ¿Qué clase de consejo absurdo me das?

No sé por qué, pero no me sorprendió. Muchas veces, brindarle
un consejo a mi padre era como darle un punzón para el hielo a un
niño pequeño, puesto que, indudablemente, lo utilizaría contra ti.

—Me gusta hablar con una señora directamente porque, ¿y si, como me pasa a mí, la mujer no sabe qué botón apretar para acceder al servicio de contestador? Entonces estaría esperando sentado a que aprendiera a hacerlo y eso podría tardar semanas, y yo me quedaría sin hacer nada, preguntándome si escuchó el mensaje o no. ¡No hace falta pasar por eso!

—Pues no lo hagas.

—No lo haré —declaró—. A veces tus consejos no son muy inteligentes.

Permanecimos sentados en silencio, mirando un lento documental sobre Sacco y Vanzetti. Al cabo de diez minutos mi padre se volvió a mirarme.

—¿De verdad piensas que debería dejar un mensaje? Quizá tengas razón. Si a ti te gusta oír antes la voz de un tipo, tal vez a alguna de esas señoras también le guste. ¡Qué diablos! Lo probaré. Gracias, cariño.

A principios de marzo mi padre y yo asistimos a una conferencia que daba John McCain en un centro social del Upper East Side. La multitud, que avanzaba lenta y apretujada, estaba compuesta en su mayor parte de hombres y mujeres que llevaban unos pesados jerseys de lana cuando la temperatura era de casi veintiséis grados. Para aquel gentío de más de sesenta y cinco años, aquello era el equivalente a Woodstock. Pese a que no había amor libre, sí había comida gratis y la salida se hallaba obstruida por gente que se llenaba el bolso de paquetes de galletas rellenas y apuraba los vasos de zumo de uva gratuito. Por esto nos encontrábamos prácticamente parados cuando desde el otro extremo de la estancia oímos que alguien gritaba: «¡Murray!»

Nos dimos la vuelta y vimos a una mujer que me imaginé que tendría unos setenta y pocos años y que se acercaba a nosotros haciendo una pausa breve aunque perceptible a cada paso. Llevaba un elegante traje chaqueta rojo con hilo dorado entretejido y tenía unas pantorrillas tan delgadas que parecían palos de escoba alzándose de sus zapatos Ferragamo con puntera de cuero.

—Hola, Murray —dijo con voz ronca. Por la manera en que se esforzaba para no perder la compostura supe que había salido con mi padre y que él no la había vuelto a llamar. Yo misma había mostrado ese mismo semblante, un semblante que decía: «Estoy destrozada, pero voy a fingir que no me importa que no me quisieras. Imbécil».

Por cómo lo miraba, con ojos suplicantes, me di cuenta de que esperaba que él le diera otra oportunidad. La mujer miraba a mi padre como si éste fuera un suero que pudiera salvarle la vida.

—Esther —dijo él con afecto, y por su manera de decirlo supe que la mujer no tenía nada que hacer.

Ella también lo supo.

—Me alegro mucho de verte, Murray. ¿Ésta es tu hija? —dijo, intentando parecer alegre, eso que en su época se llamaba *gay* antes de que dicho término hiciera referencia a tipos vestidos de cuero y a banderas con el arco iris.

«¿Cómo ha ocurrido esto?», parecía preguntarme mientras me sonreía. Ella había organizado su vida expresamente, había hecho todo lo correcto, se había casado con la persona adecuada para que esto no ocurriera. Quise decirle que sabía cómo se sentía. La vida estaba llena de meteoros. Yo tampoco entendía nada. ¿Cómo podía ser que Josh, un hombre al que quería tanto, a quien le fregaba el apartamento después de que sus amigos, que estaban en una banda que tenía como modelo a Phish, fueran de visita y nos contaran que habían pasado el rato haciéndose pajas en su cama y viendo pornografía, un hombre con el que no paraba de reírme, hubiera podido dejarme? Y allí estábamos Esther y yo, ambas asustadas, sin saber si echarle la culpa a los astros o a nosotras mismas.

—Parecía agradable —comenté mientras nos marchábamos—. ¿Estás seguro de que no quieres volver a salir con ella?

—Ame, es una señora encantadora, sí, encantadora, pero no es para mí —dijo él. Parecía desilusionado, como si deseara que las cosas pudieran ser distintas.

—Creo que deberías darle una oportunidad —sugerí, y mientras lo hacía me di cuenta de que esperaba que, por alguna suerte de magia, si podía convencerlo para que le diera otra oportunidad, tal vez yo también tuviera una.

—Es la mujer sobre la que te hablé, la que se rompió la cadera al bajar de la escalera mecánica en la ópera. Resbaló con una pastilla de menta o algo así —hizo una pausa—. A veces la vida es injusta.

Aunque nos llevábamos cuarenta años, a Esther y a mí la biología nos había hecho vulnerables. A ella la había convertido en viuda, como había hecho con muchas mujeres que sobrevivían a sus esposos, y a mí me había dejado ansiosa por conocer a alguien, puesto que tenía la esperanza de tener un bebé en los próximos años. Supuse que, siendo adolescente, Esther, al igual que yo, había tenido la sensación de tenerlo todo controlado y ahora estábamos reducidas a esto. El simple hecho de pensar en ello me hizo sentir molesta con mi padre.

—A ti sólo te importa el aspecto —dije.

Él se encogió de hombros.

—Mira, yo no elegí esto. Preferiría tener conmigo a mamá. No querrás que me quede solo el resto de mi vida, ¿no?

Puesto que había anunciado a mis amigos y familia que estaba preparada para intentar volver a citarme con hombres, la reacción se pareció a un maratón televisivo muy bien dirigido donde a unos hombres desprevenidos se les pedían citas en lugar de dinero. Decía que sí a cualquiera que me lo pidiera. Salí con un chico que, mientras hacíamos cola en una concurrida *trattoria* de Houston, me dijo: «Hace seis semanas que no he tenido sexo y estoy con los nervios a flor de piel». Y con un hombre que fingía ser ciego para poder entrar en el metro con su perro. Y con un banquero de inversiones que me llevó a cenar, hablamos de nuestra admiración común por las películas de desastres de la década de 1970 y luego me preguntó con cuántos hombres me había acostado y si tenía un vibrador.

Una noche, mi hermana, Holly, llamó para pedirme disculpas por darle mi número a un amigo sin decírmelo. Me había cogido absolutamente por sorpresa cuando una vacilante voz de hombre empezó la conversación diciendo: «Hola, soy Teddy Shandling. Teddy Shandling —repitió—. El marido de la amiga de tu hermana trabaja en una oficina con la esposa de mi amigo. Me parece».

—Lo siento mucho —dijo mi hermana—. Creía habértelo dicho.

—Pero ¿cómo pudiste hacerlo? Fue muy embarazoso.

—No volverá a ocurrir. Te lo prometo; pero, lo más importante, ¿qué te parece la novia de papá?

—¿Qué novia?

—¿No te ha dicho que tiene novia? —parecía indignada—. Pues pasáis juntos mucho tiempo.

—Sí, bueno, me dijo que había salido unas cuantas veces con una mujer, una que hace poco hizo un viaje a Sedona, pero no. No la llamó su novia.

Mi hermana hizo un sonido que no fue exactamente una risa y que sugería que ella también empezaba a comprender a nuestro padre de una manera distinta.

—Es muy curioso. Desde que Josh y tú rompisteis que no para de decirme: «Espero que Amy encuentre a alguien primero. Espero que Amy encuentre a alguien primero». Quizá por eso no te lo contó.

—Sí, quizá fue por eso —repuse.

Al día siguiente me reuní con mi padre en la puerta de Saks, donde iba a comprarse un traje nuevo.

—¿Qué pasa? —preguntó—. Pareces, ya sabes… —trató de encontrarla palabra adecuada—. Molesta por algo.

A mí se me agolpaban las ideas en la cabeza.

—Nada —dije, pero lo que en realidad me estaba preguntando era: «¿Por qué no confió en mí?»

—¿Seguro que estás bien? —preguntó.

—Sí —contesté, y nos encaminamos al piso de arriba.

Después fuimos a comer a la cafetería de Saks, que por un lado tenía vistas al Rockefeller Center, con azotea ajardinada y todo, y por el otro a la catedral de San Patricio.

Le conté a mi padre la historia del vibrador para intentar entablar conversación.

—¿De verdad te preguntó eso?

—Le dije que si tanto deseaba un vibrador debería comprarse uno.

—Bueno, creo que deberías haberte levantado, agarrado el abrigo y haberle dicho: «Puede que hables así a otras mujeres, pero a mí no me gusta esta clase de comportamiento. ¡Buenas noches, señor!»

Por lo visto mi padre creía que mi cita había tenido lugar en 1953.

—Ame, tienes que descartar a los tipos que lo único que quieren es meterse en tus pantalones —me explicó.

—¿Te importaría, por favor? —le dije con un gesto de la mano para indicarle que bajara la voz.

—¿Crees que todos los presentes están interesados en tu vida sexual? No les podría importar menos.

Entre frase y frase tomó un bocado de ensalada Cobb y pinchó un dado de bacón canadiense.

—Ahora muchos hombres se enterarán de que hace mucho tiempo que no tienes novio y pensarán: «Ésta tiene una mala racha» —dijo, empleando el término que utilizaba para referirse a la ausencia de actividad sexual—. Podrían pensar: «Creo que va a ser fácil llevársela a la cama porque está desesperada…»

—¿Una mala racha? —lo interrumpí, molesta.

—¿Puedo acabar de hablar, por favor? ¿Por favor?

—Adelante.

—Lo que intento decirte es que no puedes permitir que ocurra, porque tú necesitas a alguien que sea bueno contigo y que se preocupe por ti. Eres muy especial. Mucho más fuerte de lo que creía. Solías ser un verdadero fastidio. Me hacías volver loco, pero últimamente no lo has pasado muy bien que digamos —me miró con más detenimiento—. Sin embargo, tu piel está mejorando. La cuestión es que cualquier joven tendría mucha suerte al conseguirte. De manera que no lo olvides. *Capici?*

En aquel momento recuerdo haberme sentido afortunada pero culpable por el hecho de que nos hubiéramos encontrado de este modo, por la muerte de mi madre. Entonces se me ocurrió que tal vez mi padre se sintiera así. Afortunado pero culpable por haber encontrado a alguien primero.

Evoqué el momento en el que estábamos sentados en el restaurante de Roma y me dijo que la gente siempre te deja plantado por otra persona si se acuestan juntos. Me pregunté si sería eso lo que nos ocurriría ahora a nosotros. Me pregunté si empezaríamos a discutir como solíamos hacer. O si simplemente desaparecería poco a poco. O si tal vez, sólo tal vez, me sorprendería.

4

La revolución de la flor tardía

Durante mi infancia, en mi familia cenábamos juntos todas las noches y discutíamos sobre las noticias del día. Fue por eso que, en 1975, cuando tenía nueve años, sabía que Saigón había caído y que la guerra del Vietnam por fin llegaba a su término; la ciudad de Nueva York atravesaba una grave crisis fiscal y corría peligro de arruinarse, y las tres personas más poderosas del mundo eran el presidente norteamericano Gerald Ford, el líder ruso Leonid Brezhnev y Mindy Weinstein.

Mindy Weinstein no sólo era, a decir de todos, la chica más popular de nuestra clase de tercer curso, sino de toda la escuela de primaria. Era una niña rubia y ágil que tenía la suerte de poseer una nariz chata y pequeña poco frecuente que resultaba adorable a la vez que denotaba carácter. Decía la leyenda que dormir en casa de los Weinstein era un auténtico paraíso: un tarro de cristal rebosante de golosinas y, a diferencia de lo que ocurría en mi casa, donde la hora de irse a la cama se parecía a la de apagar las luces en la prisión de Attica, la hora de acostarse en casa de Mindy no era más que una amable insinuación. Annie Ferrara decía que cuando se quedaba a dormir allí, toda la familia hacía muñecas con cabeza de manzana y vestía botellas vacías de limpiacristales Windex con ropa que confeccionaba la propia señora Weinstein. No obstante, Mindy no se conformaba solamente con ser la mejor alumna, la mejor atleta o la niña más querida de mi clase; ella quería escribir. Y ahí es donde entré yo, proporcionándole las ilustraciones hechas con rotulador para su primer libro, que trataba sobre una niña sumamente popular y sus amigas, que son buenas en todo y que viven felices y comen perdices.

El libro fue un gran éxito y se leyó dos veces en clase de «Mostrar y Compartir». Estaba convencida de que fue por eso por lo que me invitaron a la celebración del cumpleaños de Mindy Weinstein, una fiesta montando en bicicleta por Central Park, el primer sábado de mayo. Todas las niñas recibieron instrucciones de traer su bicicleta y el doctor y la señora Weinstein proporcionarían «un porrón de comida» para el «Feliz en tu día» de Mindy. Yo estaba encantada de haber sido invitada. En realidad, lo estaba tanto que omití mencionar un pequeño detalle: la verdad era que no sabía montar en bicicleta. Pero no estaba preocupada; todo el mundo decía que era lo más fácil del mundo... Esperaba estar dándole a los pedales a mediodía.

¡Vaya si me equivocaba!

—¡Oh Dios mío, Amy! ¿Estás bien? —preguntó el doctor Weinstein al tiempo que saltaba la verja de plástico entretejido contra la que acababa de estrellarme—. ¿Sabes cómo te llamas? ¿Puedes oírme?

Asentí con la cabeza, pues aún estaba un poco aturdida. Estaba tendida boca arriba, a pocos centímetros de un letrero que decía: «¡Prohibido pisar el césped!» El doctor Weinstein se me acercó con las manos extendidas, previendo algún hueso roto.

—Estoy bien —dije, rezando para que mi pequeño accidente no hubiera sido tan público como parecía.

—¡Se encuentra bien! ¡Está bien! —gritó el doctor Weinstein a una multitud de gente que había acudido corriendo a la escena—. ¡Muchas gracias a todos! ¡Ahora ya pueden marcharse, la niña está bien!

—La verdad es que no sé qué ha pasado —expliqué—. Les dije a mis padres que repararan la bici. Debe de ser porque la monto constantemente.

Me senté. Tenía los codos ensangrentados y los pantalones rajados, pero sabía que nada de eso podía compararse con el daño real. Mindy estaba allí de pie con los brazos cruzados, con la cabeza gacha y la expresión triste mientras el doctor Weinstein trataba de consolarla. Desde mi posición en el barro vi a las otras niñas, diez en total, esperando agarradas a sus manillares. Pensé que se parecían a esa tribu de inquietos apaches que había visto en una película del Oeste, una larga hilera de guerreros preparados para atacar, ansiosos por incendiar cabañas de troncos y arrancar la cabellera a la gente. «¡Ni siquiera sabe montar en bicicleta, por Dios!», dirían a los otros niños.

Mi prestigio entre esas niñas era dudoso. Me preocupaba que pensaran que era una boba porque estaba en los grupos más lentos de lectura y de matemáticas, y que era rara por cosas como el incidente del último «Mostrar y Compartir».

Nos habían dicho que averiguáramos quién fue nuestro pariente más famoso y que al día siguiente realizáramos una pequeña exposición en clase. Estaba preocupada. El único familiar remotamente famoso que conocía se había vestido de perro con gafas en un parque de atracciones de Florida, tras lo cual engordó más de veinte kilos e ingresó en una secta. Me fui a casa y le pregunté a mi madre si se le ocurría a alguien mejor a quien pudiera mencionar y, para mi alegría y sorpresa, me informó de que estábamos emparentados con una persona sumamente famosa.

A la mañana siguiente todos los niños salieron al encerado. Evan fue el primero y nos contó con excitación que su primo segundo era nada menos que Fonzie, el de la serie *Días Felices*, lo cual provocó un coro de exclamaciones por parte de toda la clase. El abuelo de Lizby contribuyó a inventar el anticongelante, cosa que obtuvo un «¡Guay!» por parte de uno de los niños. Entonces me tocó a mí. La presentación contaba para la nota y me cuidé de hablar despacio y con claridad y de permanecer muy recta, con las manos cruzadas pulcramente delante.

—Mi madre me contó —anuncié con orgullo— que mi pariente más famoso es Moisés.

—¡Menuda estúpida! —oí decir a alguien desde el fondo de la habitación.

Como es lógico, a la hora de la comida, cuando todo el mundo rondaba a Evan suplicándole un autógrafo de El Fonz, a mí nadie me pidió un autógrafo de mi pariente más famoso, quizá porque les preocupaba que las tablas de piedra pesaran demasiado.

La señora Weinstein entonces se quitó su visera de tenis y gritó:

—¡Ben! ¿Se encuentra bien? —miró el reloj y volvió nuevamente la vista hacia nosotros, molesta—. ¿Tenemos que llamar a una ambulancia?

El doctor Weinstein agitó la mano por encima de la cabeza.

—¡Vosotras seguid! —le respondió a voz en cuello, ante lo cual las niñas exclamaron: «¡Bien!», y se fueron.

—Nos reuniremos con ellas en Sheep's Meadow para comer —explicó.

—Todavía puedo montar —dije, subiéndome a la bicicleta—. ¡Podemos alcanzarlos!

—¡No! —exclamó. Preocupado por si me había asustado, añadió con más calma—: No. Hace un día estupendo. Demos un paseo.

Mientras empujábamos nuestras bicicletas por una ladera empinada, consideré explicarle al doctor Weinstein que mi madre había estado batallando contra su segundo cáncer de mama en tres años, y el motivo por el que no sabía montar en bici cuando mi hermano y mi hermana lo hacían perfectamente, era que en nuestra casa estaban sucediendo otras muchas cosas. Pero como acababa de decirle que mi libro favorito era una colección de fotografías de Diane Arbus, la serie de los travestidos en particular, me pareció que ya había dicho bastante.

Al cabo de dos horas, en la comida, mientras las otras niñas comparaban distintas versiones sobre esquivar un carruaje tirado por un caballo que llevaba un sombrero de paja, yo intenté participar en la conversación.

—¿Queréis ver mi desgarrón? ¿Queréis ver la sangre de los codos? —pregunté, pero las niñas se limitaron a mirarme brevemente y con escaso entusiasmo. Fue la última vez que me subí a una bicicleta.

Hasta hoy.

Cuando Josh y yo todavía estábamos juntos, muchas mañanas de los fines de semana se le oía decir: «Ojalá pudiéramos salir hoy en bicicleta, porque es una de las cosas que más me gusta hacer, pero claro, bueno, supongo que no podemos». Hasta que se mudó y se fue a vivir con su nueva novia. Yo no me mudé. En cambio, decidí comprarme una bicicleta.

Aquel día me encontraba en el Bike n'Hike de Hampton Bays, en Long Island. La tienda estaba situada en una casita blanca con molduras de color verde. Le hacía falta una nueva mano de pintura. Si alguien fuera a escribir un libro sobre los últimos años de Heidi como una anciana corpulenta confinada en casa, que todavía se peinara con trenzas y cantara al estilo tirolés sin que nadie la oyera, viviría allí.

—Bueno, Amy, ¿qué puedo hacer por ti? —dijo un hombre llamado Leon mientras se limpiaba la grasa en la camiseta de color rojo y morado. Era todo sonrisas, con apenas dientes suficientes para masticar la ternera en dados pequeños sin atragantarse—. ¿Buscas una bicicleta de carretera? ¿Una de montaña? ¿Qué?

Estábamos de pie junto a la casa, en un patio estrecho pavimentado con cemento. Al haberme criado en Manhattan, yo tenía una relación muy antigua, me atrevería a decir que un romance, con el cemento. Llamaba «naturaleza» a las peladas parcelas de césped de Central Park. Agradecía los kilómetros de aceras que hacían de Nueva York la ciudad para caminar que es. Pero entonces, al imaginarme sobre una bicicleta en aquel mismo cemento, mis sentimientos cambiaron. Me imaginé feos rasguños. Sangre a borbotones. Heridas en la cabeza.

—Lo cierto es que hace mucho tiempo que no monto en bicicleta, Leon —dije.

—¿Cuánto es mucho tiempo? ¿Un año, cinco años? —me preguntó.

—Más bien veinticinco —repuse.

—¿En serio? —dijo—. Lárgate de aquí ahora mismo. Esto es de risa.

—Espera a verme montar. Entonces sí que te vas a reír.

Se arregló su larga cabellera cana dejándola caer primero por la espalda antes de recogérsela en una cola de caballo.

—Más vale tarde que nunca —dijo—. Es lo que digo siempre. Mira, el año pasado fui a clases para aprender a ser humorista. Tengo cincuenta y tres años, pero pensé: «¡Qué diablos, Rodney Dangerfield empezó con cuarenta y tantos y la gente me dice que soy tan gracioso como Leno!» ¿No es verdad?

—¡Sin lugar a dudas! —contesté.

Leon me dio unas palmaditas en la espalda.

—Bueno, dime, ¿qué es lo que te ha animado por fin a aprender a montar en bici?

—Bueno, verás, me pareció buena idea —iba a decir algo sobre el buen tiempo que estaba haciendo o que una bicicleta era la manera perfecta para ver la playa, pero ya sentía un vínculo con Leon y decidí contarle la verdad—. Mi novio rompió conmigo.

—¡Vaya, eso es duro! —dijo—. ¿Hace poco?

—No. Hace un año —respondí, y me di cuenta de que ya habían pasado doce meses. Tenía esa extraña sensación en la que parecía que todo había cambiado en mi vida, pero que, al mismo tiempo, no había cambiado nada—. De modo que aquí estoy. Poniéndome las pilas.

—¡Caramba, pues no veo que te ilumines ni nada! —me dio un suave codazo—. ¿Lo pillas? ¿Iluminarte? ¡Por las pilas! Es broma. Bueno, Amy, en serio, ¿qué tipo de bicicleta tienes en mente?

—Una grande —dije—. Quiero una bicicleta grande que más que nada me lleve. —Vi un modelo que parecía perfecto—. ¡Oye!, ¿qué me dices de ésa?

—¿Ésa? —dijo—. Esa bici es para niños. Precisamente iba a ponerle un sillín largo y un timbre.

Sacó un modelo pesado en color cobre que básicamente era un sillón reclinable sobre ruedas. El cuadro era grueso y robusto, del grosor de un pesado salami *kosher*. Para mi alegría, el sillín era enorme, como el almohadón en el que te sentarías después de haberte sometido a una operación de almorranas.

—¿Qué te parece? —me preguntó—. El asiento es casi tan grande como el trasero de mi ex mujer —me dio un leve puñetazo en el hombro—. Ya lo ves. Todo el mundo tiene algún ex.

—Escucha, me encantaría tener un asiento más grande que el trasero de tu ex mujer, de verdad —dije—, pero lo necesito más bajo.

—Pero, Amy, si esto casi es un trineo.

—Me sentiría mejor si pudiera llegar al suelo con los pies.

—¡Con los pies vale, pero no con las rodillas! —repuso.

Se había congregado allí un grupo de gente que esperaba a que Leon les atendiera. Había una pareja de expresión imperturbable que parecían ir vestidos para el Tour de Francia más que para dar un paseo por Long Island, con un ceñido conjunto amarillo de Spandex en los que se leía «Cinzano» en varios sitios y unas gorras de papel pequeñas parecidas a las que llevan los empleados de las cafeterías. Estaban al lado de una mujer cuyo inquieto hijo me señaló y preguntó:

—¡Mamá, mamá! ¿Por qué tarda tanto esa señora? ¡Está tardando demasiado!

El niño le arrojó una piedra a una ardilla.

La mujer, que vestía una chaqueta holgada hecha de cáñamo, se arrodilló junto a su hijo e inmediatamente me di cuenta de que era de las que explican las cosas.

—Cariño —dijo—, no podemos tirarles piedras a las ardillas porque a ellas no les gusta. Mira lo rápido que sube cojeando al árbol. Está asustada y tiene ganas de llorar. ¿Verdad que a ti no te gustaría que te tiraran piedras?

El niño tiró otra.

—Prueba ésta, Amy —dijo Leon, que dio unas palmaditas en el asiento—. Yo te sujetaré por detrás.

—Estupendo —respondí, asintiendo con demasiada prontitud.

Me quedé allí sin tener ni idea de qué hacer… ¿pedalear e impulsarme? ¿Impulsarme y luego pedalear? Estaba perdida. El hecho de no saber los rudimentos de montar en bicicleta me llevó a pensar en todas las otras cosas que había imaginado que sabría con treinta y cinco años y que no sabia. Me gustaba considerarme una flor tardía, lo cual significaba alguien que, por mucho que tardara, acabaría floreciendo. Aunque seguía siendo un misterio cuándo lo haría, o si llegaría a hacerlo. Me hubiera gustado saber hablar un idioma extranjero con fluidez. Siempre había fantaseado sobre poder discutir en italiano, agitando las manos por encima de la cabeza mientras gritaba: «*Basta! Paolo!*» Me hubiera gustado saber cocinar bien un simple pollo asado o haber leído *Los hermanos Karamazov* o *El idiota*, cuyo personaje principal da la sensación de ser alguien con quien podría identificarme. Le mencioné esto a una amiga y le dije que con frecuencia me sentía abrumada por todo lo que no sabía, a lo cual ella replicó en un tono alegre y entusiasta: «¿Que no sabes nada, dices? ¿Que no sabes nada? Llevas una eternidad haciendo terapia. ¡Sabes un montón sobre ti misma!»

—Está bien, Amy, veo que te da miedo —dijo Leon—. Te sujetaré por delante y por detrás e iré corriendo a tu lado. ¿Mejor así? Iremos de un extremo a otro sólo por aquí.

Señaló un corto sendero que conducía a la valla de la casa de al lado. Él no comprendía que esos pocos pasos me resultaban aterradores. Consideré la valla y me vinieron a la mente las palabras: «¡Llamad a emergencias!» y «¡Está empalada!» Respiré hondo. Otra vez. Y otra. Dentro de un segundo iba a necesitar una bolsa de papel.

Leon agarró la bicicleta.

—¿Preparada, Amy?

—Mamá, a esa señora le tiemblan las manos —dijo el niño—. Parecen las manos del abuelo.

Me miré las manos e intenté apaciguarlas sin éxito. Había leído en alguna parte que la única razón por la que a la gente le cuesta aprender cosas cuando son mayores es que tienen más miedos y complejos. Lo que aquella mañana me había conducido a la tienda de bicicletas era en parte mi gran deseo de tener menos miedo. Estaba resuelta a correr más riesgos. A menudo pensaba que si tuviera que elegir un lema que describiera mi enfoque de la vida, éste sería: «Temo, luego existo». De niña siempre fui de las que se ponía el flotador, aunque sólo fuera para quedarme al borde de la parte poco profunda de la piscina con los pies colgando. Pensé en un tipo con el que había salido hacía poco, un corresponsal de la BBC. Al preguntarle cuándo había tenido miedo en su vida, él hizo una pausa y se acarició la corta barba que le había salido estando de misión en Afganistán. «Bueno, supongo que fue al entrar en Somalia mientras los norteamericanos llegaban y nuestra furgoneta se vio atrapada en un tiroteo entre caudillos rivales.» Tenía una voz simpática; había utilizado el mismo tono para describir lo mucho que le gustaban los *pretzels* blandos de Coney Island. «O la vez que me dispararon en Kosovo», añadió.

—Leon —logré decir al fin—. Leon, Leon. Necesito un momento.

Llegaron mi hermana Holly y su hijo de siete años, Eric. Le habían comprado un casco nuevo. Me pregunté si algún día llegaría a montar en bici tan bien como lo hacía mi sobrino de siete años.

—¿Cómo va? —me preguntó Holly.

—Leon tiene más paciencia que un santo —dije. Me acerqué más a ella para poderle susurrar—: Escucha, voy a poner la bicicleta en la parte trasera del coche y ya aprenderé a montar cuando lleguemos a casa. Allí no estaré tan nerviosa. Será en privado. Creo que es lo mejor.

Mi hermana sonrió.

—No llevamos el coche. Papá se fue. Vamos a volver a casa en bici.

—¿Volver en bici? ¡Pero si son casi dieciséis kilómetros!

—Será la única manera de que aprendas —afirmó.

—¿Por la carretera? —dije señalando la calzada frente a Bike n' Hike—. ¿Acaso pretendes deshacerte de mí?

—Lo que necesitas es salir ahí afuera —dijo—. Si haces que papá te recoja, nunca aprenderás.

—Eso no es verdad —protesté a sabiendas de que tenía toda la razón.

—Escucha, te conozco. Mañana darás la vuelta a la manzana, te caerás un par de veces y ahí se quedará la cosa.

Era típico de nuestra relación. Mi hermana me empujaba; yo fingía que me daba mucha rabia, pero en el fondo creía que era por mi bien. Sabía que ella tenía razón aun cuando no quisiera admitirlo.

El hombre de la camiseta Cinzano le estaba haciendo un gesto admonitorio con el dedo a la mujer que explicaba las cosas, cuyo hijo daba patadas a las ruedas estrechas de lo que parecía ser una bicicleta italiana hecha por encargo y sumamente cara.

—No hay nada que discutir —dijo el hombre—. Dos más dos son cuatro y nosotros estábamos antes.

Leon se volvió hacia mí.

—Esta muchedumbre está a punto de estallar, cielo. ¿Qué va a ser?

Contemplé la valla que tenía delante y me acordé de cuando me estrellé contra la barricada de plástico de Central Park hacía veinticinco años. Pensé en todas las veces que Josh había sugerido dar un paseo en bicicleta y yo había tenido que decir que no.

—Me la llevo —anuncié.

Al cabo de un instante Leon estaba diciendo:

—¡Tengan cuidado los de ahí! ¡No rompan nada! —Me reí en voz alta y luego, cuando él no miraba, me aseguré la correa del casco.

Mi hermana y su hijo me llevaban ya tanta ventaja que ni siquiera los veía. Estaba parada en un semáforo dudando entre atravesar a pie el ancho cruce hasta la estación de servicio Shell que había en la esquina de enfrente o intentar pedalear. Se me unieron una pareja con sobrepeso de unos cincuenta años que imaginé que habían ido a visitar al cardiólogo recientemente y éste les había dicho que si no empezaban pronto a hacer un poco de ejercicio estarían muertos antes de un año. El hombre llevaba unos brillantes pantalones de calentamiento, unos mocasines blancos y un anillo de oro en el dedo meñique. La mujer llevaba el pelo recogido en alto, con un peinado ahuecado —más duradero que mi casco—, que parecía pesar casi tanto como su bicicleta. Lo que me encantó de ellos fue que parecían tan emocionados como yo por el hecho de estar montados en una bici. Me dio la impresión de que ellos entendían la mentalidad del pedaleo. La mujer se volvió hacia mí y, con una voz que sólo podía ser producto de toda una vida de fumadora, me dijo: «Hace un día espléndido, ¿verdad?» Y por un momento me sentí como si los tres batalláramos juntos. Esto es, hasta que el semáforo se puso verde y ellos avanzaron dejándome atrás. Un monovolumen aminoró la marcha para dejarme pasar; la conductora hizo sonar el claxon suavemente y me hizo señas con la mano para decirme que me cedía el paso. Yo sonreí y, presa del pánico, le expliqué por gestos que tenía un calambre en la pierna, y sacudí el pie como una loca. Hasta me agarré la pantorrilla y empecé a frotármela. No fue agradable, sobre todo cuando me di cuenta de que ni siquiera nadie miraba. Cuando ya hacía rato que se había ido el monovolumen, crucé la calle a pie, empujando la bicicleta.

Empecé a preocuparme por si no llegaba a casa. Había sido una estupidez comprarme la bicicleta. Me preocupaba haber cometido un grave error al decidir quedarme en Nueva York y tomarme un descanso de los guiones para la televisión. Había tenido una profesión y un norte, ¿y qué tenía ahora? Los muslos manchados de grasa. Me preocupaba no volver a enamorarme nunca más. Y mientras los coches me tocaban el claxon y en realidad sí que tenía un motivo de preocupación —concretamente el hecho de que me llamaran ¡idiota de mierda! una vez más—, me dije que no iba a rendirme a mis miedos y a la voz que decía: «Eres demasiado cobarde para esto».

Pensé en lo que quería cambiar de mi vida. Quería cambiar la manera en que hablaba conmigo misma. Quería empezar a hablarme como uno de esos entrenadores de fútbol que dicen: «¡Puedes ganar! ¡Puedes hacer cualquier cosa!» Lo cual me llevó a preguntarme, como hacía a menudo, hasta qué punto puedes cambiarte a ti misma llegada a cierta edad. Me refiero a cambiar de verdad. ¿Puedes pasar de ser una persona pesimista a ser una optimista? ¿Puedes pasar de ser de las que siempre comen pavo a ser una tía con agallas? A menudo se da por sentado que, fundamentalmente, la infancia y la adolescencia son un ensayo general del resto de tu vida. Si lo haces bien, te encaminas a una gran representación; si lo haces mal, no hay por qué preocuparse, no es la verdadera función. Últimamente he oído a personas que incluso se referían a sus veinte años como parte de su juventud: «Me casé con veintitrés. No era más que una cría». Pero muchas veces se supone que cuando llegas a la treintena ya eres quien eres. Esto me resultaba interesante porque yo me sentía como si en realidad hubiera empezado a crecer a los treinta y uno. El cáncer de mi madre y su muerte subsiguiente desempeñaron un papel importante. Ella me llamó su «pequeña» durante toda su vida. Creo que cuanto más infantil era su manera de tratarme, más pequeña me hacía sentir, y yo estaba encantada de complacerla. Cuando se puso enferma y me permitió cuidar de ella, cuando su ataque de apoplejía convirtió su mente en la de una niña, entonces fue cuando me convertí en adulta.

En este tipo de cosas iba pensando yo mientras pedaleaba. Recordé una cosa que me dijo mi amigo Ray cuando le expliqué que al final quería aprender a montar en bicicleta. Él practicaba ciclismo de montaña y le encantaba enseñar las cicatrices de las piernas y explicar cómo se las había hecho. «Ésta me la hice en el bosque a medianoche, no vi una curva y me caí ladera abajo. Y ésta es de cuando me estrellé contra una valla de alambre de espino un día que montaba por el bosque a medianoche».

Bajó la mirada a sus piernas y contempló sus heridas.

—No quiero meterte miedo, pero me gusta la idea de que si miras demasiado adelante o demasiado atrás acabarás estrellándote. Encima de una bicicleta tienes que encontrar el equilibrio adecuado o la cagarás.

Ahora pedaleaba intentando mirar al frente. Intentaba permanecer dentro del carril para bicicletas, o al menos en sus proximidades. Para mi gran sorpresa, lo cierto es que me movía; con vacilación, sí… el manillar iba girando a uno y otro lado con bruscas sacudidas. Y antes de que pudiera darme cuenta, me había caído. Di con mi trasero en el suelo.

—¿Estás bien? —me preguntó mi hermana, que se acercó con su bicicleta.

—Sí —respondí mientras me sacudía el polvo de los pantalones—. Aunque creo que podría haberme roto el culo.

Me ayudó a levantarme.

—Ame, cuando montes no debes salirte de la línea blanca, es muy peligroso —me advirtió. Señaló una gruesa línea divisoria pintada en el suelo, haciendo notar la generosa zona que había entre dicha línea y la acera.

—¿Que no me salga de la línea? —repliqué—. Lo que intento es no salirme del estado de Nueva York.

Mi hermana dirigió la mirada hacia el cruce en dirección a su hijo, que trazaba círculos con la bici.

—Se muere por continuar. ¿Estarás bien, de verdad?

—Pues claro que sí —respondí—. Además, siempre puedo ir andando. Al fin y al cabo sólo son dieciséis kilómetros.

—Tú no te salgas de la línea. Te estaré vigilando —dijo, y se marchó.

—Nos veremos dentro de seis u ocho horas —le grité mientras se alejaba.

Pasé por delante de un elegante zoo en el que te permitían tocar a los animales y en el que unos niños llamados «Ainsley» y «Trip» acariciaban unas cabras que eran examinadas a diario por si tenían sarna. Más adelante pasé junto a un mercado donde vendían cartones de zumo de naranja a siete dólares. Mi habilidad había ido mejorando durante la última hora y ya era capaz de dar tres pedaladas antes de perder el equilibrio y poner los pies en el suelo. Me dolía la cadera desde la caída y para colmo tenía unas ampollas grandes y esponjosas en las palmas de la mano por agarrarme al manillar con demasiada fuerza.

Una de las cosas que me llevó a plantearme montar en bicicleta fue que durante el último año había estado dando clases de *spinning* a tiempo parcial. Enseñar *spinning*, en el que se utilizan bicicletas estáticas para simular un riguroso paseo al aire libre, no era tan fácil como me había imaginado, no tanto físicamente como por el hecho de que tenías que sortear peticiones como: «Amy, en lugar de poner

Sympathy for de Devil durante el calentamiento, ¿podrías poner la versión de *Somewhere Over the Rainbow* de mi hija? Tiene nueve años. ¡Le mandó la cinta a Ben Vereen y a él le encantó!» También estaban todas las veces que me sentía obligada a mentir, como cuando un grupo de ortodoncistas me pidió consejo sobre su excursión en bicicleta recorriendo casi sesenta y cinco kilómetros hacia el norte del estado para ver el follaje. Y mientras que en ningún momento afirmé exactamente haber hecho el recorrido, sí que dije: «Es un paseo magnífico», sin mencionar que mi experiencia había sido desde el interior de un coche.

En cualquier caso, todo ese *spinning* me había fortalecido mucho las piernas, lo cual no quiere decir que las tuviera delgadas; no desciendo de personas delgadas. Desciendo de mujeres rusas cuyos tobillos eran aún más gruesos que sus bigotes y que agradecían llevar ocho faldas en verano. «Eres fuerte, puedes hacerlo», me dije a mí misma mientras pasaba rozando un Mercedes descapotable aparcado.

Del asiento delantero salió una joven vestida con la parte superior de un biquini de ganchillo y unos vaqueros cortos lavados al ácido. Examinó el guardabarros.

—Esto…, has golpeado nuestro coche —dijo con voz pastosa—. Y eso que ni siquiera circulábamos.

Pasó su uña larga de pálida manicura francesa a lo largo del arañazo diminuto.

—El coche es nuevo —comentó.

Una vez más estaba en el suelo. Mi segunda vez en menos de una hora. Debió de ser una buena caída porque la botella del agua estaba partida en dos y yo me hallaba tumbada en un hoyo de grava junto a las vías de ferrocarril.

—Lo siento muchísimo —dije. Me di cuenta de que llevaba el casco torcido, medio fuera de la cabeza, a decir verdad, y que mis pantalones, negros y elásticos, estaban cubiertos de suciedad y con unos desgarrones enormes, como si los hubieran masticado por la parte de abajo.

Del pecho del hombre que iba al volante colgaba una cadena de oro, un símbolo del dólar salpicado con pequeños diamantes, que se balanceaba cuando hablaba.

—Olvídalo —dijo—. Vámonos.

Yo todavía me estaba recuperando, arreglándome el casco y recogiendo los restos de mi botella. Me puse de pie lentamente y levanté mi gigantesca bicicleta nueva con su enorme asiento.

—Ni hablar —dijo ella—. El coche tiene un arañazo.

Abrió mucho los ojos y se volvió hacia mí bruscamente. Por un momento pareció confusa, hasta que miró con más detenimiento y de pronto su desprecio se convirtió en simpatía.

—¿Te encuentras bien? —gritó, articulando cada palabra de un modo teatral—. ¿Estás sola?

Me pregunté si tal vez hubiera un hogar para discapacitados en los alrededores y estuvieran pensando que me había alejado.

—Estoy bien —respondí—. Gracias.

La mujer volvió al asiento delantero del descapotable.

—Bueno, pues ten cuidado porque —señaló un coche que pasaba— en esta carretera hay mucho tráfico. Hay muchos vehículos. Tú no salgas de las líneas blancas.

La joven y atractiva pareja se marchó haciéndose arrumacos en su coche mientras yo permanecía sentada quitándome los pedazos de grava de la ropa interior.

Se me ocurrió que hacía veinte años había estado literalmente en aquella misma posición. Se me ocurrió que nunca sería Mindy Weinstein, la chica a quien las cosas le salían con mucha facilidad. Había oído que Mindy era una fiscal y que tenía dos hijos. Yo, en cambio, estaba soltera, sin empleo y tendida en una zanja. Volví a montarme en la bici. Y casi de inmediato me caí. Tenía más de diez kilómetros por delante e iba coja, pero ya sabía que al día siguiente volvería a montarme en esa bicicleta. Fingiría tener un calambre en la pierna. Dejaría que la gente pensara lo que quisiera. Quizá llegaría a ser capaz de dar diez pedaladas antes de caerme sin dejar de decirme a mí misma: «Adelante. Tú ve hacia adelante».

5

Ménage à trois

Por lo que a mí respecta, la única razón para intentar tener el mejor aspecto posible a todas horas es porque cuando no lo haces, cuando tu cabello tiene esa textura húmeda y terrosa de alguien que ha sido enterrado vivo, sabes que vas a encontrarte con algún conocido del instituto o, en mi caso, con un famoso al que había conocido hacía tres años cuando apareció en el programa de televisión para el que yo escribía. John Kazan era famoso y yo no. O todavía no, como me gustaba pensar a mí, aunque ahora estaba casi segura de que mi única posibilidad de alcanzar la fama sería si me pusiera a disparar a la gente al azar desde una plataforma de observación. John no era un famoso tipo Tom Cruise, no era de esa clase de famosos cuyos resguardos de la tintorería se venden en eBay, pero había alcanzado el éxito en su profesión de reportero y la gente lo conocía, incluidas todas las personas que en aquellos momentos salían del ascensor al vestíbulo del gimnasio y lo miraban o, como yo, fingían no mirarlo.

—¿Ése no es...? —me susurró una mujer mayor en el ascensor. Las puertas acababan de abrirse. Le dije que creía que sí, pero que no estaba segura. Él volvía a tener la cabeza gacha. Se movía como quien sabe que la gente le está mirando fijamente: garabateando algo a toda prisa en su bloc haciendo que pareciera muy urgente. Mordisqueó la punta del bolígrafo y nosotros lo observamos tal como podríamos observar a un mono en el zoo. «¡Mirad! ¡Está pensando! ¡Ahora vuelve a abrir el bloc!» Anotó algo más. Puede que no fuera un artículo de última hora sobre negociaciones sobre limitación de armamentos, puede que sólo fuera un recordatorio de su sesión de bronceado semanal, pero, fuera lo que fuera, él hizo que pareciera muy, muy importante.

—Es él —dijo una joven de rostro regordete y sonrosado que llevaba unas gafas finas cuando al final John alzó la cabeza.

Todos lo miramos mientras él se pasaba los dedos por su pelo crespo, de un rubio mantequilla (¿llevaría reflejos?), peinado con la raya a un lado. Fijó la mirada en algún punto en la distancia. Era la pose que ponía para pasar a publicidad, la que adoptaba cuando Tom Brokaw o Peter Jennings parecían estar reflexionando sobre la noticia que acababan de dar: el alarmante incremento de ataques de tiburones por todo el país o enfermeros asesinos. Era la expresión que decía: «Si hay crisis, no busques más. Soy tu hombre».

Dejé que todo el mundo saliera del ascensor antes que yo. Primero, un hombre pálido y diminuto, vestido con un conjunto de baloncesto de los Knicks que le quedaba grande para su cuerpo delicado, le hizo un gesto de aprobación a John con el pulgar levantado mientras salía por la puerta giratoria.

—¡Tómatelo con calma, tío! —le gritó—. ¡Sigue así!

Después, la mujer mayor que estaba a mi lado en el ascensor agitó las manos como si estuviera tocando el piano.

—Me gustó su reportaje sobre los presos del corredor de la muerte con coeficiente intelectual bajo —dijo. Se dio unos golpecitos en la sien derecha—. Me hizo pensar.

—Gracias —repuso John con dulzura, y cuando sonrió, se le abrieron levemente las ventanas de la nariz, como agallas.

La mujer se le acercó más, dando unos pasitos delicados.

—¿Qué opina sobre lo que está pasando en Oriente Medio? —le preguntó—. Es una vergüenza, ¿no le parece?

—Bueno, esto... —contestó—. Es muy complicado.

La mujer estrechó su cerco.

—¿Sabe una cosa? Tengo una nieta soltera.

La sonrisa del hombre cambió. La nueva fue más dulce todavía, fue la que significaba: «¡Ni de coña!»

La mujer se encogió de hombros.

—Bueno, es que me habría matado si no lo hubiese intentado —dijo, y se marchó.

Entonces sólo quedamos nosotros dos en el vestíbulo. A mí me daban igual los famosos. Había conocido a muchos de ellos, incluido un famoso actor que brindó consejos a los guionistas varones de nuestro programa: «Si de verdad queréis a vuestra esposa o a vuestra novia, me refiero a quererlas de verdad, tenéis que engañarlas, porque si no lo hacéis vais a estar molestos con ellas. El engaño es lo que mantiene vivo el verdadero amor». «Márchate», me dije a mí misma. «Llévate tu dignidad mientras todavía pienses que te queda. Vete.» Pero me limité a quedarme allí esperando.

John me miró como si quisiera preguntarme: «Me conoces, pero claro, a mí todo el mundo me conoce. ¿Te conozco yo?»

Me gustaría decir que no le solté:

—No te acuerdas de mí, ¿verdad? —Pero lo hice.

A lo cual él repuso:

—Por supuesto que me acuerdo. Hola de nuevo —dijo sin alterarse. Sus modales eran formales, simpáticos. ¡Él era tan ecuánime y yo tan rara! Aunque me hizo parecer todavía más extraña, consideré que no había peligro en decir:

—¿Estás…? —dije, cambiando constantemente de posición—. ¡Ay! Mierda. —Me golpeé la cadera con una de mis zapatillas de *spinning*—. ¿Eres socio de este gimnasio?

El pelo se me había ensortijado formando unos rizos gruesos y pesados que me daban el mismo aspecto que si tocara en una banda *reggae* los fines de semana. Mientras permanecía allí de pie fui adquiriendo conciencia de la diferencia entre «húmedo» y «sudar de un modo incontrolable». Con un poco de suerte, John sólo supondría que era menopáusica.

—Soy socio desde hace un tiempo —respondió, y su mirada parecía decir: «¡Pobrecilla! Vas a morir sola».

Debajo de sus vaqueros y su fina chaqueta de cuero no había más que músculos. Después, cuando me contó que tenía una asesora de moda personal, me imaginé a esa mujer convenciéndolo para que se pusiera la gorra redonda de pata de gallo que llevaba en aquellos momentos y que le daba un aspecto de… bueno, de cómo si tuviera que estar gritando: «¡Últimas noticias! ¡Tengo las últimas noticias!»

—¿Todavía escribes para la televisión? —me preguntó.

—No —contesté a toda prisa. No mencioné que acababa de dar una clase de *spinning* en el piso de arriba, mi trabajo a tiempo parcial desde hacía ya un tiempo, ni que, para mi horror, durante la clase había gritado sin querer: «¡Sentid la quemazón!», cosa que había jurado no decir jamás. Ni siquiera estando sola. Ni siquiera mentalmente. Era una frase que odiaba tan sólo un poco menos que «abre tu mente». Tampoco mencioné que había empezado a escribir una columna sobre el tema de las relaciones amorosas para un semanario local, ni que uno de los artículos se titulaba «Los monólogos de la vagina ni tocarlos». No dije nada de eso, sólo «Me alegro de verte» mientras le decía adiós con la mano. Y eso fue todo. O eso pensaba yo hasta que me llamó al cabo de unas semanas y lo confundí con el exterminador.

Empecé a tener problemas con los ratones cuando abrieron un restaurante en la planta baja de mi edificio. Al principio hice caso omiso de las cosas que oía en la cocina: el ruido de platos, el suave murmullo de las bolsas de plástico, el golpeteo que te hacía pensar en que alguien bailaba a lo Riverdance encima del horno. Me dije que era en el piso de al lado —el oboísta que siempre mantenía relaciones sexuales escandalosas con las ventanas abiertas probablemente había dejado sueltos a sus hurones— hasta que vi un ratón en la encimera de la cocina.

La administradora me informó de que todo el complejo estaba infestado de ellos. Me dijo que la dirección no tenía ningún inconveniente en enviar al exterminador que, en el mejor de los casos, tardaría de cuatro a seis semanas, pues sólo venía una vez al mes y primero tendría que ir a casa de las personas mayores que no salían del edificio; a menos que insistiera, en cuyo caso podrían intentar enviármelo antes de la señora inmovilizada del segundo piso. Llamé a varias empresas exterminadoras privadas. Fue por eso que, cuando llamó John y sólo oí ruido al otro lado del auricular, dije, desesperada:

—¿Diga? ¿Es el exterminador? ¡Tengo el piso invadido de ratones!

En el delicado mundo de las primeras impresiones, no hubiera sido ésa mi elección. Me gustaba reservar mi locura para más adelante. Sé que estoy loca. Tú sabes que estoy loca. Pero ya llegaremos a eso luego. Hasta entonces, mira qué bien puedo hacer de princesa Grace de Mónaco. O fíjate en las cualidades que comparto con Audrey Hepburn, cuando fue embajadora de Unicef y acunaba suavemente a un pequeño huérfano somalí. Así es como me gustaría empezar las cosas. Podemos dejar mis sarpullidos psicosomáticos para un futuro. Digamos para el tercer mes.

—Debes de pensar que estoy chiflada —dije—. ¿Te he asustado?

—No —respondió—. Bueno, quizá un poco sí.

—Tengo ratones —le expliqué. Fue mi manera de decir: «¿Lo ves? En realidad, no estoy loca, porque tengo una explicación, aunque sea una explicación que me haga parecer aún más loca».

—Ratones —repitió—. Eso es terrible. —Me contó que había conseguido mi número de teléfono de nuestro amigo mutuo, Fred—. Bueno —dijo, y aguardó un momento antes de volver a hablar—. Bueno, me preguntaba si querrías salir a cenar algún día.

—Sí —contesté con toda tranquilidad, pues, tras haber iniciado la conversación como una chiflada, quise demostrarle que también podía mostrarme indiferente—. Vayamos a cenar.

Me dijo que tenía que ir a Washington para entrevistar al líder de la mayoría del Senado y concertamos una cita para la noche de su regreso.

—Tú ya sabes que vas a salir con una lumbrera —me dijo mi amiga Eve. Se refería a las participaciones que John realizaba de vez en cuando en mesas redondas de programas informativos del fin de semana. Eve estaba tumbada en la alfombra de su casa haciendo estiramientos de yoga para relajar su cadera dolorida. Se volvió hacia la pared y su cabellera rubia le fue a la zaga. Llevaba puestos unos pantalones de chándal de velvetón color chocolate y alzó una rodilla contra el pecho. Yo estaba sentada en un sillón mirándola.

—¿Tenemos que utilizar la palabra «lumbrera»? Él prefiere «reportero».

—Ame —afirmó Eve con aire sobrio—. Es una lumbrera.

Dijo «lumbrera» con cierto desprecio, como si esa palabra pudiera sustituirse por «chulo» o «pedófilo».

—No hay nada malo en ello, aunque, sin ánimo de ofender, creo que podría poner un poco más de énfasis al hablar del calentamiento global. Es que resulta casi tan amedrentador como Rosalyn Carter. Tendría que estar riñendo a los republicanos por haber roto el tratado de Kioto y, en lugar de eso, asiente y escucha.

—Se lo mencionaré —dije—. Me servirá para romper el hielo.

—Tienes mucha suerte de sentirte atraída por estos memos puritanos —comentó Eve, que entonces se volvió a mirarme—. Es un don. Conozco a millones de mujeres que lo encuentran atractivo, pero yo no podría. Yo necesito alguien más… no sé, más… —agitó su mano bien arreglada en el aire mientras intentaba encontrar la palabra que buscaba—. Masculino.

—Intento ensanchar mis horizontes —dije. Antes mis gustos iban desde los «tipos artísticos», hombres a quienes la idea de sentar la cabeza les provocaba la misma aprensión que tenía un gato cuando están a punto de arrojarlo a una bañera llena de agua. Era la clase de comentario que podía hacer cuando me mostraba simplista, decir que la culpa era de los hombres, pero lo cierto era que había empezado a preguntarme si de verdad aquellos hombres no querrían sentar la cabeza o si lo que pasaba era que no querían sentar la cabeza conmigo. Esta aprensión acarreó una nueva oleada de inseguridades: me preocupaba el hecho de que al tratar con la gente, con los hombres en particular, los dejara al margen o no me acabara de mostrar tal como soy cuando decía las cosas. O algo. Había algo que no salía o no llegaba bien. Básicamente era un problema de importación/exportación emocional y no sabía qué hacer al respecto.

Eve se incorporó e interrumpió su rutina de ejercicios. En el canal E! estaban poniendo fragmentos de un vídeo de famosos que entraban en la última fiesta de los Oscar de *Vanity Fair*. Ambas nos quedamos mirando fijamente el televisor, boquiabiertas y en silencio, cuando Catherine Zeta-Jones entró corriendo en Morton's.

—La falta de justicia en los Oscar es alarmante —comentó Eve—. Me refiero a que una actriz normalita, y no estoy diciendo fea, estoy diciendo que una chica muy guapa podría quedar desdentada y engordar más de veinte kilos y ellos dirían que sólo está haciendo su trabajo. Es una actriz. Su trabajo es crear personajes. Sin embargo, si una actriz hermosa no lleva los labios pintados en una escena, le dan a ella el Oscar. Es morboso. Vivimos en una sociedad muy morbosa.

Yo había empezado a responderle cuando me hizo callar.

—Es que quiero ver entrar a Brad Pitt —dijo.

Cualquiera que conociera a Eve sabía que tenía unas ideas muy categóricas sobre la celebridad, por lo que no me sorprendió que tuviera para mí un consejo muy categórico.

—Solamente déjame que te diga que estoy de acuerdo en que es halagador que ese lumbrera te invitara a salir —dijo—. A muchas mujeres les gustaría estar en tu pellejo. Eso lo sé, pero —entonces me apuntó con el dedo— creo que es importante que recuerdes que a mí me parece repulsivo.

Le sonreí.

—Y yo te quiero por eso. Ahora ya no estoy tan nerviosa.

—¡Nerviosa! Es él quien debería estar nervioso. Tú al menos puedes discutir un tema sin echarte atrás. Quiero decir que si empiezas a hablar de las maneras de ser menos dependientes del petróleo extranjero se acobardará.

Al parecer, todo el mundo tenía unas cuantas ideas sobre mi situación. Mi padre me llamó al día siguiente, unas horas antes de mi cena con John.

—Beverly y yo vamos a ir al teatro dentro de una hora, de modo que no puedo entretenerme —dijo, refiriéndose a su novia de hacía

dos años, una viuda elegante y aficionada a los deportes con una cabellera rubia cortada estilo paje—. Tú sólo recuerda que el afortunado
es él. No tú. Él.

Le recordé que John y yo ni siquiera habíamos salido todavía.

—No te cierres en banda. Una cita puede conducir a muchas más
—afirmó.

—Y podría ser sólo una —repuse.

—Imposible —dijo.

—Es posible —repliqué.

Últimamente había tenido unas cuantas citas horribles que habían
llevado a mi padre a sugerir que debería escribir sobre ellas. «Escribe
sobre las cosas malas —me dijo—. Creo que podría resultar gracioso».
Cuando alguien utiliza las palabras «salir con hombres» y «gracioso»
en una misma frase, a mí me vienen a la mente las palabras «sumamente inquietante» y «dentro de diez años estaré vistiendo a mis gatos con
trajes de marinero».

Siempre me había imaginado que algún día escribiría sobre las in-
justicias sociales, pero pensaba que sería sobre el hambre y la pobreza,
no sobre los hombres que no pueden comprometerse, y por eso seguía
estando un poco a la defensiva al respecto, aunque sabía que tenía
suerte de que me pagaran por escribir esas columnas. Cuando me preguntaban si escribía sobre las relaciones amorosas, yo respondía: «Sí,
pero yo las llamo dolor».

Últimamente las charlas de mi padre para infundirme ánimos habían adquirido una especie de fervor que rayaba en la histeria. Para él
seguía suponiendo un gran motivo de preocupación el hecho de que
no estuviera casada y parecía estar convencido de que una dosis adecuada de entrenamiento podía obrar milagros.

—Está bien, déjame que te diga una última cosa —empezaba a
alzar la voz, que ganaba impulso con cada palabra—. ¿Me estás escuchando?

—Sí.

—¿Seguro?

—Seguro.

—Si sólo es una cita será por culpa suya. No por culpa tuya. Tú eres estupenda y él tampoco es tan importante y poderoso. Se aturulló mucho cuando ese columnista de derechas lo retó sobre el tema de rezar en las escuelas y tendría mucha, mucha suerte de tenerte. Él puede ser muy manso como un cordero, y tú eres una persona hermosa y encantadora. De manera que no lo olvides.

Cuando terminamos de hablar por teléfono, me di cuenta de que empezaba a sentirme como Rocky cuando salió al ring para enfrentarse con Apollo Creed. Para esta cita no me estaba preparando, más bien me estaban adoctrinando.

Luego llamó mi hermana para preguntarme qué había pensado ponerme y si estaba nerviosa. Le dije que una camiseta negra con manga casquillo de Marc Jacobs y unos vaqueros de talle bajo con los que, según como me los pusiera, llevaría el trasero más escotado que el pecho y sí, estaba un poco nerviosa. Habían pasado dos años desde lo de Josh y seguía sin sentirme particularmente cómoda en las citas. Por lo visto, cuando de niña me dijeron que no hablara con desconocidos me lo había tomado al pie de la letra. Aunque mucha gente parecía tener la impresión de que las citas eran breves y enigmáticas, yo pensaba lo contrario. Con frecuencia para mí eran como si estuviera sentada junto a un completo desconocido en un largo viaje de avión, sólo que al final del vuelo, en lugar de escapar a algún lugar cálido y exótico donde holgazaneas en una playa soleada sorbiendo piña colada, tienes que volver a casa, a tu oscuro apartamento de mierda.

John dijo que quería ir a algún sitio donde no hubiera estado nunca, lo cual me hizo caer en la cuenta de una cosa que no había tenido en consideración. Yo conocía algunos de los lugares en los que él había estado porque había visto fotografías suyas en revistas y periódicos. Fotos suyas saliendo del Lot 61 con una actriz que hacía un papel de psicóloga forense. Fotos suyas vestido con esmoquin en un acontecimiento benéfico a favor de las personas sin hogar saludando con la mano ahuecada como Miss Universo. Sugerí el Grand Mandarin de

Chelsea, una elección que puse en duda casi de inmediato, cuando nos sentaron debajo de un techo con goteras. Como resultado de ello, la alfombra de pelo roja había adquirido el mismo olor que percibirías si estuvieras atrapado en una jaula de hámster descuidada. Lo único que faltaba eran las tiras de papel de periódico y la rueda para hacer ejercicio.

Una camarera entrada en años que llevaba el pelo cortado a lo chico se acercó a nuestra mesa. Nos entregó dos menús voluminosos: Unas carpetas de anillas que contenían varias páginas plastificadas. Parecían el grueso tocho que posiblemente tuvieras que estudiar para sacarte la licencia de agente inmobiliario. John leyó la descripción de cada plato con detenimiento. Se enfrascó en la historia del hombre que inspiró el «pollo al General Tso», quien según creen algunos podría haber sido en realidad el «General Ciao», bautizado así después de la visita de un diplomático italiano, quizá el Marco Polo frustrado de su época. Al mirar a John sentado a la mesa frente a mí, tan absorto en la sección de los fideos, pensé: «Yo no estudié tanto ni para mi examen de aptitud escolar». En el examen me fue muy mal, quedé entre las personas que apenas rellenaron la hoja con su nombre.

—Bueno —dijo, mirando su carpeta—. ¿Te gustan las espinacas?

—Sí, me gustan las espinacas —respondí.

—A mí también. ¿Qué te parecen las gambas con salsa de alubias negras y las espinacas con jengibre de la casa?

Cerró el menú.

—Me parece una buena elección —afirmé.

Una amiga mía llamaba a esta clase de intercambio educado la «Olimpiada de la cortesía». «La gente intenta ser más cortés que el otro», decía. «Compiten para ver quién puede ser más educado y nunca gana nadie porque simplemente acabas sintiéndote un perdedor, tanto más cuanto más lo haces.»

Para todo el bombo y platillo que precedió a esta cita, lo cierto es que parecía muy similar a cualquier otra. Las pausas considerables. Ambos empezando una frase torpe para luego decir: «¡Oh, no! Tú primero». El tema del campamento de verano. A él le gustó, en tanto que yo consideraba los viajes obligatorios en canoa y los polvorientos cánticos alrededor de la hoguera como una versión agradable de un campo de concentración.

—Siempre estaba tramando la manera de escapar de allí —dije.

—Ya... Yo no era así —comentó él. Más que parecer orgulloso, parecía casi afligido, como si deseara haber sido un poco más salvaje de pequeño—. Yo era un niño muy bueno.

—¡Vaya! Pues yo no.

Le conté que de niña había vivido enfrente del Metropolitan Museum y que a veces mis amigos y yo pescábamos en la fuente en busca de monedas sueltas y utilizábamos el dinero para comprarnos helados. Él me dijo que siempre lo invitaban a las galas del museo y yo le expliqué que últimamente había realizado una donación, aunque sólo fuera para compensar los pocos dólares que les había robado.

John se explayó sobre su participación en una organización benéfica infantil, una que proporcionaba instrumentos a los niños que no podían permitírselos, pero yo no oí nada porque estaba hipnotizada con su pelo. No por su color ni por el corte, sino por su solidaridad. Tenía lo que sólo podía definirse como «cabellera en grupo», la cual no parecía tener pelos individuales, sino que se movía y cambiaba de posición como una unidad entera. Aun cuando hubiera laca de por medio era perfecto. Era el aspecto que yo había intentado darle a mi pelo con geles que prometían ser «el no va más en fijación», pero que fracasaban.

Me preguntó sobre los ratones. Le dije que había decidido probar a rellenar yo misma los agujeros de la cocina con masilla. Le mostré las yemas de los dedos peladas y le expliqué que el término «lana de acero» no es más que otra manera de decir «diminutos alambres recortados que te harán trizas la piel aunque lleves guantes».

—Eres muy independiente, ¿verdad? —me preguntó, dando la impresión de ser un hombre que, incluso en sus horas de ocio, entrevistaba a las personas de manera profesional.

—No creo que independiente sea la palabra adecuada —contesté—. Yo diría que «desesperada» se ajusta más a la realidad.

Me había olvidado de la ventaja de cenar con desconocidos. Durante aquel rato podías describirte a ti misma como se te antojara y normalmente te quedabas tan fresca. Podía haber dicho que me estaba entrenando para recorrer sola a pie la ruta de los Apalaches. O que había pasado el verano en un tienda de campaña en Nantucket. ¿Él qué sabía?

—Sin embargo, muchas mujeres no harían ese trabajo ellas mismas, ¿no? —dijo, logrando que sonara halagador y machista al mismo tiempo—. ¿Por qué quieres tapar tú misma los agujeros? Algo debió de llevarte a ello.

Antes de tener tiempo de responderle que, sencillamente, yo era la profesional más barata, llegaron nuestras albóndigas de cerdo.

—¡Caramba, esto está genial! —dijo, y mordió una albóndiga particularmente gorda—. Sé que se llaman albóndigas, pero aun así me sorprendí cuando salió sopa de dentro.

—Sé a qué te refieres —dije—. Son muy jugosas.

Normalmente no hubiera pensado para nada en mi respuesta, pues fue de lo más aburrida, cosa que achaqué a los nervios de la primera cita, pero eso fue antes de que me diera cuenta de que la gente que había en las mesas de al lado y de detrás no hablaban, sino que estaban escuchando hasta la última palabra que decíamos nosotros. Desde luego, nuestra conversación les compensaría el dinero que iban a gastarse.

—¡Uf, cómo quema esto! —exclamó John, y se abanicó la boca.

—Sí. Yo casi me abraso el paladar —repuse.

—Y yo —dijo él.

—También las tienen de pollo y de verduras, pero las de cerdo son las mejores. —Vale, ahora ya me estaba aburriendo hasta a mí misma. *¿Las de cerdo son las mejores?*

—La sopa también está buena —comentó—. No me esperaba que fuera tan sabrosa.

Una joven huesuda que daba la impresión de alimentarse de cigarrillos y chicles Carefree fue acercando la silla. Era de esa clase de mujeres que me habría imaginado con John: rubia, con la piel bronceada y perfecta y unos pies diminutos apretujados en unos zapatos de tacón alto. Bajé la mirada a mis pies, apretujados en unas sandalias que hacían sobresalir mis juanetes como si fueran unas carnosas cebollas perla. Mi abuela, la abuelita Flossie, también tenía juanetes y durante los últimos años de su vida sólo llevó zapatos ortopédicos. Más que calzado, esos zapatos parecían unos cascos desgarbados, y como resultado de ello, de rodillas para abajo, la mujer me hacía pensar con frecuencia en un caballo Clydesdale. Miré a las chicas que nos estaban observando. Guardaban silencio. Igual que la pareja de más edad que teníamos al otro lado y que tenían aspecto de haberse conocido a través de los anuncios personales de *The New York Review of Books*; la mujer lucía unas gruesas alhajas étnicas y el hombre llevaba el cabello suelto, con un canoso peinado afro.

—Oye —dije—, ¿has leído la editorial del *Times* sobre los recortes de presupuesto que podrían amenazar con eliminar las comidas escolares para los niños de familias con ingresos bajos?

—Uy, no —respondió—. ¿Quieres espinacas?

Tomé un bocado sarmentoso. Nunca había prestado tanta atención a mi comida: el tableteo de los dientes al masticar, el movimiento ocioso y circular de la muñeca mientras enrollaba la hoja en torno al palillo, la salsa de jengibre, cálida y aceitosa, cayéndome por la barbilla. John no daba muestras de ser consciente de que la gente lo miraba, pero me pareció notar que alzaba la cuchara con más cuidado. Tomaba unos pulcros sorbos de caldo y se limpiaba las comisuras de los labios con la servilleta. El hecho de que lo observaran lo hacía más atrevido, más seguro de sí mismo, en tanto que yo habría agradecido un *burka*.

Después de cenar anduvimos unas cuantas manzanas por la Octava Avenida, por la zona de las calles veinte. Había llovido hacía unas horas, el suelo aún estaba resbaladizo y el aire olía vagamente a pescado. No había una niebla viscosa, ni hacía un viento espectacular, sino que todo parecía ser como debía ser. Eso era porque yo no dejaba de pensar en el tipo de clima surrealista utilizado para las secuencias de sueños en ciertas películas de Fellini; esas en las que Marcello Mastroianni se pregunta, escena tras escena, cuánto se ha alejado de la persona que reconocía como a sí mismo, y allí estaba yo, pasando por delante de un bar llamado The Ramrod con un lumbrera.

—Tengo que admitir una cosa —dijo—. Quería conocer a la Amy Cohen que escribió el libro sobre las citas y por eso te llamé.

—¿En serio? —repuse—. Bueno, yo pensé que eras el exterminador. ¿Cuándo te diste cuenta de que no éramos la misma persona?

—Ahora mismo —contestó—. Era mi manera de preguntarte si eras tú.

—Ah, ya veo —dije—. Bueno, pues no. Ésa es otra Amy Cohen. Yo sólo escribo unos artículos diminutos para un periódico sobre… —vacilé, un tanto avergonzada—. Sobre citas. Son sobre citas.

Me pidió que se los describiera.

—Pues mira, había uno titulado «La atracción soy yo. La cuestión del cortejo». Otro se llamaba «¿Se ha terminado? ¿Cuándo empezamos?», sobre personas que rompen contigo cuando ni siquiera sabías que estabas saliendo con ellas. O cuando tienes que romper con alguien porque después de salir a cenar un par de veces ya piensa que sois una pareja.

Me brindó la misma sonrisa que había visto por toda la ciudad en los laterales de los autobuses…, los anuncios de su programa matutino.

—Mientras no escribas sobre mí… —comentó, y me dio un leve puñetazo en el hombro.

Me di cuenta de que estaba nerviosa porque se me ocurrió utilizar la palabra «lumbrera» aun cuando no tenía relevancia ninguna en la conversación.

—¿Sabes una cosa? Tengo fama de no volver a salir con nadie una segunda vez —dijo.

—Yo también —contesté.

Sonrió.

—Ha sido divertido, creo que deberíamos repetirlo.

Llegó el taxi y subí en él. Nos despedimos.

—¿El lumbrera llevaba maquillaje? —preguntó Eve cuando me llamó más tarde—. No me refiero a rímel, sino a base.

—¿Quieres parar? —le dije.

—¿Qué? —respondió—. No es tan exagerado. Pensé que tal vez viniera directamente del estudio y llevara todavía todo el maquillaje escénico. Geneva salió con un tipo que es actor en el canal judicial y dijo que acudía a cenar más maquillado que Little Richard. Es obsceno. Los hombres dicen que soy «cara de mantener» porque me hago una limpieza de cutis cada semana y me gusta coger taxis, y en cambio no pasa nada si ellos vienen a cenar maquillados como si fuera carnaval. El mundo está loco.

Estuve de acuerdo.

Mi amiga suspiró. Preguntó si creía que habría una segunda cita. Le dije que me parecía probable; él me lo había pedido, pero ¿quién sabe?

—Comprendo —dijo—. Yo me siento igual. En mi opinión, el comportamiento masculino se parece mucho al escándalo Whitewater. Ya no trato de entenderlo.

A las siete y quince de la mañana siguiente sonó el teléfono.

—No podía esperar —dijo mi hermana—. ¿Cómo fue?

Para ser justos con mi hermana Holly, había que reconocer que solía llamarme después de cada cita, aunque aquella mañana se había adelantado al menos sesenta minutos del horario.

—Bien —respondí mientras trataba de despertarme.

—¿Sólo… bien?

—Fue una cita. Estuvo simpático.

—Tienes que divertirte más—anunció, cosa que a mí me dio por interpretar como: «Si yo fuera tú, me estaría divirtiendo más».

—Tienes razón —dije—. Lo intentaré.

A la llamada de mi hermana siguieron varias más durante el día. Al principio me sentí popular. Todas esas personas se morían de ganas de hablar conmigo, pensé, hasta que recordé que muchas de esas mismas personas solían esperar unos cuantos días antes de devolverme las llamadas. Y ahora oía sus voces tal como sonaban cuando no podían esperar a oír lo que tenía que decirles. «¡Fuisteis a un chino! ¿En serio?», decían. «¿Te mencionó haber conocido al Papa? ¿Y a George Clooney?» Escuchaban atentamente todas mis palabras. «¿Cómo iba vestido?» «¿Son ciertos los rumores de que es gay?» Todo esto hizo que me preguntara si esas personas habían tenido algún interés por algo de lo que yo había dicho antes o si simplemente me habían estado siguiendo la corriente durante los últimos treinta y cinco años.

En nuestra segunda cita, John sugirió comida *soul* en Harlem. Cuando llegamos al restaurante, no había mesas disponibles, de manera que nos quedamos esperando en la puerta a que quedara alguna libre. El restaurante estaba muy iluminado, tenía el techo alto y de las paredes de un amarillo crema colgaban unos cuadros llamativos en los que se veían imágenes ampliadas de frutas tropicales: la fina pelusa oscura de un kiwi y la piel moteada de un mango. La gente miraba a John. Algunas personas sonrieron. Otras le echaron un rápido vistazo de arriba abajo. Aquella noche John llevaba una pesada chaqueta de cuero que le daba aspecto de extra en una escena de pelea de *West Side Story*.

—Me gusta tu chaqueta —le comenté por decir algo, puesto que daba la impresión de que íbamos a tardar un poco en conseguir mesa.

—No puedo asignarme el mérito —dijo—. La eligió mi asesora de moda.

—¿Asesora de moda? —pregunté—. ¿Eso es como un comprador personal?

—Bueno, sí —respondió—. Pero ella se hace llamar asesora porque te pregunta si una cosa te gusta antes de empeñarse en que te la pongas.

—Interesante. ¿Fue ella...? —dije señalando sus vaqueros pulcramente planchados.

Él asintió tímidamente con la cabeza.

—Sí. Y el jersey. Y los mocasines. Pero los calcetines los elegí yo.

Pensé en el tipo de hombres con los que solía salir, que pensaban que por camisa formal se entendía cualquier cosa que tuviera botones. Hombres que decían cosas como: «Preferiría morir antes que llevar corbata».

—Me hacen muchas fotografías —explicó.

Yo había pensado mucho en la ropa que me pondría en nuestra segunda cita y, después de considerarlo detenidamente, me había decidido por ponerme una ligera variación de lo mismo que había llevado la primera vez: una camiseta negra de manga larga y vaqueros.

—Ya falta poco, amigos —anunció la recepcionista dirigiéndose a la gente que hacía cola y que ya casi éramos una decena.

Una mujer que llevaba un *dashiki* de colores vivos con el dibujo de un sarcófago gigante miró a John como si dijera: «Sí, señor Periodista, ¡ajajá! Tiene que hacer cola como todo el mundo».

Otras personas susurraron: «¿Es él?», lo cual fue seguido de: «¿Quién es ella?» Lo que resulta más difícil de cuando la gente pregunta quién eres es que con ello te obligan a preguntártelo a ti misma. ¿Qué te parece? Las respuestas son casi peores que la pregunta. Da la impresión de que acabas de salir de una acalorada reunión de Alcohólicos Anónimos: «¡Soy alguien, maldita sea!» O de que seas corta de entendederas y aparezcas en el póster central del *Playboy*: «Soy originaria de Nueva York. Me gusta dibujar. Trato de ser amable con la gente». O, en mi caso, una guía sobre cómo descender peldaños en el escalafón de la empresa: «Soy una antigua guionista y productora de televisión que ahora da clases de *spinning* a tiempo parcial y escribe artículos por libre sobre las relaciones». O lo que todavía era peor: «Soy la persona que a menudo se pregunta si tomé las decisiones adecuadas en la vida. La que se despierta a las tres de la madrugada preocupada por si a partir de ahora todo irá de mal en peor».

Al fin nos encontraron sitio. Llevábamos poco más de cinco minutos sentados cuando se acercó a la mesa un hombre fornido y calvo que se había dejado crecer el pelo que tenía a los lados hasta poder peinarlo en una desafortunada cola de caballo, como una especie de crisis de los cuarenta colgante.

—Eh, John, viniste a oír mi actuación en el Bottom Line hace tres años cuando tocaba con mi banda Noodledini, y éste —le dijo entregándole un CD— es mi último álbum en solitario. Sólo quería que lo tuvieras.

—¿Esto te suele ocurrir muy a menudo? —le pregunté cuando el hombre hubo regresado a su mesa.

—Continuamente —me dijo—. No está mal. La música suele ser mala, pero eso no me molesta. Lo que me molesta es… —hizo una pausa y tomó un pedazo de muslo de pollo bañado con Tabasco—. Cuando fui a ver a Dave Matthews, tuve que marcharme porque se acercaba mucha gente para hablar. Me decían «¡Eh, John, ¿qué opinas sobre la pena de muerte?», o «¿Crees que Bush ganó realmente las elecciones?» A los famosos de verdad a veces los dejan en paz. Pero lo que pasa conmigo es que todo el mundo cree que soy su amigo. Es una lata.

—A mí no me haría ninguna gracia —dije—. Detesto que me observen.

Yo estaba comiendo el plato Al Sharpton: gofres y pollo frito cuya carne abundante relucía en un charco de salsa.

—Te acostumbras —explicó John—. Y no es todo malo. Por ejemplo, es realmente estupendo cuando la gente se acerca a decirte que le gusta tu trabajo o que les ayudaste a sobrellevar alguna enfermedad terrible o que cambiaste su vida o algo así.

Utilizó la toallita húmeda Wash'n Dri que el restaurante proporcionaba para limpiarse la salsa de los dedos. Esto me hizo tomar conciencia de que hacía unos minutos no sólo me había chupado los dedos, sino también las palmas y el puño de la camiseta.

Miró alrededor con aire despreocupado, pero estaba claro que quería ver si alguien lo estaba mirando.

—¿Sabes una cosa? Durante una breve temporada consideré ser actor.

¿Ah, sí? —repuse.

Puso cara de verdadera sorpresa.

—¿No lo sabías, en serio? —me preguntó—. ¿No has leído nada sobre mí?

—No —contesté, lo cual sólo era cierto en parte. Años atrás había leído un artículo corto sobre él en *Time* y luego unas cuantas cosas en el *Post*.

—¿No me buscaste en Google después de nuestra primera cita? —quiso saber. Parecía decepcionado.

No era una pregunta extraña. Durante el último año había buscado en Google a todos los hombres con los que me había citado. Cuando mi tía Jeannie me llamó y me dijo: «¿Estarías interesada en un ebanista que vive en una zona rural de Maine y que no es muy hablador?», fui al ordenador y encontré fotografías de sus mecedoras estilo campesino, de esas que utilizaba la gente que se hacía su propia sidra. Y su propia ropa. Busqué en Google al agente de Hollywood que, antes incluso de que hubiéramos pedido la bebida, me contó que una vez casi había tomado un baño con Uma Thurman. Durante la cena me miró a los ojos y me dijo: «Antes de asistir a rehabilitación sólo me citaba con *strippers*, pero ahora ya no tengo que ir detrás de la belleza». Busqué en Google al antiguo editor de *GQ* que dijo que mi salón estaba bien, pero que mi dormitorio parecía desordenado porque guardaba mis jerséis en contenedores de plástico. Cuando se lo conté a Eve, dijo: «Bueno, pues no te pierdes nada porque está claro que ese tipo es gay. El comentario sobre tus contenedores de plástico es como llevar unos tirantes arco iris y acudir a la marcha del Orgullo Gay.

Le expliqué a John que sólo quería saber aquello que él me contara.

—No leí nada sobre ti expresamente, para que pudiéramos conocernos el uno al otro sin nada de eso —dije. Lo presenté como un paso positivo por mi parte, aunque por lo visto era la única que lo veía así.

—Ah, está bien, es interesante —dijo él con una sonrisa. Entonces levantó la mano e hizo un garabato en el aire—. ¿La cuenta, por favor?

Me dio un beso rápido en el taxi y me dejó en la puerta de mi casa. Me dio las buenas noches.

Al día siguiente John no había llamado y, por supuesto, sabía que ese día vería a toda mi familia, puesto que íbamos a celebrar la primera noche de la Pascua judía en casa de mi tía Jeannie en Scarsdale.

De camino en el coche le conté a mi padre que John había dicho que le gustaba mi apartamento. Lo había dicho brevemente cuando había subido a recogerme.

—¿En serio? —dijo mi padre, que pareció imaginarse mi piso oscuro, iluminado por una única ventana que daba a un patio estrecho. Estaba decorado con muebles que había encontrado en el mercadillo: una lámpara de alambre con unas rosas metálicas de color rosado, dos butacas torneadas con un tapizado a rayas amarillas raído y unas mesas pintadas marroquíes.

—Es estupendo —afirmó mi padre—. Si dice que le gusta tu apartamento, es que está muy, muy interesado.

Eso me confundió.

—¿Por qué? ¿Porque dijo que le gustaba mi apartamento?

—No —contestó—. Porque está mintiendo.

—¿Por qué no iba a gustarle mi apartamento?

—Olvídate de eso —me ordenó—. Escucha, cuando yo cortejaba a tu madre no paraba de decir mentiras. Le dije que me gustaba la ópera, el ballet y lo que hiciera falta para que pensara que era un bohemio. Y funcionó.

—Entonces, tu definición del cortejo es decir mentiras, ¿no?

—No —respondió—. Bueno, quizá un poco.

Mi tía Jeannie, que era una mujer rubia y frágil como un gorrión, me recibió en la puerta con los brazos abiertos.

—¡He oído que sales con alguien a quien todos conocemos! —exclamó.

Me cogió el abrigo y me hizo entrar para tener una charla en privado.

—¿Es muy inteligente, querida? —me preguntó—. En la tele da la impresión de ser como una enciclopedia.

Volvió a atarse la bufanda de seda de manera que un nudo perfecto descansara sobre su garganta y luego se metió las manos en los bolsillos de sus pantalones plisados de tejido de lana.

Iba a responder cuando la esposa de mi primo Michael preguntó dónde tenía que poner las tronas. Mi tía le dijo que las pusiera en un extremo de la mesa, al lado de los hijos de mi hermana, que podían sentarse junto a los hijos de mi hermano, que podían sentarse al lado de sus siete nietos.

—Continuará... —me susurró mi tía, y salió corriendo a llenar de zumo unos cuantos vasos con tapa para niños.

Mi primo Ian, que siempre estaba haciendo dieta, me preguntó dónde habíamos ido a cenar John y yo y qué habíamos comido.

—No necesito todos los detalles —dijo al tiempo que tocaba un huevo duro que había en la mesa y lo hacía rodar dentro del agua salada—. Sólo quiero saber si comió carbohidratos.

Janice, la mujer de mi primo David, dijo que John estaba muy sexy cuando entrevistó a John Ashcroft. Janice llevaba las gafas sujetas a una cadena de cuentas de bambú que le colgaba del cuello y se le agitaba al hablar.

—La verdad es que no le planteó ningún reto —dijo—. Hubo un momento en el que pareció asustarse un poco cuando Ashcroft se insolentó, ¡pero estaba tan atractivo! Esto es estupendo. ¿Por qué te invita a salir con él? ¿Te diviertes mucho?

—Podría salir con cualquiera —mi primo Charlie metió cuchara—. ¿Cómo os conocisteis?

—No es para ella —terció mi padre—. Probablemente sea un joven estupendo, pero yo no los veo juntos.

Intenté decirles que John y yo sólo habíamos salido en dos ocasiones. No estaba segura de mis sentimientos. Sinceramente. Me gustaba, pero no me parecía que tuviéramos mucho en común.

—Sólo espero que no os hagáis daño —susurró mi tía—. Es un joven adorable. —Y a continuación gritó—: ¡Muy bien, atención todo el mundo! ¡Vamos a sentarnos!

Uno de mis aforismos favoritos es del ensayista francés La Rochefoucauld que dijo: «La hipocresía es el tributo que el vicio le rinde a la virtud». Menciono la hipocresía porque hasta después de habernos comido las hierbas amargas no caí en la cuenta de lo mucho que me gustaba salir con John, esto no quería decir necesariamente que me gustara como hombre, sino la idea de salir con él. La atención era adictiva. Resultaba tan refrescante ser capaz de hablar de mi vida social en uno de estos acontecimientos familiares sin que nadie tuviera que preguntarme si necesitaba un pañuelo o un abrazo. De pronto tenía algo divertido que ofrecer y eso me encantaba. Razón por la cual iba alternando entre la euforia y el asco de mí misma cuando John llamó aquella noche para preparar nuestro próximo plan: un almuerzo a media mañana del sábado, antes de que saliera su vuelo a París.

En el almuerzo, descubrí que John no solamente recogía su ropa en la tintorería regularmente —no creía en servirse de los asistentes personales para ese tipo de cosas—, sino que además prefería coger un taxi hasta el aeropuerto renunciando a la limusina de la cadena.

En aquella ocasión tomamos comida francesa en un restaurante decorado para que pareciera un *bistrot* Art Decó, con columnas embaldosadas en blanco y negro y espejos ahumados. El lugar estaba prácticamente vacío, sólo había unos cuantos comensales descarriados, pues el gran día de los almuerzos era los domingos.

Nuestro camarero se mordió el labio inferior y se balanceó ligeramente mientras recitaba los platos especiales. Supuse que era actor, uno de esos a los que les confían papeles en películas de Bret Easton Ellis como «hastiado niño pijo ex adicto a la cocaína».

—Tenemos torrijas rellenas de pera con mermelada de cítricos —anunció—. Y tortilla de patatas y salsa de *andruy*, quiero decir *aduuii*, quiero decir... salsa de *andouille*..., vamos Seth, contrólate..., servida con *mousse* de alcachofa —respiró hondo, se llevó la mano al pecho, entornó la vista al techo y luego miró a John, que sonreía pacientemente—. No siempre estoy en este estado —dijo el camarero—. Lo que pasa es que soy un gran admirador suyo. Me refiero a que el otro día estuvo aquí Sting y ni siquiera me estremecí, pero, bueno, voy a buscar su agua con gas grande —se dio media vuelta—. Ay, aguarde, me la pidió sin gas, ¿no? No, era con gas. ¡Dios! No me aclaro.

Entonces Seth me miró.

—Hola —dijo con preocupación.

—Hola —le contesté.

Y él se alejó con la cabeza gacha.

—Te ama —le dije a John.

—Bueno —repuso él con una sonrisa—, corren todos esos rumores sobre que soy gay. Es por ser un soltero mayor de treinta y cinco años —miró el reloj—. Sólo espero que vuelva para tomarnos nota. No puedo perder ese avión.

Miré al camarero que en aquellos momentos estaba colocando dos botellas altas de color azul en una bandeja redonda. Me pregunté si, aunque sólo fuera por un instante, se había imaginado a sí mismo como novio de John. Los esmóquines de Prada a juego que se pondrían para asistir a la cena de corresponsales de televisión en Washington, para la cual faltaban pocas semanas. Su fotografía aparecería en la revista *People* y la leerían en todos los salones de manicura de la ciudad. La fotografía que verían todos aquellos que se burlaban de él en el instituto. «Pobre, pobre Seth el camarero», pensé. Es decir, hasta que se me ocurrió que a lo largo de los últimos días yo misma me había preguntado muchas, muchas veces, qué llevaría puesto en ese mismo acontecimiento. Mi fantasía era aún más inquietante, puesto que había complicaciones y discusiones de por medio. ¿Debería ponerme algo ceñido del perchero de Yves Saint Laurent, algo de Chloé que estuviera en la onda o pedirle a Isaac Mizrahi que me diseñara uno de esos hermosos vestidos de cóctel que le había visto confeccionar con crinolina debajo y todo? Alargué la mano para coger un trozo de pan, pero me lo pensé mejor cuando me di cuenta de que más me valdría empezar pronto una dieta, puesto que la cámara te añade cinco kilos.

¿Tan mal me sentía con mi vida que necesitaba recurrir a esta clase de adulación pública? Esa de la que yo siempre me había mofado en silencio. ¿Esperaba en el fondo que este bautismo público me despojara de todo lo que tenía de ordinario? Por lo visto, la respuesta era: sí. John y yo siempre teníamos cosas que decir, es verdad. Me gustaba. Sí, me gustaba, pero sabía que intervenía otro factor. Yo no dejaba de preguntarme cuánto y por qué. Y entonces se me ocurrió: estaba en un *ménage á trois*. Éramos John, mi peor yo y yo misma. Los tres estábamos sentados en un restaurante esperando a que nos trajeran las tortillas.

Mientras cortaba su tortilla, y tras comentar que estaba un poco cruda, John me habló de sus relaciones anteriores. Me contó que había tenido muy pocas, y que normalmente las cosas habían llegado a su fin no con una larga discusión, cosa que él odiaba, sino con una nota.

—¿Cómo sienta eso normalmente? —pregunté.

—Bien —dijo—. De momento sólo ha habido una mujer que me amenazó con cortar en pedazos el jersey que le regalé por Navidad.

Al cabo de unos días, en el gimnasio, me topé con un tipo que era guionista en mi último programa. Barry era un hombre moreno, rechoncho y bajo. Llevaba unos pantalones cortos de deporte que se pegaban a sus muslos peludos y unos calcetines gruesos, largos y amarillentos que le llegaban hasta las rodillas. Lo había visto un par de veces durante las dos últimas semanas, nunca haciendo ejercicio, la verdad, sino imaginando lo que el ejercicio podría hacer si fuera a ejercitarse. Se quedaba junto a las pesas libres, intentando decidir si utilizar halteras de quince o de veinte kilos. Luego se marchaba. Subía a la base de la cinta de correr y examinaba el teclado electrónico con todas esas luces y sonidos considerando si andar o correr, pero nunca lo hacía, se iba a la colchoneta de estiramientos y se quedaba allí sentado, mirando por la ventana con aire ausente.

Barry me dijo que había vendido unas cuantas películas. Me preguntó cómo estaba. Le dije que bien. Después lo cambié a fenomenal. Él siempre me preguntaba sobre el trabajo. ¿Echaba de menos trabajar en la televisión? ¿Echaba de menos el dinero? En otra época había intentado que mi columna sobre relaciones pareciera más emocionante de lo que era en realidad, todas las cartas que recibía provenientes de todo el país («¡De Las Vegas y Florida!»), pero aquel día, en lugar de hablar de todo eso, mencioné que había salido unas cuantas veces con John.

—Lo sé. Ya me lo contaste —me dijo.

—¿Ah, sí?

Me dio unas suaves palmaditas en el hombro.

—Sí, un par de veces.

Era terrible. Creía que pensar en la posibilidad de salir en las páginas de *Vogue* ya era bastante malo, pero eso era peor todavía.

—Voy a ponerle fin —le dije a Eve aquella misma noche—. Aunque no haya exactamente nada que terminar, creo que es lo más adecuado.

—¿Por qué? —preguntó ella—. Te gusta su compañía. Es inteligente.

—Su compañía está bien —dije—. Es en la mía en la que estoy empezando a pensar.

Le expliqué que tenía toda clase de dudas sobre mis motivos. Ella me dijo que me limitara a disfrutarlo. Repuse que precisamente ése era el problema, que estaba disfrutando más con «ello» que con «él». Aquí es cuando las relaciones, por breves que hayan sido, se convierten en algo muy parecido a apartamentos con pintura con plomo: ni siquiera sabes que vives en uno de ellos cuando te das cuenta de que tienes que marcharte.

—Pues rompe con él —dijo Eve—. ¡Qué más da! No vas a casarte con ese tipo.

—Tengo que hacerlo —afirmé.

«Tienes que romper con él. Tienes que hacerlo», me dije. Durante toda nuestra siguiente cita, que duró varias horas, fuimos a dar un paseo por Central Park una tarde gris y melancólica. Me había estudiado el *New York Times* a conciencia en previsión de nuestra cita, había leído sobre un montón de temas, desde las recientes y caóticas elecciones en Macedonia hasta el cambio en las normas de aparcamiento en Staten Island. Se hizo un largo silencio mientras pasábamos junto a la estatua de Alicia en el País de las Maravillas, cerca del lago de las barcas, y entonces dije:

—¿Qué opinas sobre las recientes elecciones en Macedonia?
Y él contestó:

—No sé nada al respecto.

Después caminamos otros veinte minutos y llegué a casa.

Hacía varios días que no hablaba con John cuando me llegó por correo una nota en sobre y papel de carta de color galleta y con monograma. Dicha nota decía:

«Creo que he conocido a la mujer con la que voy a casarme. Pero quería que supieras lo mucho que me ha gustado conocerte». Y añadía: «Espero que encuentres lo que buscas. Tú no desmayes».

—¿Tú no desmayes? —dijo Eve cuando se lo conté—. ¿Qué pasa? ¿Es que ahora se dedica a escribir eslóganes para carteles? ¡Menudo lumbrera! ¿Qué le va a decir a la siguiente, «Adelante con los faroles»?

Le conté que le había escrito una nota de respuesta donde le decía que le deseaba lo mejor.

—Eres una educada de mierda —dijo—. Yo los llamo por teléfono y les digo que ojalá se mueran —continuó—. O que queden lisiados. Es un lumbrera, Ame. Has salido con él un par de veces. Tampoco te habías involucrado demasiado, ¿verdad? —preguntó—. ¿Verdad?

—No, tienes razón —respondí.

Cuando terminé de hablar por teléfono me preparé para irme a la cama. Me puse un holgado pijama de algodón de color verde mar que tenía manchas de café y estaba deshilachado en los bordes. Encendí el televisor en mi pequeño apartamento oscuro del Upper West Side. Me miré al espejo y examiné mi rostro: las nítidas arrugas que había empezado a apreciar en torno a los ojos, las pecas a lo largo del labio, los débiles círculos de color beis que mi dermatólogo afirmaba con alegría que no eran lunares peligrosos, sino «simplemente manchas de la edad». Era un rostro anónimo para muchos, pero conocido para mí. Más o menos.

6

La reina de la cancha

Después de aprender a montar en bicicleta con treinta y cinco años, decidí abordar la lista de habilidades que siempre había querido aprender. Dicha lista incluía el submarinismo, aunque no había estado en el mar desde hacía más de diez años y sólo sabía nadar al estilo perro, y la pintura, que era mi gran pasión cuando iba al instituto y realicé una serie de dibujos de mujeres desnudas y deprimidas que yacían debajo de una mesa en posición fetal. Empecé con el tenis.

Dado que toda mi familia jugaba al tenis, mi madre me inscribió en unas lecciones de grupo a una edad temprana, pero no tardó en quedar claro que mi coordinación manos-ojos era como la de alguien que llevara las gafas mal graduadas. Cuando nos dividíamos en equipos, siempre parecía que me elegían la última y en una ocasión incluso me escogieron después de una chica que llevaba muletas. Todas las primaveras, cuando mi familia viajaba a Miami, mi hermana y mi hermano jugaban a dobles con mis padres mientras yo asistía a clases de artes y oficios en el centro de secundaria local. Me sentaba en una aula mal ventilada y mal iluminada y pintaba cabezas de jefes indios hechas de yeso en compañía de unas mujeres de cabello cano llamadas Sidelle y Gusssie que debatían sobre los méritos de las ciruelas secas frente a los del salvado. Mi madre intentó convencerme de que al matricularme en aquellas clases simplemente estaba fomentando mi talento artístico, pero creo que lo que intentaba era evitarme la dura verdad por lo que se refería al tenis: que era tan atlética como un jefe indio de yeso.

Como adulta, consideraba que las clases de tenis formaban parte de aquello que yo, con optimismo, denominaba mi «crisis de antes de los cuarenta», puesto que esperaba tener otra crisis a esa edad. Esta línea de pensamiento sugería que tenía la esperanza de pasar de los ochenta y lograba ser fatalista («coronaré una cima de sufrimiento con cada década») a la vez que optimista («pero al menos viviré hasta una avanzada edad»). Pensaba en todos los hombres que a los cincuenta años empezaban a vestirse de paletos, que se hacían tatuajes en los que ponía «Destinado al Infierno» y cuyos dilemas de madurez eran una reacción a los constreñimientos de la profesión, el matrimonio y los hijos, pero yo no tenía nada de eso, cosa que se definía como una crisis en sí misma.

Tal como lo planteaba mi padre: «Ahora mismo estás viviendo en una comedia judía». Esto fue más o menos en la misma época en la que dijo: «Mira, si quieres traer a una mujer a casa, yo no tendría ningún inconveniente». Cuando le dije que no era gay, ni siquiera un poco, él repuso:

—Ya lo sé, lo que pasa es que me gustaría que hubieras encontrado ya a alguien. Últimamente he conocido a algunas parejas de lesbianas estupendas. Tienen aspecto matronil, pero parecen muy felices juntas.

—Pero es que yo no soy gay —afirmé.

—De acuerdo —dijo sin dar muestras de estar muy convencido—. Sólo digo que si eso es lo que quieres, yo lo aceptaría.

Tenía la sensación de que mi padre me estaba imaginando con una mujer mayor y fornida cuyos cabellos finos cortados a la moda rozaban su camiseta de las Indigo Girls, el tipo de mujer que me llevaría a las reuniones familiares en el asiento trasero de su Harley. Cuando hablé de la conversación mantenida con mi padre con unos cuantos amigos varones, me dijeron cosas como: «¡Eso suena muy bien!» y «¡Así se hace, Murray!» Otro chico dijo: «Deberías haberle dicho que los únicos matorrales que vas a visitar son los de África». Cuanto más trataba con hombres que me decían: «Si te haces lesbiana, ¿podré mirar?», más pensaba que la sugerencia de mi padre quizá no fuera tan mala.

Todo el mundo me decía que lo de las clases de tenis era una gran idea, pero yo me sentía un poco a la defensiva ante tanta complacencia. Justificaba el coste de las clases diciéndome que si tuviera hijos tendría que gastarme todo el dinero en ellos, en conjuntos que se negarían firmemente a ponerse o en campamentos de verano que ellos recordarían como traumáticos. Sin embargo, como no tenía hijos, podía permitirme pagarme unas cuantas lecciones de tenis.

Encontré un profesor llamado Randy. Llevaba gafas de sol envolventes de espejo y una gorra de béisbol ceñida sobre su rizado cabello castaño claro. Vestía pantalones sueltos hasta media pierna y una camiseta holgada sobre su piel pálida. Todas las semanas me saludaba diciendo: «¡Hola! ¡AC ha venido a por más! ¿Qué pasa?»

Después de darme unas cuantas clases individuales me comunicó que ya estaba lista para una clase práctica con otras dos principiantes. A Natalie no le presté demasiada atención, sólo me fijé en que no parecía tan melindrosa como muchas de las mujeres que sabía que mandaban a sus hijos a la escuela privada y que veraneaban en los Hamptons. Tenía algo elegantemente brusco que me gustaba. Todas las semanas conducía su cuerpo delgado hasta la cancha y anunciaba con una deliberada falta de delicadeza: «¡Hoy quiero sudar de verdad! ¡Nada de gandulear por ahí como un pelele y toda esa mierda!»

La otra componente de nuestro grupo era Geeta, una mujer hindú que hablaba con acento inglés. Era menuda con una tupida cabellera negra corta, recubierta de una abundante y reluciente capa de laca. Siempre vestía ropa entallada combinada y los pantalones con raya. Rara vez te miraba a los ojos, pero cuando lo hacía, parecía que mi chándal abultado le diera asco. Me la imaginaba pensando que Estados Unidos sería un lugar mejor si impusiera un rígido sistema de castas.

Cuando Randy explicó que era de vital importancia dar pasos rápidos para llegar a la pelota, Geeta se inclinó hacia nosotras y susurró: «¡Oh, no, espero que hoy no nos haga correr!» Se puso sus grandes gafas de sol de concha de Chanel ajustándoselas bien a la nariz.

«Cuando me apunté a clases de tenis no pensaba que tendríamos que correr tanto». Hacía vibrar las erres al hablar. «Odio correr.»

El ejercicio se llamaba «La reina de la cancha». Jugabas con Randy hasta que perdías, momento en el que entraba la siguiente de la cola. Geeta y yo aguardábamos nuestro turno a un lado.

—¡Dame caña, pimpollo! —gritaba Natalie mientras corría de un lado a otro y golpeaba la pelota con tanta fuerza que parecía que iba a romper las cuerdas de su raqueta—. ¡No seas nenaza!

Como Randy nos decía que hiciéramos ejercicios de calentamiento, puesto que nos tocaría en cualquier momento, yo me movía de un lado a otro intentando mantener ágiles los músculos, en tanto que Geeta permanecía de pie con los brazos cruzados y de vez en cuando miraba el reloj o comprobaba que no se le hubiera estropeado la manicura.

—Mis hijos son pequeños —explicó—. Sólo vengo a las clases para poder jugar con ellos, y no son muy buenos. No necesito tomármelo demasiado en serio —dirigió su atención a la cancha—. ¡Lo que tiene que hacer una madre! ¿No te parece?

Yo, que no sabía exactamente qué responderle, mascullé:

—¡Por supuesto!

—Dime otra vez a qué escuela van tus hijos —me preguntó Geeta. Pero antes de que pudiera contestarle, añadió—: ¡Ay, no! Todas las semanas me olvido, ¿verdad? Todas las semanas me dices que no tienes hijos. No tienes hijos y yo lo olvido por completo —se rió—. ¿Por qué hago esto?

—Debes de pensar en Natalie —repuse.

—Pero tú eres la del marido que trabaja en el banco, ¿no?

—No, en realidad no estoy casada.

Se dio una palmada en la frente.

—¡Es verdad! ¡No tienes hijos y no estás casada! Todas las semanas me olvido por completo de que no estás casada —asintió como si estuviera tomando nota mentalmente para no volver a cometer el mismo error la semana siguiente—. Bueno, creo que tu revés está mejorando mucho.

—¡Vamos, Geeta, ven aquí, date prisa! —gritó Randy. Entonces Geeta se dirigió a la cancha con paso lento, se volvió de cara a la red y se quedó quieta con las manos colgando.

—Es un gustazo sentir cómo fluye la adrenalina —dijo Natalie mientras intentaba recuperar el aliento. Miró a Geeta, que al ver acercarse la pelota se apartó de un salto.

—¡Tienes que ir hacia la pelota, Geeta! —le gritó Randy—. Ve hacia la pelota. Sí, eso es.

—¡Caray, es tan buen profesor! ¡Es tan paciente! Aun cuando nosotras somos un auténtico desastre —comentó Natalie admirando la manera en que Randy animaba a Geeta para que ésta no se encogiera cuando la pelota iba hacia ella—. Quiero que les dé clases a mis hijos, ¿sabes? Creo que sería muy bueno con ellos. Sobre todo con mi hija, pero el problema es traerla desde la escuela en el East Side, tener que cruzar la ciudad para que asista a las clases. Yo trabajo y la niñera tiene que cuidar de mi hijo. Mi hija sale a las tres y cuarto y no puedo meterle mucha prisa porque los niños son más lentos que una tortuga. ¿Sabes lo que quiero decir?

Era una pregunta muy razonable; sencillamente yo no tenía ni idea de qué contestarle. Como si me hubiera preguntado cómo aterrizar un 747. Oír a esas mujeres hablar de sus hijos me hizo considerar aún más el hecho de que yo no tenía. Estaba alcanzando rápidamente una edad en la que, si decidía tener hijos, quizá necesitara esa clase de tratamientos para la fertilidad que podían provocar que quedaras embarazada de tantos niños a la vez que parecía apropiado dar a luz en una caja de cartón debajo de la cama y luego limpiarlos a lametazos. Y aunque podía bromear sobre el tema, la realidad, que había esperado tanto que podía enfrentarme a verdaderos problemas a la hora de tener hijos, me asustaba. Aunque rara vez oí hablar de ello, al cumplir los treinta había percibido una cierta línea divisoria entre las mujeres casadas y con hijos y sus amigas solteras y sin ellos. Nos preocupábamos las unas por las otras y seguíamos estando unidas, pero a menudo, muchas veces sin darnos cuenta siquiera, hacíamos suposiciones unas de otras. Muchas de mis amigas solteras y yo discutíamos el hecho de que si salías a cenar con una amiga casada, lo más probable era que ésta se inclinara sobre la mesa, ladeara la cabeza y, mirándote a los ojos con tristeza, te dijera: «¿Todavía no hay nadie que te guste?», dando así la clara impresión de que ella había ganado el fabuloso premio en la vida —la lavadora/secadora, el coche y el viaje a Hawái—, mientras que tú habías elegido la cortina que ocultaba la pirámide de calamares en conserva. En realidad, el problema ni siquiera eran los hijos o el matrimonio, era ese tufillo a compasión con frecuencia inconfundible, como si se sintieran incómodas al tener tanto cuando tú tenías tan poco. Si decías que eras feliz, esa misma mujer te daría un apretón en la mano y con voz ahogada diría: «Eres muy fuerte. No sé si yo tendría tanta fortaleza de hallarme en tu situación».

Era frecuente que, en las conversaciones, las amigas solteras se refirieran a ellas mismas como a «nosotras» y a las nuevas madres como a «ellas».

—¿Te has fijado en que ellas nunca tienen tiempo para sí? —confesó mi amiga Rachel un día mientras comíamos—. O bien están preparando a los niños para llevarlos a la guardería o al colegio, o bien acaban de traerlos a casa después de la clase de cerámica, de natación o de francés. El crío de mi amiga tiene dos años y estudia francés. ¿Y cuando no pueden hablar porque están intentando meter a los niños en la cama? Tratar con esas madres es como hacerlo con la empresa de televisión por cable. Sólo puedes llamar entre las doce y las tres, y aun así nunca se sabe.

Nuestra línea divisoria se ampliaba con el silencio porque si decíamos algo se suponía que estábamos celosas. O amargadas. O ambas cosas. O que no comprendíamos lo difíciles que eran sus vidas. Y tal vez no lo hiciéramos.

Tal como señaló mi amiga Eve: «Con tus amigas solteras puedes hablar durante horas sobre por qué un chico no te ha llamado desde la noche anterior. Puedes centrarte en ti misma. Pero aunque estuvieras dispuesta a meter la cabeza en el horno, tu problema quedaría relegado a un segundo plano frente a la caída del sofá del hijo de alguna de ellas. Cualquier necesidad que tengas se considera egoísta. Además, si las nuevas madres quieren hablar de sus hijos, es de eso de lo que vas a hablar. No puedes decir que te den la versión abreviada de su excursión a los columpios. Con mis amigas solteras, cuando es necesario, todo puede centrarse en mí y en mi vida. Pero con las amigas que tienen hijos tengo que estar preparada para desaparecer en cualquier momento.

Mis amigas solteras y yo nos quejábamos de que muchas de nuestras amigas con hijos pensaban que si algo nos sobraba era tiempo libre, y no entendían lo difícil que es organizar tu vida cuando siempre tienes que mantenerla flexible. Cuando sales con alguien, muchas veces estás sujeta a largas conversaciones telefónicas que llevan mucho tiempo. Conversaciones que empiezan con las palabras: «Hola, soy el médico de la madre del marido de tu prima» o «Llevo la contabilidad del hombre que vendía bolsos en la sala de muestras de tu padre hace cinco años, pero él no me conoce muy bien». Dado que quieres ser comprensiva, hablas con la persona durante un tiempo que puede oscilar entre diez minutos y una hora. Escuchas cuando dicen cosas como: «Lo único que sé de ti es que no te falta ningún miembro y que no eres deforme, ¿verdad?» o «¿Llevas pulsómetro cuando haces ejercicio? Deja que te haga una pregunta. ¿Alguna vez te lo pones cuando tienes relaciones sexuales?» Accedes a reunirte con esta persona en un bar o restaurante, y puedes pasar con ella los siguientes cuarenta y cinco minutos siguientes o hasta más de tres horas. Estás completamente sola. Sonríes con educación cuando la persona dice: «¿No sabías que hay películas porno en DVD? ¿En qué mundo vives? ¡Yo tengo cientos de ellas!» o «Hace menos de un mes que rompí con mi última novia. Me dijo que si me encontraba con otra me mataría». Bebe un poco de vino. «Y que luego se suicidaría.» Después de eso te bebes tu copa rápidamente sin quitarle ojo a la botella por si acaso la necesitas para defenderte.

No es que tuviera mucho tiempo libre, lo que pasaba era que, a diferencia de mis amigas casadas y con hijos, no me reportaba demasiado. En realidad, si sumaba todo el tiempo que dedicaba a

preparar la primera cita, elegir qué me ponía, quedar para tomar
unas copas, para cenar, tomar café o almorzar, llegar a casa sin estar
segura de si me interesaba, pero con ganas de que me llamara igualmente, recibir la llamada, esperar la segunda cita, decidir si podía
decirse que me gustaba, salir por tercera vez, decidir que me gustaba mucho, salir unas cuantas veces más, soñar con nuestro viaje en
bicicleta por Italia, ir más en serio, sintiéndome feliz de estar viva,
preguntándome si las cosas se estaban poniendo extrañas o si sólo
era cosa de mi imaginación, obsesionándome sobre por qué las cosas
no funcionaban, reprendiéndome por no confiar en mi instinto, perder luego una semana o cuatro atemperando la enorme depresión,
sintiéndome mejor poco a poco, jurando seguir adelante sin hastiar-
me y volver a iniciar todo el proceso, podría haberme licenciado en
medicina. Leer todas las obras de Proust. Y escribir una ópera. En
alemán. Dos veces. Esto es lo que quería decir cuando esas mujeres
me preguntaban cómo era tener tanto tiempo libre.

Después de mi clase de tenis tenía por costumbre telefonear a mi
hermana Holly mientras volvía a casa en taxi con la esperanza de pi-
llarla cuando tuviera unos minutos libres entre dirigir su negocio de
decoración y llevar a sus hijos desde el colegio a la actividad extraes-
colar que les tocara aquel día. Aquella tarde conseguí hablar con ella
mientras hacía una parada en la panadería para que su hijo comiera
algo antes del entrenamiento de fútbol.

—¿Y bien? —inquirió con impaciencia—. Háblame de tu cita
de anoche. ¿Qué tal era el urólogo? ¿Te gustó?

Al igual que muchas personas bien intencionadas, una mujer a la
que conocía del gimnasio había arreglado la cita basándose en el frecuente enfoque de: «Él está soltero, tú estás soltera, nunca se sabe».
Es decir, cuando el hecho de ser soltera se parece espantosamente
a estar en una mala película de ciencia ficción donde unas personas
vestidas con trajes de poliéster de cuerpo entero con capucha y des-
pojadas de toda especificación o identidad pululan por una depri-

mente colonia lunar y son apareados unos con otros en plan: «Mujer X5419 se encuentra con Hombre G6543. Procedan». Era esta especie de lógica aleatoria lo que hacía que me entraran ganas de sugerir una posible amistad basada en el argumento siempre sólido de: «Estás casada. Él está casado. ¡Tenéis muchas cosas en común!» Traté de explicar que hasta las mujeres a las que ellas consideraban desesperadas, incluso mujeres de una «cierta edad», tenían principios. También quería explicar que muchas veces, al haber esperado tanto tiempo para conocer a la persona adecuada y haber aprendido a vivir solas, éramos más exigentes, no menos.

El urólogo era un tipo simpático, si bien un tanto inexpresivo, que me contó con todo lujo de detalles que le gustaría instalar un sofisticado equipo estereofónico en su sistema de entretenimiento casero para percibir los efectos de sonido de su videojuego. Me dijo, con cierta incomodidad:

—¿Puedo preguntarte si tienes alguna afición?

—¡Um! —repuse con una sonrisa—. ¿Te preocupa el resto de mi vida?

Él frunció el ceño.

—No te entiendo —contestó—. Me refiero a si te gusta la música o el arte. A mí, por ejemplo, me gusta Kenny G y la pintura impresionista. ¿Era una broma?

—Estaba bien —le dije entonces a mi hermana—. Pero no es para mí.

—¿Cómo lo sabes? —insistió ella—. Sólo fue la primera cita. Si te lo pregunto es porque me interesa de verdad —dijo, como si no estuviéramos hablando de mi vida social, sino de un tema al que el canal educativo podría dedicar una hora, como el de los rituales de apareamiento de los pingüinos—. Eres tú la que siempre habla de lo nerviosa que te pones en la primera cita y ahora me dices que no te gusta esa persona. Pero ¿cómo sabes que él no estaba nervioso también?

Cuando salía con alguien que decía cosas como «¿Qué te parece si papeamos algo en el P.M.?», u otro tipo que dijo que nunca había salido con una mujer que no hubiera estado hospitalizada por de-

presión al menos una vez, normalmente a causa de él, los problemas
eran obvios; sin embargo, era en estas situaciones más sutiles, cuando en realidad no podía decir nada malo de mi cita, excepto que no
era para mí, que me sentía presionada a defender mi decisión. Pensé
en Eve, que decía que su familia la empujaba a darle una segunda
oportunidad a todas sus citas. «Me di cuenta de que la única manera
de que mi familia me dejara en paz era decir que el hombre en cuestión era drogadicto. Durante un tiempo funcionó, pero ahora me
dicen que quizá yo pudiera ayudarle a dejarlo.»

Aunque mi hermana había salido con algunos chicos antes de
conocer a su marido hacía quince años, al describirle una de mis citas
tenía la sensación de estar describiéndole nada menos que la vida en
un país extranjero y que podría haber estado hablándole perfectamente no de mi cita con un urólogo, sino de si cocinar cabra o mono
antes de que mi tribu saliera de caza.

—¿Cómo lo sabes si sólo has salido con él una vez? —me dijo.

—Lo sé.

—¿Por qué?

—No me sentía atraída por él.

Mi padre me preguntaba a menudo si me parecía que aumentaba
la atracción o no. Para él encontré una respuesta que funcionaba.
«Tal vez», le decía. «Tal vez crea que alguien que al principio me
parecía absolutamente poco atractivo sea más atractivo de lo que
pensé en un primer momento, pero nunca llegaría a estar loca por
él. Nunca me acostaría con él y no habría nietos. Jamás.» Con eso se
callaba.

Mi respuesta servía a los efectos de nuestra conversación. Sin
embargo, lo que más me gustaba de la atracción física era que, a
diferencia de otras cualidades más abstractas, era lo que más te acercaba a una verdad absoluta. O te atraía o no. De otro modo podías
volverte loca con preguntas del tipo: ¿Cómo sabes si es el hombre
adecuado? ¿El concepto de «hombre adecuado» es una ingenuidad?
¿Puedes llegar a saberlo con seguridad? ¿Me estoy conformando?
¿He abandonado toda esperanza sin ser consciente de ello? ¿Debe-

ría haberle dado otra oportunidad a alguno de los hombres que se cruzaron en mi camino? ¿Tendré algún día la sensación de saber algo? Y si no es así, ¿entonces qué?

Mi hermana continuó hablando:

—Laura Lautenstein no se sintió nada atraída por su esposo ni en su primera ni en su segunda cita, y mírales ahora. Son increíblemente felices.

A mí me parecía que llevaba toda una eternidad oyendo hablar de estas parejas, las que al principio no se gustaban y acababan locamente enamoradas.

—¿Me estás diciendo que crees que debería volver a salir con el urólogo?

—Lo único que digo es que no puedes saber si te gusta o no después de una única cita —respondió—. Nunca se sabe.

Siempre tuve la leve sospecha de que cuando la gente decía: «Nunca se sabe», lo que en realidad estaban diciendo era: «La que no lo sabe eres tú, porque si tuvieras mejor criterio estarías casada como yo».

—Sí se sabe —repliqué con un resoplido al tiempo que le entregaba unos cuantos billetes mustios al taxista—. Ya estoy en casa. Tengo que dejarte.

Pensé en señalarle después que la gente que permite que le arreglen citas lo que quiere es encontrar a alguien y que por lo tanto es la que con toda probabilidad dará más oportunidades a la persona a cada paso del camino. También quería señalar que si sales dos veces con una persona, ¿por qué no salir con ella cincuenta veces? ¿Por qué no hacer un viaje por carretera a los Berkshires? Puede que para entonces detestes profundamente a esa persona, pero al menos verás Tanglewood. Y ya que estamos, si preguntas cómo sabemos si nos gusta otra persona, ¿por qué no jugarse el todo por el todo y preguntarnos cómo sabemos si nos gusta cualquier cosa? ¿Cómo sabes si te gustan las fotografías de Irving Penn? ¿O la comida japonesa? ¿Cómo sabes que ahora mismo no estás en llamas? ¿O si eres real siquiera? ¿Cómo sabes nada de nada?

Cuando llegué al vestíbulo de mi edificio, el portero, un hombre rechoncho y encantador llamado Jorge, me llamó.

—Emma —me dijo—. Toma —me entregó un sobre grueso—. Te llegó esto.

El sobre contenía mi nuevo contrato de arrendamiento, uno que me daba la opción de quedarme en el edificio uno o dos años más. Bueno, para algunos esto podría haber sido motivo de celebración, pues mi apartamento de un dormitorio era espacioso y, teniendo en cuenta que estaba en Manhattan, económico. Muchos de mis vecinos llevaban viviendo en sus pisos más de cuarenta años, y cuando nos cortaban el agua unos cuantos días o se estropeaban los ascensores, como a menudo era el caso, a la gente le daba por garabatear grafitis socialistas en la zona de los buzones del vestíbulo y escribían con bolígrafo y trazo poco firme en los mismos avisos: «¡No podéis tratar así a la gente! ¡Vamos a rebelarnos!» Daba la impresión de que mi edificio estaba lleno de Stanleys Kowalskis que, cuando se anunciaba la instalación de una gran tubería de aire acondicionado en la parte trasera del edificio que conectaría con un nuevo restaurante en la planta baja, escribían: «¡Tengo un amigo, un amigo poderoso en el ayuntamiento que se va a enterar de esto!» Otros inquilinos sugerían que se prohibieran las decoraciones festivas en el vestíbulo, puesto que la división entre Iglesia y Estado debía respetarse hasta en las comunidades pequeñas. El hecho de sostener el sobre entre los dedos me hizo recordar la última vez que había tenido en mis manos un contrato de arrendamiento, y que entonces me preguntaba si debía o no firmar por uno o dos años más porque eso era mucho tiempo y estaba tan segura de que iba a conocer a alguien y que acabaría yéndome a vivir con él de modo que tal vez debiera optar por pagar mes a mes. Y ahora, al cabo de dos años, ni siquiera me aproximaba a eso.

Se lo había mencionado a Eve, quien me contó que el hecho de no querer renovar el contrato de alquiler, una decisión a la que se enfrentaba todos los años, en realidad la emocionaba porque eso indicaba que era más optimista sobre su futuro de lo que ella creía. «Es cuando estoy dispuesta a comprar un apartamento de un dormitorio que me preocupo», me explicó, «cosa que me está sucediendo ahora mismo, por cierto».

Lo que en un momento dado parecía una libertad infinita —podía irme a pasar tres meses a la India, podía ir al cine sin tener que buscar canguro, podía probar una nueva carrera profesional sin tener que preocuparme de la hipoteca o de los zapatos para la vuelta al colegio— al minuto siguiente podía parecer el limbo. Mientras contemplaba aquel sobre blanco, la palabra «URGENTE» garabateada al dorso con tinta ligera cobró un nuevo significado. A mis treinta y cinco años no tenía nada que me enraizara a ningún lugar y de pronto mi vida pareció definida no por lo que yo sabía, sino por todas las preguntas que, a cada minuto que pasaba, seguían sin respuesta, y entonces recordé que alguien me había dicho: «Lo único con lo que de verdad se puede contar en esta vida es con uno mismo». Tuve la sensación de que mi vida todavía no había empezado y que yo ya llegaba tarde. Entonces, mientras pensaba más sobre el tema, en lugar de ponerme a escuchar a Billie Holiday y esconder los cuchillos, eché un sueñecito.

La semana siguiente me tocó a mí ser la primera en jugar mientras Geeta y Natalie charlaban animadamente con la cabeza ladeada la una hacia la otra. Randy nos había enseñado una serie de frases para ayudarnos a visualizar la manera de mejorar nuestro juego. «¡Pistola enfundada!» significaba que debías mantener la raqueta en la cadera hasta estar preparada para darle a la pelota. «¡Sentada en la silla!» era una forma de no mover el cuerpo hasta que llegara la bola.

—¡Imagina el cucurucho de helado! —gritó entonces Randy mientras yo intentaba sacar. Esto significaba que supuestamente tenía que sostener la pelota con la punta de los dedos, lanzarla y mirar cómo se alzaba en el aire hasta que golpeara contra las cuerdas de mi raqueta—. ¡No lo estás viendo, AC! Imagínate el sabor del helado, el chocolate con trocitos o el ron con pasas o lo que sea.

Mientras salía de la cancha oí que Geeta comentaba:

—Y ahora he perdido a mi niñera de fin de semana que se quedaba a dormir las dos noches, y sencillamente son imposibles de encontrar. Le ofrecimos el doble de lo que le pagábamos por noche, pero rehusó —puso los ojos en blanco—. Afirma estar embarazada.

—Nosotros tenemos mucha suerte —dijo Natalie—. Nuestra niñera es como de la familia. Cuando hubo la amenaza de ántrax hicimos acopio de antibióticos también para ella. Y cuando mi pequeño Max tuvo un resfriado, ella no se apartó de su lado.

—¡Te toca a ti, Natalie! —gritó Randy.

Mientras me alejaba de la cancha, Geeta estiró el brazo y me hizo un gesto moviendo rápidamente todos los dedos a la vez.

—¡Esta semana he recordado que no estás casada! —me dijo.

—¡Sigo sin estar casada! —respondí.

Y ya no tuvimos nada más que decirnos. En aquel momento tuve la seguridad de que si yo hubiera tenido hijos o un esposo podríamos haber mantenido una de esas aburridas cháchara de la que me habría quejado después. Una vez había intentado hablar con ella de restaurantes, pero cuando lo hice, ella jugueteó con los cortos mechones de pelo por encima de las orejas, miró hacia otro lado y se limitó a decir:

—Mi marido y yo nunca hemos estado allí. Tú vas con tus amigos, ¿verdad?

Mientras permanecíamos allí de pie en silencio, dije una cosa que al cabo de unas horas recordé con cierta vergüenza:

—Antes era guionista de televisión —anuncié con un dejo de desesperación en mis palabras—. Durante cuatro años. También fui productora —entorné la vista al cielo y asentí con la cabeza—. Era una locura la cantidad de horas que trabajábamos. Una locura. —Al mencionar este hecho mi intención era explicar por qué no estaba casada y al mismo tiempo convencerla de que yo también tenía una vida emocionante y dinámica. Creo que en realidad lo que intentaba era convencerme a mí misma.

Geeta se cruzó de brazos y se agarró los codos con las manos.

—¡Vaya! ¿En serio? —dijo, logrando esbozar una sonrisa perpleja—. Lo siento, pero no veo la televisión. Pero a mis tres hijos les encanta, y a mi esposo también.

Al cabo de un rato, Randy comentó que nunca me había visto darle tan fuerte a la pelota.

A diferencia de la semana anterior, ahora Geeta corría hacia la pelota con tanto fervor que se pasaba de largo. En una ocasión hasta chocó contra la valla. Yo me quedé con Natalie, en silencio. Ella tenía la raqueta agarrada y en su mano relucía un grueso diamante. La observé mientras me imaginaba su vida diaria completamente distinta de la mía. Me imaginé que llevaba a sus hijos de ojos azules al colegio todas las mañanas a la misma hora. Yo podía cenar las sobras de una ensalada, unas cuantas cucharadas de mantequilla de cacahuete, una naranja, un poco de fiambre de pavo, un puñado *chips* de tortilla y, de postre, un par de barritas de chicle, pero estaba segura de que Natalie compraba los ingredientes para preparar comidas equilibradas, proteínas y féculas que servía con verduras de hoja, lo cual, según habían demostrado unos cuantos estudios realizados en Holanda, reducía el riesgo tanto de cáncer de colon como de diabetes juvenil. Mientras ella ayudaba a sus hijos con los deberes, yo hablaba por teléfono con mis amigas de temas como «aprender a vivir con la ambivalencia» y sobre cómo distinguir entre un hombre con un fuerte lado femenino y uno que no podía admitir que era homosexual.

—¡Muy bien, Geeta! ¡Buen intento! —gritó Natalie aplaudiendo ruidosamente. Se volvió hacia mí como si quisiera decir algo y no pudiera, y supuse que intentaba entablar conversación por cortesía, porque en realidad no había nada que nos uniera—. ¡Caray! La verdad es que Geeta es pésima, ¿no te parece? —dijo entre dientes—. Lo que quiero decir es que es una señora estupenda, pero no podría golpear la dichosa pelota, aunque en ello le fuera la vida. Nosotras somos mucho mejores. Tenemos que salir de aquí, y deprisa.

Puesto que yo llevaba las últimas tres semanas pensando lo mismo, me sorprendió que Natalie fuera la primera en decirlo.

—Mira, lo que pasa es que tengo un montón de gastos y estas clases son el único lujo que me permito —continuó diciendo mientras miraba a Geeta, que corría sujetando la raqueta por encima de la cabeza y gritando «¡Ay, Dios mío! ¡Ay, Dios mío!» mientras la bola iba a parar al centro de la cancha contigua, donde dos jugadores mayores y muy serios le lanzaron una mirada fulminante.

—¿Crees que podemos hacerlo? —le pregunté.

—Veré lo que puedo hacer —contestó Natalie—, pero creo que podemos librarnos de ella. Me dijo que cree que ya ha tenido suficiente, y Dios sabe que nosotras también la hemos aguantado bastante. Oye, ¿necesitas que te lleve a casa? Hoy he traído el coche.

Al cabo de cuarenta y cinco minutos me encontraba sujeta por el cinturón de seguridad en el asiento delantero de su gran Suburban color caramelo cuya alfombrilla estaba cubierta de reveladoras señales infantiles: cartones de zumo vacíos y rotuladores que se borran.

—Siento que el coche esté hecho una porquería —dijo al tiempo que arrojaba varios libros con ilustraciones al asiento trasero—. Cogemos éste para ir y volver de nuestra casa en el campo, y con los niños es imposible mantener nada limpio. Además, los boxers se frotan el trasero en cualquier cosa. Son perros muy dulces, pero huelen como el culo.

Miró por el espejo retrovisor y se pasó los dedos por su larga cabellera castaña.

—Quiero hacerme reflejos porque ya empiezan a salirme canas, ¿sabes? Pero no tengo tiempo.

Eso me recordó una conversación que había mantenido con mi padre recientemente.

—Mira lo que he visto —dijo con una sonrisa—. A alguien le ha salido su primera cana.

Me precipité hacia el baño que estaba allí cerca.

—¿Dónde están las pinzas?

Mi padre me siguió.

—Lamento habértelo dicho, cariño, porque ahora parece que te hayas enfurecido —dijo—. Eres guapísima —señaló una pequeña zona encanecida que tenía en la sien—. Además, no es nada malo. Yo también tengo.

—¡Pero tú tienes setenta y cuatro años! —exclamé.

Natalie siguió examinándose el pelo.

—El peluquero que me tiñe debe de fumar *crack* —dijo—. ¡Mira todas estas canas!

—¡Ay, sí! —repuse con la esperanza de que eso nos uniera, puesto que teníamos la misma edad—. A mí me están saliendo tantas que me siento como Indira Gandhi. —Pero entonces se hizo el silencio. Me pareció una prueba más de que no teníamos nada en común. Sin embargo, algo cambió.

—Dime, ¿cómo es? —me preguntó con la mirada fija al frente—. Ya sabes, ser tú. ¿Es fabuloso? Debe de ser fabuloso. Randy dijo que escribías para la televisión. ¿A qué famosos has conocido? ¿Has visto desnudo a alguno de ellos? ¡Tú tienes tanta libertad! Por cierto, no me entiendas mal, a mí me encanta mi vida. Amo a mi marido y a mis hijos; no renunciaría a ellos por nada del mundo, pero me gustaría mucho tener tu vida durante una semana.

El siguiente comentario me pilló más desprevenida aún.

—Vamos, déjame experimentarlo a través de ti durante las próximas veinte manzanas. Cuéntame todas las locuras que haces. Los restaurantes. Los clubs. Las fiestas. Los hombres. ¡Dios, debe de haber tantos! Debe de ser emocionante conocer a una persona nueva y sentir esa excitación cuando te vas a la cama con ella por primera vez. El ansia de los cuerpos nuevos y toda la lujuria. Déjame que te diga una cosa, esa excitación sólo la sientes una vez —hizo girar su alianza—. Tienes otras cosas buenas, pero eso nunca más.

Pensé en la decepción que se llevaría si le dijera que muchas veces a las seis de la tarde ya iba en pijama. O si le hablara de mi cita a ciegas más reciente, que me pidió que me reuniera con él en Central Park a las nueve y media de la noche. Cuando me preguntó cómo me reconocería, le dije: «Seré la que lleve un silbato antivioladores colgando del cuello».

—No creo que quieras que te cuente mi vida —le dije.

—¡Sí, sí que quiero! ¡Dios mío, sí, en serio! —exclamó con una voz que delataba algo más profundo y urgente—. Cuéntamelo todo de tu vida. Por favor. Y empieza con algo jugoso.

Me di cuenta de que había dado por sentado que si yo tuviera su vida haría muy pocas preguntas sobre la mía, y que quizá éste era el error más grande de todos. Luego pensé en que la verdadera cuestión no era cuándo conocería a alguien y tendría hijos, sino por qué creía que el hecho de tenerlos sería la respuesta a tantas cosas, o a todo, en realidad. Dicha pregunta dio lugar a otras más. ¿Qué decía eso de mí? ¿Acaso no era una fórmula para el desastre? ¿Me basaba en esa fantasía para que me ayudara a sobrellevar mi realidad? ¿De verdad pensaba que esas cosas iban a mejorarlo todo? Y de repente eché de menos todas mis antiguas preguntas que ahora, en comparación, parecían sencillas.

—Sí, y añade muchos detalles —insistió, alzando la voz con entusiasmo—. Cuéntame más sobre todos los hombres. Quiero captarlo todo con claridad.

7

Mi Samsonite

Recientemente había salido a cenar con un hombre al que internaron en un hospital mental después de nuestra primera cita. Al menos esa fue la razón que me di para justificar que no me hubiera llamado. Y aunque sabía que no era cierto, yo seguía pensando: «Quizá vaya a hacerle una visita».

Martin poseía un encanto alicaído y ese aire angustiado de quien con frecuencia imagina su vida pasando fugazmente ante sus ojos. Era uno de esos hombres que al ver un cuchillo de untar de plástico sobre una mesa del parque podía imaginárselo atravesándole la yugular. Me dio un beso a los diez minutos de conocerme y luego dijo: «¿Ha sido raro? ¿He ido demasiado rápido? No, ¿verdad? Bien».

Fuimos a cenar comida italiana a un restaurante conocido por sus inspiradas pizzas. Él pidió una ensalada y me explicó que alternaba trabajos de entrenador y de actor. Martin, con sus rizos cortos y rubios y sus ojos verdes, tenía aspecto de una versión adulta de uno de esos querubines que aparecen muchas veces en los broncíneos adornos de jardín. No resultaba difícil imaginárselo encaramado a una pila para pájaros riéndose tontamente con una jarra en la cabeza.

Mientras comíamos el *antipasto* me confió:

—De vez en cuando sufro depresiones atroces. Mi madre no me prestó la debida atención. —Tuve la fugaz idea de que mi amor podría salvarlo. Él volvió a besarme. Sin embargo, habían transcurrido dos semanas sin que tuviera noticias suyas.

Leí que entre los miembros del pueblo hmong, en Tailandia, cuando un hombre está interesado en una mujer, la aborda y tira de un trozo de cuerda que ella lleva en la cintura. Entonces se van por ahí a charlar y, si la cosa sale bien, el hombre acaba por «raptar» a la chica de la casa de sus padres. Hay que reconocer que es una manera muy audaz de expresar tu afecto. Lo que también me gusta de esa tradición es que, en lugar de esperar una llamada telefónica, como estaba haciendo entonces, sería yo quien la realizara desde un lugar no revelado. «¡Sé que hace tiempo que no hablamos, pero la buena noticia es que tengo novio!»

Aquel día no estaba haciendo nada. Se suponía que debía de estar trabajando, escribiendo una columna para un semanario sobre si el amor es una elección o una imposición. ¿El amor siempre llega en el momento oportuno? ¿La gente decide enamorarse cuando les resulta conveniente en la vida? ¿O es una fuerza dictada por el destino o por los astros? Crecí pensando que el amor era como un rayo. Mi padre decía que cuando conoció a mi madre se sintió impotente. «La miré y lo supe, pero ella estaba saliendo con mi amigo, Sol, de modo que le pregunté si podía invitarla a salir y él me dijo: "Si puedes alimentarla, puedes quedártela"». Pero ahora yo me preguntaba cómo sobreviene el amor exactamente. Martin y yo habíamos tenido una buena cita. Una buena cita tenía que significar algo. Una buena cita debería importar. No tiene que significarlo todo, pero no debería ser indiferente.

Había oído a algunas personas enumerar lo que para ellos tenía más importancia, cualquier cosa desde el sentido del humor o la buena forma física a eso de «tendría que ser espiritual, pero no necesariamente religioso». ¿Sería un buen padre dicha persona? ¿Es salvaje en la cama? Tenían que gustarle Nirvana y Django Reinhardt. Tenían que volverlo loco los placeres sencillos de la vida como el Scrabble y los perros grandes. Tenía que ser sensible, pero no blando. Batallador, pero no malvado. Pero aunque encontraran todas estas cosas en una persona, no parecían importar lo suficiente. Cuando al multimillonario J. Paul Getty le preguntaron «¿Cuánto dinero es suficiente?», contestó: «Sólo un poco más». ¿Acaso es ése el problema? ¿Que la gente cree saber lo que quiere, pero que cuando lo encuentra se da cuenta de que en realidad quiere un poco más? En mi última relación yo quería casarme, él quería que viviéramos juntos indefinidamente y, en última instancia, eso fue lo que nos hizo romper. Él quería un poco más de tiempo. Yo quería un poco más de compromiso. Ahora lo único que quiero es que Martin llame para poder decirle: «No vuelvas a llamarme nunca más».

En lugar de eso, llamé a mi amiga Phoebe.

Le pregunté si quería ir a ver *Al pie de la letra*, un documental sobre el Concurso Nacional de Ortografía de 1999. Ella dijo que sí. Cuando llegué al cine, ya había una cola serpenteante que doblaba la esquina. En la ventanilla había una hoja de anillas pegada con cinta adhesiva en la que ponía: «Entradas para la sesión de las siete agotadas». El ambiente era cálido, el lento y neblinoso final de un día de bochorno. Miré a las chicas que ocupaban la acera a ambos lados de la rejilla del metro para evitar que sus tacones altos se metieran por los agujeros. ¿Es eso lo que quieren los hombres? ¿Quieren a una chica japonesa que en mitad del verano luce calentadores y guantes sin dedos como los que llevaba Fagin en *Oliver Twist*? ¿A una fornida punk de muslos fláccidos y un corazón de oro? ¿O quizá a una de esas rubias que están en la onda y que utilizan la palabra «encanto» constantemente en lugar de admitir su absoluto desprecio por todo? El tipo de mujer que después de una cita dice: «Era un encanto, un verdadero encanto, pero no era para mí», cosa que en realidad significa: «Era asqueroso y no van a encontrarme muerta con él, pero yo le gusté, de modo que intenté ser amable». Porque si eso era lo que querían los hombres, yo tenía problemas.

De hecho, ya pensaba que tenía problemas de todos modos. Quizá fuera demasiado sarcástica. Tal vez asustara a la gente. Cuando alguien me preguntaba si hablaba algún otro idioma, como francés o español, a menudo respondía: «No, pero hablo con fluidez el idioma de la paranoia y la inseguridad». Quizá tuviera que dejar de hacer eso. O quizá fueran mis muslos. En ocasiones había bromeado diciendo que tenía un cuerpo magnífico teniendo en cuenta que tenía seis nietos. Quizá también tuviera que dejar de hacer eso. Necesitaba tener más confianza en mí misma. Mi confianza disminuía con cosas como el hecho de que Martin no me llamara después de nuestra primera cita, en la que dijo concretamente: «Te llamaré». ¿Por qué no me llamaba? Tal vez quisiera a alguien que practicara el yoga y le dijera que lo hacía muy bien. Quizá quisiera a alguien que lo acariciara mientras estaba en posición fetal llorando por la madre que nunca tuvo. O quizá quisiera a alguien como la rubia guay que organizaría cenas perfectas y ordenaría su armario por orden alfabético de los diseñadores. O la chica japonesa de los calentadores, que irradiaba posibilidades. Ella parecía sentirse cómoda con su cuerpo. Yo, en cambio, no. Cuando era pequeña, en nuestra casa la desnudez se definía como el período de tiempo entre la ducha y la toalla. Y aunque no me considero una mojigata, tampoco soy de las que están dispuestas a todo. Una vez salí con un hombre que me contó que le gustaba practicar el sexo con pasteles. «¿Con pasteles?», pregunté. «Sí», respondió. «Aplastas el pastel con el cuerpo, embadurnas al otro y luego lo lames.» Recuerdo que cuando me lo contó pensé: «Eso explicaría las infecciones por hongos de la levadura». La chica japonesa tenía aspecto de ser una chica de pasteles. Ella diría: «¡Pasteles! ¡Sí! ¡Es lo último!» A diferencia de mí, que preguntaría si ponía una lona debajo.

Observé a las parejas que hacían cola. Había un hombre y una mujer con los hombros caídos que llevaban unas camisetas sin mangas a juego. Iban los dos igualmente tatuados y llenos de pendientes, con coloridas mangas de tinta que les cubrían completamente los brazos. ¿Acaso era eso lo que los unía? ¿Acaso decían: «¡Esta noche voy a tatuarme un dragón en el culo!» y «Cariño, ¿crees que debería perforarme el otro pezón?» Los dos hombres que tenía frente a mí iban cogidos de la mano, unidos, al parecer, por su amor por las camisetas blancas ceñidas y por los esteroides. Una chica delgada que llevaba una cola de caballo y una falda cruzada de niña pija de color verde se acurrucaba contra el deltoides del hombre con el que iba, que era mucho mayor que ella. Tras años de terapia la muchacha había aceptado su complejo de Electra. ¿Qué sabían esas personas que yo desconocía?

Phoebe se apeó de un taxi. Era alta, con unos ojos oscuros y juntos y el cabello rubio y corto. Tenía unas piernas largas y torneadas —de esas que quedarían perfectas en una cajetilla de cigarrillos con una ilustración de gente bailando claqué— y normalmente llevaba colgado a la cadera un bolso grande tipo alforja de color marrón lleno de libros. En aquella ocasión se trataba de *Fiesta*. También llevaba tres clases distintas de pastillas de menta de intensidades varias e incluso, de vez en cuando, algo así como una postal antigua con una fotografía de personas del siglo XIX tomando el sol con manga larga y bombachos que compró en un mercadillo hacía tres años.

—¡Mierda! —exclamó al ver la larga cola—. ¿Quién los ha invitado?

—Lo sé, parece un concierto de los Stones. ¿Compramos entradas para la sesión de las diez?

Phoebe me explicó que había olvidado que tenía planes para cenar. De todos modos, decidí ir a la sesión de las diez sola, y Phoebe se ofreció para hacerme compañía mientras cenaba antes. Sugerí uno de mis restaurantes favoritos, el Blue Ribbon Bakery, que se encontraba a tan sólo unas pocas manzanas de distancia. Josh y yo solíamos ir continuamente. Desde que rompimos hacía dos años yo había estado evitando ese lugar, puesto que siempre tenía miedo de encontrármelo con su novia, pero el pasado año había empezado a ir otra vez. Me pareció apropiado que, dada la ansiedad que yo asociaba con ese restaurante, éste estuviera especializado en comidas reconfortantes: gruesas y esponjosas rebanadas de pan, productos de charcutería servidos en gruesas rodajas circulares, y una albóndiga muy bien estudiada, elaborada de manera que era al mismo tiempo grumosa y ligera, nadando en un caldo salado.

El Blue Ribbon Bakery estaba en la esquina de las calles Downing y Bedford. El local tenía altos ventanales de modo que desde todas las mesas podías ver el ocasional dramatismo del tráfico de peatones del exterior. Los sábados por la noche, a última hora, no era raro ver por la ventana a huesudas parejas llenas de encanto que regresaban a casa dando tumbos, personas que por la mañana le preguntarían al otro su nombre. O a un hombre atribulado que pasaba corriendo vestido con unas mallas y una diadema. De vez en cuando también veías a una pareja de enamorados que avanzaban de manera silenciosa y confiada y cuya dichosa felicidad te rompía el corazón. Esas personas que te hacían pensar: «¿Cuándo me he vuelto tan rematadamente amargada?»

Con frecuencia tenías que esperar una hora para poder sentarte, pero aquella noche no solamente nos dieron una mesa de inmediato, sino que además era la mejor del establecimiento, situada junto a un ventanal, de modo que tenías las mejores vistas a la calle y una amplia repisa donde dejar el bolso.

—¿Puedo traerles a las señoras una bebida alcohólica en esta preciosa noche? —dijo nuestra camarera.

—Vino —pedimos Phoebe y yo al unísono.

—El Bianchetta, si lo tenéis —añadió Phoebe.

Nuestra camarera era una mujer robusta con una sonrisa dulce y mofletuda que hacía que se le hundieran los ojos. Tenía el cabello teñido en distintos tonos de rojo y naranja, como si le hubiera pedido al peluquero que creara todos los matices de un furioso incendio. Llevaba un flequillo irregular de unos dos centímetros y medio de largo a lo sumo y daba la impresión de que se lo cortaba con unas tijeras de plástico para niños. El flequillo se extendía por encima de su rostro como un telón colocado sobre un escenario y era especialmente dramático cuando la mujer arqueaba una de sus finas cejas pintadas.

—El Bianchetta —dijo con un acento irlandés que se hizo más evidente, puesto que pronunciaba las aes más cerradas—. Muy bueno. Es una elección magnífica, magnífica.

Phoebe se excusó para ir al baño situado en el piso de abajo y descendió por la escalera de la esquina izquierda de la estancia. La observé mientras se alejaba. Hacía una noche hermosa, más fresca y ventosa que una hora antes. Yo estaba mirando hacia la escalera, esperando a que regresara Phoebe, cuando vi bajar a un hombre. Sólo le vi la nuca, el cabello oscuro corto pero no rapado, los hombros estrechos cubiertos por una chaqueta negra. Cuando Phoebe regresó por fin a la mesa, la agarré del brazo.

—Creo que acabo de ver bajar a Josh —le dije—. Sólo lo he visto de espaldas, pero sé que era él. Mierda.

—Respira hondo —sugirió ella, y me tomó la mano.

Me encontré empapada de recuerdos de Josh. Lo vi la noche que nos conocimos, abriéndose paso hacia mí por entre la multitud de gente apretujada. En el funeral de mi madre, vestido con su elegante traje de Jil Sander. Entonces recordé una de las últimas conversaciones que mantuvimos, una en la que hablamos por teléfono pocos meses después de nuestra ruptura.

—Necesito mi maleta grande —le dije—. Me voy a Cuba con un grupo y vamos a llevar medicinas y ropa para regalar y necesito mi maleta grande.

—Eso está muy bien —comentó Josh—. Puedes venir a recogerla cuando quieras.

Mientras hablábamos imaginé sus ojos pequeños y castaños, su cabello muy corto que empezaba a ralear y sus patillas moderadamente rebeldes. Me entraron ganas de recordarle que aquélla era la misma maleta grande y marrón que había llevado en nuestro viaje a París; la misma maleta de nuestro viaje a España, donde fuimos al Guggenheim de Bilbao y Josh vomitó detrás de un cachorro de quince metros hecho con flores. Aquella noche busqué el Pepto-Bismol en aquella misma maleta. Habíamos llevado esa maleta grande en todos los viajes que habíamos hecho juntos y ahora yo iba a llevármela a Cuba sola. Bueno, no exactamente sola. Pocos días antes había llamado a la agencia que organizaba mi viaje y me dieron una noticia inquietante. «Lo único que puedo decirle sobre su grupo es que se han inscrito veintidós personas», me dijo la mujer por teléfono. «Y la media de edad es de unos sesenta y ocho años.»

Josh me explicó que las cosas nunca le habían ido mejor en el trabajo, aunque el negocio del cine era tan inconstante que siempre tenía la sensación de que iba a acabar padeciendo una úlcera. Mientras él seguía hablando, pensé: «Quizá pudiéramos salir a cenar». Lo echaba de menos.

—Salgo con una persona desde hace unos meses —dijo.

Entonces fui yo la que tuvo ganas de vomitar detrás del cachorro gigante. ¿Unos cuantos meses? Tan sólo hacía unos meses que habíamos roto.

Josh tenía una nueva novia y yo me iba a Cuba con un grupo de ciudadanos de la tercera edad. Me alegré de no haber mencionado todas las bromas que me hacían mis amigos. «¿En el Copacabana hacen descuentos?» Y: «¡Quizá tendrías que llevarte un poco de Viagra por si hay suerte!»

Al terminar de hablar con Josh por teléfono recordé aquel viejo anuncio de equipajes Samsonite en el que el gorila salta sobre una maleta y la arroja de un lado a otro en una jaula vacía para demostrar su durabilidad. El anuncio sugería que aquella maleta podía llevar tu bagaje más pesado y seguir siendo indestructible. Al rememorar el año y medio que estuvimos juntos, con toda la mierda por la que tuvimos que pasar, todas las veces que pudimos alejarnos pero no lo hicimos, seguía deseando: «¡Ojalá nuestra relación hubiera sido como una Samsonite!»

Phoebe estaba calmada y me hablaba con voz firme. Ella sabía que durante mucho tiempo había tenido miedo de ir a ese restaurante.

—Te apuesto un millón de dólares a que no es Josh —me aseguró—. Visto por detrás podría ser cualquiera. Mira a tu alrededor. Todos los tipos del restaurante podrían ser Bruce Willis de espaldas.

Era una buena observación.

—Tienes toda la razón —le dije.

La camarera nos trajo el vino. Tomé un trago. Y luego otro. Unos cuantos tragos más y sería Liza Minnelli.

—¿Tiene sed? —me preguntó la camarera, y me guiñó el ojo.

Le devolví la sonrisa y, al hacerlo, vi la ancha figura sonriente de Fred Feldman, uno de los mejores amigos de Josh, que se dirigía al piso de abajo. Solíamos cenar con él en ese mismo restaurante muy a menudo.

—Mierda —dije, y miré a la izquierda, hacia la calle, donde se encontraba otro de los mejores amigos de Josh, Alan, que salía de un taxi con su novia, Janine. Ella llevaba un vestido de cóctel de color lavanda, corto y de tirantes finos. Fue Alan quien, seis meses antes, me había contado que Josh se había prometido. Paseábamos en bicicleta por Central Park y yo iba montada en mi nueva bicicleta de carretera italiana. Seguía sintiendo una enorme sensación de logro al poder dar vueltas al parque con los miembros intactos, y cuando Alan me dio la noticia, seguí pedaleando y comenté con indiferencia: «Es estupendo que vaya a casarse. Dile a Josh que me alegro mucho por él». Entonces di un viraje brusco y choqué contra un puesto de perritos calientes.

—¡Oh, Dios mío! ¿En el piso de abajo hay una fiesta de compromiso? —le pregunté a la camarera.

—Ah, no —respondió la mujer, y por un momento me sentí un tanto aliviada—. No es una fiesta de compromiso. Es una... —chasqueó los dedos—. ¡Vaya! ¿Cómo lo llaman aquí? La expresión norteamericana, quiero decir. Es una... esto...

Mientras esperaba a que la camarera terminara la frase me incliné hacia delante y empecé a balancearme y a mover la pierna mientras miraba a todo el mundo como si se me estuviera pasando el efecto de la metadona.

La mujer continuó:

—Es una... una... —al final recordó la palabra—. ¡Es una cena de ensayo!

—Tomaré otra copa de vino, por favor —le dije—. Mi ex novio está abajo. Se va a casar con la chica con la que empezó a salir justo después de que rompiéramos.

—Iré por su vino —contestó, y se alejó a toda prisa.

—Traiga la botella —añadí mientras se iba.

Levanté la mirada y vi al hombre que me había presentado a Josh. Mark llevaba los últimos años viviendo en Los Ángeles, dedicándose a una exitosa carrera como productor musical cuya especialidad era infundir nueva vida a melenudas bandas de *heavy metal* que habían sido populares en los años ochenta. Era un hombre muy alto y su ropa recién planchada era el reflejo de una persona a quien le encantaban las fotografías de Cartier-Bresson y los muebles de metal cepillado. Me dirigí a toda prisa hacia el centro del comedor, donde se encontraba Mark. Mi intención era decir: «¡Mark! ¡Qué alegría verte!» Sin embargo, lo que me salió fue: «¡Mark! ¡Mark! ¿Es la cena de ensayo de Josh?»

Él me rodeó con el brazo con dulzura.

—¡Ame! —dijo. Me presentó a la mujer que junto a él y que por su aspecto podría haber sido una modelo de loción bronceadora hawaiana—. No, es mi cena de ensayo. Ésta es mi prometida, Lara.

Le sonreí a Lara, quien me devolvió la sonrisa. Ni siquiera sabía que tuviera novia.

—Felicidades —dije.

Mark se acercó a mí y me susurró al oído.

—Josh se casó el fin de semana pasado.

Llegó el ayudante de camarero, quien pareció desconcertado en cuanto al motivo por el que mis ojos se tornaron llorosos cuando preguntó: «¿Para quién es la ensalada de la huerta?» Le pedí más aliño, pero lo que en realidad quería saber era: «¿Puedes explicarme el mundo? Porque no lo entiendo. ¿Cómo puedes estar enamorada, pensando en todos los lugares a los que te llevarías la maleta grande durante el resto de vuestras vidas, y al minuto siguiente ver que se casa con otra persona?» Quería una explicación. Eché un vistazo a mi alrededor. El verano era un enjambre de parejas y lo único que yo podía preguntarme era: «¿Qué nos faltaba a Josh y a mí?»

Llevaba varios años diciéndome que había un motivo por el cual no me había enamorado todavía. Necesitaba experimentar la verdadera independencia antes de compartir mi vida. Quizá tuviera que aprender a elegir entre varias personas y en ocasiones bromeaba diciendo que mis gustos en hombres estaban a la altura de los de Eva Braun. Quizá hubiera una lección que se suponía que tenía que aprender y todavía no lo había hecho, por lo que me enfrentaría a ella una y otra vez hasta que lo hiciera. Me decía todas estas cosas para tener la sensación de que reinaba cierto orden en el universo. Tal vez existiera un plan para mí. El primer ayudante de camarero debió de intuir que yo quería discutir el sentido de la vida, porque fue otro distinto el que regresó para traerme el aliño de la ensalada.

—Ame —dijo Phoebe, que se inclinó sobre la mesa.

—¿Tengo buen aspecto? —le pregunté mientras tiraba de mi camiseta azul sin mangas que se me había quedado arrugada a un lado. Cuando estoy muy preocupada, muchas veces me ayuda buscar un modelo de conducta. Aun sabiendo que muchas almas firmes se guiaban pensando: «¿Qué haría Jesús?», con frecuencia yo pensaba: «¿Qué llevaría puesto Jackie O?»

—Estás fantástica —me dijo Phoebe.

—¿No tengo cara de estar a punto de llorar?

—No.

—Tú no me dejes beber más vino.

Phoebe había empezado a decir otra cosa cuando la cadera de un hombre que iba vestido con unos pantalones hechos a medida entró en mi línea de visión.

—¡Eh, mira, es Josh! —exclamé—. ¡Hola, Josh! —bebí un poco más de vino. Le presenté a Phoebe, que lo saludó y anunció que iba a salir fuera a fumarse un cigarrillo. Josh ocupó su silla, la que ambas habíamos considerado como el mejor asiento del restaurante hacía quince minutos.

—Hola, Ame —dijo, y me dio un beso en la mejilla—. ¿Qué tal te va?

Dije lo que dicen muchas ex novias que no querían que la relación terminara:

—Me va muy bien. Muy bien. Oye, me he enterado de que te casaste. Felicidades.

Durante el tiempo que Josh y yo estuvimos juntos habíamos hablado un par de veces sobre nuestra boda. Siempre fueron unas conversaciones vagas e hipotéticas, infundidas de la misma alegría que una excursión a urgencias. ¿Deberíamos ir a un juzgado de paz y luego hacer una gran fiesta en un *loft*? ¿Qué tal en el jardín trasero de casa de sus padres? Su madre acababa de rehacerlo y podríamos poner una verja en torno a la piscina para que nadie se cayera dentro. Él se mantenía inflexible en cuanto a que no hubiera banda de música. Había tocado la guitarra en un grupo de bodas y juró que lo único que los músicos odian más que un estómago vacío es a los novios. «Tendremos un *discjockey*», insistió.

—Sí, fue una boda estupenda —dijo entonces—. Fue el fin de semana pasado, en Atlanta. La familia de Tessa es de allí. Fue una boda bonita. Pequeña. Te hubiese gustado.

Lo primero que pensé fue: «Me hubiese gustado que fuera la mía». Hubiera querido estar allí sentada contándole mi boda a Josh: el cobertizo de piedra del condado de Putnam, las fotografías en las que salía yo lanzándome desde un trampolín con el vestido de novia; el «elabora tus propias pizzas». El hermoso y divertido brindis de mi padre que nos hizo llorar a todos. O al menos decirle que estaba a punto de volver a casa con mi propia relación feliz, con mi propio novio dulce, quien, al oír mi historia, me tomaría entre sus brazos y diría: «Ven aquí. Has tenido una noche dura».

Pero ninguna de esas cosas era real y, por consiguiente, dije:

—Me alegro por ti, Josh. Felicidades. —Tuve la sensación de que me echaría a llorar, pero no lo hice. ¡Y pensar que el único motivo por el que me encontraba allí era para distraerme del hecho de que Martin no me hubiera llamado! Bueno, pues lo cierto es que funcionó.

—Y dime, ¿tú qué tal estás? —me preguntó.

—Estoy muy bien —contesté—. Ahora estoy mucho más en forma que cuando estábamos juntos. El otro día un entrenador del gimnasio me dijo si quería apuntarme a su curso de entrenamiento para el triatlón. Me quedé en plan: «¿Me lo estás diciendo a mí?» Me sentí halagada porque la verdad es que selecciona cuidadosamente a la gente que quiere. De manera que me lo estoy pensando.

«Deja ya de hablar», me dije a mí misma. «Puedes hacerlo.»

—No obstante, he cambiado la manera de ver la vida —continué. Estaba gesticulando tanto con las manos que bien podría haber sido Marcel Marceau—. No sé por qué, pero me influyó mucho leer el obituario de Paul Bowles. Obviamente escribió *El cielo protector*, pero también escribió música, fue un artista y vivió en Tánger. La sensación que tengo es la de que, si puedes, ¿por qué no probar montones de profesiones diferentes y vivir en lugares distintos? ¡Ah! Y he aprendido a montar en bicicleta. Hace unos meses me compré una. Es italiana.

Cuando era pequeña, mi madre me contó que como me tuvo con cuarenta y un años se me consideró un embarazo de alto riesgo y su tocóloga le dijo que podría ser que naciera con daños cerebrales. En aquel momento, mientras seguía hablando y hablando sobre el entrenador, sobre Paul Bowles y sobre mi nueva bicicleta, me pregunté si no tendría una discapacidad congénita.

—¿En serio? —me dijo Josh—. ¡Vaya, qué bien! Eso está muy bien —me miró y supe lo que iba a decir—. Será mejor que vuelva a bajar. Mi esposa me está esperando.

Esposa. Cónyuge. Qué apropiado, pensé, que la letra «y» estuviera en medio de la palabra «cónyuge». Y. ¿Y si no hubiera presionado a Josh para casarnos? ¿Y si no hubiera perdido mi trabajo y mi madre no hubiese muerto y nuestra relación no se hubiera visto sometida a tantas tensiones? ¿Y si lo hubiese conocido antes? ¿O después? Me preguntaba si todavía estaríamos juntos. Me preguntaba si debería haber sido más paciente. Me preguntaba si mi terapeuta podría hacerme un hueco al día siguiente.

Phoebe regresó de fumarse el cigarrillo y pedimos la cuenta.

Oculté la cara entre las manos y dije:

—Sencillamente no lo entiendo.

—Es que no tiene sentido, querida —repuso ella—. Escucha, no quiero dejarte, pero Claudia está esperándome en ese bar y no puedo ponerme en contacto con ella.

—No, quiero irme. Marchémonos antes de que me digan que están esperando un hijo —le dije—. Pero antes quiero bajar a felicitar a Mark y a su novia. Cuando han llegado, yo estaba desquiciada.

—¿Estás segura de que quieres hacerlo? —preguntó—. No tienes por qué, ya lo sabes.

—Lo sé —respondí, y respiré hondo—. Pero conozco a Mark desde hace años. Le he conocido un montón de novias distintas y somos amigos, y me alegro de que al final haya encontrado a la chica adecuada. ¡Maldita sea, me alegro por todo el mundo! ¡Me alegro, me alegro, me alegro!

Al levantarme de la mesa me acordé de una clase de interpretación a la que asistí. La profesora, una mujer de setenta y tantos años con una cabellera rubia irregular y piel como la tiza, nos contó que había sido considerada una de las mejores ingenuas de Hollywood y que había trabajado con Olivier y Kirk Douglas. Empezó la clase preguntando: «¿Quién ha considerado alguna vez el suicidio? ¿Nadie? ¿Nadie se ha sentado alguna vez en la bañera y se ha imaginado la sangre manando de sus venas en el agua caliente? Yo sí». Según su método, todo se reducía a la intención, explicó. Si tienes una intención clara no importa lo que digas en una escena porque las palabras se convierten en vehículo de los sentimientos que hay detrás de ellas. «Por ejemplo —dijo—, estoy haciendo una escena en la que compro una magdalena. Un actor soso se limitaría a realizar un aburrido intercambio de billetes. "Gracias por comprar mi magdalena de salvado. Está muy esponjosa." Pero digamos que mi intención al comprar la magdalena es "convencerme a mí mismo de que la vida vale la pena vivirla", entonces entregaría el billete de dólar a la cajera de otro modo. ¡La línea "Tengo el importe exacto" se convierte en una manera de mantenerte vivo! "Tengo el importe exacto. ¡El importe exacto!"» Se le quebró la voz al contener las lágrimas. Recuperó la compostura rápidamente, del modo en que sólo pueden hacerlo los actores avezados.

Me di cuenta de que cuando estuviera abajo iba a necesitar todas mis dotes de actriz. El corazón me latía desbocado. Mi intención era sencilla: dar la enhorabuena con un tono alegre si bien digno, darme media vuelta y salir corriendo del restaurante de inmediato, pero no lo hice. En cambio, bajé lentamente al oscuro sótano, convencida de que, si había una noche en la que estuviera predestinada a romperme el cuello y terminar en un centro de ayuda a los parapléjicos de las inmediaciones del New Jersey Turnpike, era aquélla.

Había varias mesas, todas ellas en posesión de una delicada vela parpadeante y un ramillete de flores frescas colocado en un jarrón bajo, pues a fin de cuentas se trataba de una cena de ensayo. Me dirigí a la mesa de Mark. Él se llevó el tenedor a la boca y tomó un bocado de alguna clase de pescado graso ahumado.

—Enhorabuena —dije.

—¡Ame! —exclamó. Había sido un acto impulsivo. No era una buena idea. No lo había considerado bien. ¿En qué estaría pensando? A veces era demasiado impetuosa. Tendría que trabajar ese aspecto. La prometida de Mark estaba en medio de una conversación con la persona que tenía a su lado. Él le dio unos golpecitos en el hombro. La chica se volvió hacia Mark y sonrió.

—Bueno, sólo os quería decir esto —dije.

Mark me dio un beso y dijo que me llamaría, yo me di la vuelta dispuesta a marcharme. En la esquina vi a Josh con su nueva esposa, que tenía la cabeza apoyada en su hombro. Era una mujer de cabello oscuro y exuberantes ojos azules. Tenía unos pechos grandes y sentí que, en comparación, los míos eran diminutos, como si sus pechos fueran un par de san bernardos y los míos unos yorkshires. Conocía a todas las personas que había en esa mesa. Eran los mejores amigos de Josh. Eran nuestros mejores amigos. Alan. Fred. Matt Selkowitz y su mujer embarazada.

Matt Selkowitz me saludó con la mano:

—¡Hola, Ame! ¡Cuánto tiempo sin verte!

—Sí, lo sé —respondí—. Hola.

Luego se hizo el silencio. Miré a Josh y a Tessa.

—Enhorabuena —dije.

Ellos asintieron con la cabeza. Ambos sonreían con esa sonrisa dulce que utilizas cuando le das un dólar a una persona sin hogar y le dices: «Cuídese»; la sonrisa que decía: «No se lo gaste todo en vino de fresas Boone's Farm».

Alan dejó la mantequilla en la mesa.

—Y dime, Amy, ¿qué tal te va?

—Me va bien —contesté—. ¿Y a ti?

—¡Estupendo! —respondió, y abrazó a su novia, Janine, quien, al igual que todos los demás, estaba a mitad de comerse el plato de pescado—. Mi chica está conmigo. Tenemos un buen rancho. ¿Qué podría ir mal?

—¿Qué podría ir mal? —repetí. Estaba teniendo un verdadero ataque de pánico y necesitaba un Valium desesperadamente, pero ¿qué podría ir mal?

—Pásame ese trozo de pan de centeno, cariño —le dijo Alan a Janine.

—Bueno, pues… —dije despidiéndome con la mano. Miré de nuevo a Josh y a su esposa—. Enhorabuena —dije—. Enhorabuena —y aunque quería dejar de dar la enhorabuena, no me salía otra cosa.

Phoebe y yo salimos del restaurante y ambas levantamos el brazo derecho para parar un taxi que la llevara.

—¡Joder, menudo desastre! —dije al fin—. No dejaba de repetir «enhorabuena, enhorabuena». Quería ser la princesa Grace, mantener la elegancia en la línea de fuego, pero en lugar de eso fui la princesa Estefanía, la que se unió al circo. Quedé como una perdedora. Ni te lo imaginas. Tuve la sensación de que todo el mundo pensaba: «¡Oh, Dios mío! ¿Qué está haciendo ésta aquí? ¿Quién la ha invitado?»

—Estoy segura de que no fue tan malo como piensas —me dijo.

—Tienes razón —repuse—. Fue muchísimo peor.

Un taxi se detuvo y Phoebe dudó si tomarlo o no.

—Vete, por favor —le dije, empujándola hacia dentro—. Estaré bien. En serio, quiero ver esa película y, lo más importante, no quiero irme a casa. Vamos, vete.

—Tendré el móvil conectado —dijo, y se fue.

Mientras caminaba hacia el cine pensé: «¿Dónde puedo encontrar a alguien como yo?» No exactamente como yo, pero alguien que tuviera mis valores. Mi lealtad. Mi amigo Ray se fue a Egipto con su fabulosa novia sueca, quien contrajo una disentería grave. Ray tuvo que hacer pañales para adultos con sábanas y después sobornar a un taxista para que los llevara en un viaje de veinticuatro horas hasta un hospital de Israel. Los médicos dijeron que le había salvado la vida. Yo haría eso. Yo quería a alguien así. Alguien que durmiera en el suelo húmedo de un hospital si yo estuviera en coma. Quizás incluso alguien que considerara unirse al Cuerpo de Paz con sesenta años cumplidos, como Miz Lillian, la madre de Jimmy Carter. Me di cuenta de que mi problema era ése: me quería a mí, aunque, en aquel preciso instante, no soportaba estar conmigo misma.

Llegué al cine y ya había una modesta cola una hora antes de la siguiente sesión. Ocupé mi lugar detrás de dos chicas que, por lo que pude oír, eran compañeras en la Universidad de Nueva York. La más baja tenía un cabello crespo de color rubio rojizo y unas pecas delicadas que le salpicaban el hueso de la nariz como si fueran estrellas. La más alta fumaba un cigarrillo saboreando la libertad lejos de casa. Miré a esas dos chicas que poseían esa inocencia que sólo tienes una vez en la vida; chillaron y sacudieron las manos cuando un camión que estaba dando marcha atrás soltó un ligero estallido. Pensé en mí misma a su edad, en que creía que lo sabía todo sobre las relaciones y en que poco a poco, con el transcurso de cada año, había llegado a pensar que sabía cada vez menos. Me acordé de mi novio a los veinticinco años, un chico de Minnesota que se describía a sí mismo como un amante por naturaleza y que se vino a vivir conmigo a Los Ángeles cuando asistí a la escuela de guionistas. En Los Ángeles él tenía la sensación que tienen muchas personas cuando se encuentran rodeadas por un enjambre de abejas asesinas, y si bien es cierto que todavía estábamos muy enamorados, rompimos. Fue él quien me enseñó que se podía amar a alguien y que, aun así, la cosa no funcionara. Luego tuve el novio al que le encantaba Salvador Dalí, el Union Square Cafe y el sexo anal. Le expliqué que no era una entusiasta de este último tema. Le dije que, aunque nunca lo había probado, siempre me hacía pensar en el ternero del anuncio de PETA, con los ojos saliéndosele de las órbitas y desesperado por escapar de su jaula diminuta. Recuerdo que pensé: «¿Será un aspecto no negociable? Al fin y al cabo sólo es una cosa». Sin embargo, él lo mencionaba más y más, habló de una antigua novia que llevaba un tapón de plástico llamado «dilatador anal». Dijo que lo llevaba cada día en la oficina cuando trabajaba en la revista *Mademoiselle*. Según me contó, a ella acabó encantándole el sexo anal. Al final dije: «Está bien, de acuerdo. Lo haré si me pones una epidural y luego dejas que me ate un consolador en la cadera y te lo haga yo a ti». Me pareció gracioso. A él no tanto.

Entré en el cine y me senté en una butaca junto al pasillo, puesto que la película terminaría pasada la medianoche y quería salir corriendo para encontrar un taxi. Quería que aquella noche terminara. La sala era pequeña, estrecha, con aforo para quizá un centenar de personas y unos asientos fantásticos. La película empezó con una escena de un niño en un concurso de ortografía que crispaba el rostro como un poseso mientras intentaba pensar la manera correcta de escribir una palabra. A medida que iba transcurriendo la película se hizo evidente que el ganador del campeonato nacional no sería necesariamente aquel que más lo deseara, ni aquel que estudiara más. Puede que ni siquiera fuera el chico que tenía pensado dar de comer a todo un pueblo de la India si ganaba. Yo quería que ganara él. La película parecía decir que el hecho de ganar o perder depende de algo aleatorio, de algo que se escapa a nuestro control. Muchos niños decían saberse todas las palabras menos la que les tocó. Lo hicieron todo bien, hicieron todo lo que podían hacer y, aun así, al final todo se redujo a la tonta suerte. Y aunque la película me encantó, eso era lo último que quería oír.

8

¿Quién diablos es George?

Asistí a una pequeña escuela privada en Manhattan en la que los profesores del sexo masculino solían parecerse al líder de masas Jim Jones. Combinaban la ropa de manera extraña, como si hubieran cruzado el país en avión y les hubiesen extraviado el equipaje, motivo por el que nuestro nuevo profesor de biología, el señor Lemmler, causaba semejante impresión. Poseía un cuerpo esbelto y atlético, un cabello rizado del color de los copos de maíz y una sonrisa traviesa. Aportó elegancia a nuestros pasillos lúgubres y poco ventilados.

—Vi a Lemmler en el canal porno —anunció Isaac Powell un lunes a la hora de la comida. Se atusó la escasa pelusilla que tenía sobre el labio superior y que yo sospechaba que se oscurecía con un delineador de cejas oscuro. O eso, o es que había utilizado la servilleta para limpiar una pipa apagada—. Era un anuncio de una orgía y él tenía relaciones sexuales en el suelo con unas cincuenta personas o algo así.

A finales de la década de 1970 en el Canal J daban porno blando a medianoche, sólo los viernes. Yo lo había visto en una ocasión y muy brevemente. El Canal J era, en sentido estricto, un canal de bajo presupuesto. La imagen tenía mucho grano y muchas veces las entrevistas se realizaban al desnudo sobre un colchón sucio y maltrecho. En el episodio que vi yo salía una *stripper* soñolienta con unos pechos que le colgaban hasta la cicatriz de la cesárea.

—Debes de haberte confundido —le dije mientras miraba al señor Lemmler, que estaba sentado solo en el otro extremo de la cafetería, hojeando un libro de texto y tomando pulcros bocados de su tarta de cerezas—. Estoy segura que no era él.

—Estoy segura *de* que no era él —replicó Isaac, invocando una norma gramatical que acabábamos de aprender—. Pero sí que lo era, y se estaba volviendo loco con esas chavalas de tetas gigantes —sonrió ampliamente—. Por algo enseña biología.

Los rumores fueron aumentando, se hicieron averiguaciones y al cabo de unas cuantas semanas salió a la luz que el señor Lemmler había falsificado sus credenciales docentes. Por lo visto no tan sólo se parecía a una estrella de cine, sino que lo era y aparecía en películas con títulos como *La guerra de las orgías*, *Los anales de Charlie* y *Calentón del sábado noche*.

Años después recordaría esta introducción a la televisión por cable de Manhattan cuando conseguí un trabajo en el que aparecía en un programa local llamado *New York Central*, media hora animada dedicada a todas las cosas de Nueva York. Me acordé del señor Lemmler porque a menudo, cuando contaba lo de mi nuevo empleo en la televisión por cable, la gente bromeaba diciendo: «¿Trabajas en el canal porno?»

Además de los cronistas de sociedad, de los críticos teatrales y gastronómicos, del experto en moda y del tipo de la música, yo cubría la vida de soltero en la ciudad. De momento había realizado reportajes sobre una noche de bingo en un bar de Brooklyn con «¡ganadores, perdedores y los que sólo quieren anotarse un tanto con alguien!» (era la voz en *off* de estilo fresco que utilizábamos en el programa); canté a dúo la canción *No me rompas el corazón* en un karaoke con un anciano chino alcohólico que gritaba a voz en cuello «¡No me lompas el cuchalón!»; y entrevisté a un Hare Krishna que dijo que la mejor manera de conocer a gente en Nueva York era bailar en medio del tráfico.

A mis treinta y seis años nunca había estado delante de una cámara antes de aparecer en *New York Central*. Hacía años que soñaba con trabajar en televisión, veía programas de entrevistas y pensaba: «¡Ojalá yo pudiera hacer eso! ¡Yo podría hacer eso!» Sin embargo, como pensaba que con veinticinco años ya era demasiado vieja para salir en la tele, me figuraba que con treinta y seis años tendría la misma vida útil que un cartón de leche.

El productor ejecutivo de *New York Central* había leído algunos de mis artículos sobre relaciones sentimentales, y cuando acudí a la entrevista, me ofreció el trabajo en el acto, aunque yo no sabía ni sostener un micrófono, y mucho menos hablar por él. Me asignaron un ayudante, un joven entusiasta llamado Barry que llevaba unas gafas cuadradas desmesuradamente grandes, como un magnate de película antigua, y que decía cosas como: «¡Preveo que llegarás lejos! ¡Todo el mundo busca expertos en relaciones!» Cosa que me llevaba a preguntarme: «¿Expertos en relaciones? ¿Estás hablando de mí?»

Aquella noche estaba con mi joven productor, Ned, y con el cámara, Tony, filmando un acontecimiento llamado «¡Emborráchate y pinta!», una fiesta de la pintura en masa que se celebraba en una galería de arte en la parte baja de la Quinta Avenida. Era un reportaje del estilo «¡Estar soltero es divertido!» de los que hacíamos en el programa. Yo nunca había considerado la soltería como particularmente divertida; en realidad, era justo lo contrario. En una ocasión, cuando me pidieron que describiera lo divertido que era estar soltero, mencioné *Buscando al señor Goodbar*, la historia de una profesora solitaria con escoliosis que se pasea por bares de solteros desesperada por encontrar compañía y a la larga acaba asesinada. «Ahí tienes una historia de solteros», dije. Además, ya pocas veces asistía a fiestas a menos que fueran para niños de un año. Como resultado de ello, el divertido mundo de la soltería que cubríamos en *New York Central* me resultaba tan nuevo y exótico como a cualquiera.

La galería de arte, un *loft*, tenía una larga mesa rectangular colocada en el centro de la estancia y atiborrada de tarros de pintura al temple, botellas de ron vacías y vasos de papel apilados. Las paredes se hallaban tapizadas de papel blanco. Unas pesadas cubiertas de tela tapaban el suelo de madera oscura. Sonaba una enérgica música electrónica y unos cuantos grupos de personas pintaban arreglos florales y huellas de manos multicolor. La multitud era prácticamente uniforme en cuanto a su estilo, eran personas jóvenes y atractivas con muchos detalles de la moda culinaria: tirantes espaguetis, chuletas y un palpable apetito de carne. Muchas veces, cuando filmábamos dichos reportajes, me sorprendía a mí misma mirando fijamente, fascinada por la gente que de verdad parecía disfrutar siendo soltera. Cuanto más observaba a las mujeres de aquella habitación, más me convencía de que sabían lo que estaban haciendo. Sabían lo que querían y cómo obtenerlo. Ellas tenían una misión, en tanto que daba la impresión de que yo trabajara en una, vestida como iba con una ancha chaqueta deportiva de gamuza color gris y unos amorfos pantalones de color marrón. Esto era parte de mi problema. Había salido de casa pensando que mi aspecto era un tanto sexy y chic cuando en realidad parecía estar en una mala producción de instituto de *1984* de George Orwell.

—Vamos a ver, lo he arreglado para que entrevistes al propietario de la galería —me dijo Ned, quien tenía alrededor de veinticinco años y el aspecto de guapo universitario con el pelo de punta que podías ver en un vídeo de Girls Gone Wild. Él saldría en la escena de la multitud gigante, suavemente cubierto con tiras de cuentas brillantes de plástico mientras gritaba «¡Yujú!», «¡Fiesta!», y alzaba un vaso de cerveza caliente.

Ned continuó hablando y señaló hacia la esquina.

—Pensé que podríamos entrevistar a esas personas ahí y… —hizo una pausa y se quedó mirando a una chica que pasó por allí vestida con unas botas de combate y unos vaqueros cortos por cuyos bordes deshilachados sobresalía su trasero regordete—. ¡Dios santo! Esto está muy bien en muchos sentidos.

—Lleva menos ropa de la que me pongo yo para ducharme —dije.

Y no bromeaba.

Nos quedamos mirando a la mujer hasta que ésta descendió las escaleras con un confiado contoneo de sus caderas. Me desabroché la aburrida chaqueta que llevaba y me sentí igual de seductora que una Margaret Mead entrada en años.

La primera persona a la que decidimos filmar fue a una joven atolondrada que llevaba una camiseta de gasa y unas trenzas wagnerianas. Estaba pintando una «flor» del desierto, su versión de un Georgia O'Keeffe que, tras un examen más minucioso, era claramente una vagina con dientes.

—¿Es éste un buen lugar para conocer a alguien? —pregunté, y sostuve el micrófono bajo su mentón sin acercárselo demasiado a la boca.

—¡Oh, Dios mío! ¿Podría haber algo más visceral y más vinculante afectivamente que crear arte juntos? —respondió la joven mirando a la cámara. Una lista de pintura roja agrietada adornaba su hombro desnudo—. Aquí todo el mundo tiene las manos llenas de pintura, la piel llena de pintura. La pintura es húmeda y grasienta. Es tan… —esbozó una sonrisa seductora y mordisqueó el extremo de su pincel—. ¡Tan mágico! Es muy primario y sensual.

—Gracias, ha estado muy bien —le dije, y mientras nos alejábamos me volví a mirar a Ned—. Bueno, esta noche va a echar un polvo.

—Oh, sí, definitivamente —repuso él con un bostezo—. Anoche Todd y yo —me explicó refiriéndose a su compañero de habitación— conocimos a unas chicas guapísimas en el Raccoon Lodge y sí, sí… la cuestión es que cuando se despertaron estaban hambrientas.

—¿De otra mamada? —dije.

—Bueno, sí, y de unas cuantas tortitas también, pero lo cierto es que estoy molido. Eran guapísimas. ¿Tú no hiciste nada anoche?

Después de dos meses lo sabía perfectamente.

—Me puse el pijama a las siete. Eso es algo.

—Cohen, no hago más que repetírtelo, tienes que venir a tomar copas con nosotros. Sé que piensas que eres demasiado mayor, que todos los chicos pensarán «¿Quién es esta señora mayor?», pero…

—Te lo suplico. Por favor. Otra vez no.

El motivo por el que nunca salía con Ned y sus amigos era que yendo de bares me sentía igual que el conejo que tenía de mascota siendo niña cuando lo vestía con ropa de muñeca. Odiaba los bares. Tenía miedo de no saber qué decir si los hombres me abordaban y más miedo aún de cómo me sentiría si no lo hacía nadie. Le decía a la gente que no me gustaban los bares porque tenía miedo de conocer a un chico que me impresionara con sus conocimientos sobre John Cheever, que me hablara con ternura de sus excursiones en canoa con la familia y que luego me enseñara su extensa colección de capuchas de cuero y palmetas disciplinarias. No obstante, cuando se trataba de eso, lo que más me aterrorizaba en realidad era la idea del rechazo.

Después filmamos a un tipo regordete con gafas que estaba pintando a un tipo regordete con gafas. Estaba de pie solo en el rincón y de vez en cuando se ponía bien el tirante de sus pantalones de peto que había combinado con una camiseta blanca sin mangas que dejaba al descubierto unos hombros flojos y peludos.

—¿Es éste un buen lugar para conocer a gente? —le pregunté. Era la pregunta que planteaba en todas las entrevistas.

—¡Por supuesto que sí! ¿No te das cuenta? —dijo señalando el espacio vacío a su alrededor—. Soy un asiduo. Soy todo un señor Popular. Las mujeres me adoran.

—¡Uf! —exclamó Ned mientras nos alejábamos—. Ésta es la clase de tipo que dice a gritos: «La última vez que tuve relaciones sexuales necesité una tarjeta de crédito».

Supe que ese joven nunca superaría la edición final. Nuestro objetivo era mostrar lugares de diversión donde las personas podían hacer vida social, encontrar el amor y vivir felices comiendo perdices. Y él no convencía. Él era más bien uno de esos hombres apesadumbrados que verías en el anuncio de un potente antidepresivo, uno de ésos con la tranquilizadora voz en *off* que dice: «¿Te horroriza despertarte por las mañanas?»

Nos acercamos a dos hombres que no estaban pintando, sino terminándose las últimas gotas de una jarra de vino de casi ocho litros.

—¿Emborráchate y Pinta es un buen lugar para conocer gente? —le pregunté al más alto. Era uno de esos tipos inescrutables que estaban muy en la onda en el centro de la ciudad y que por su aspecto podría ser un magnate musical, el dueño de una empresa puntocom o sencillamente podría vivir con sus padres.

—Bueno, sí. Es evidente —sonrió—. ¿Hola? Emborracharse siempre es un buen comienzo.

—Para él, el único —terció su amigo.

—Vamos a hacer una toma contigo pintando algo —me dijo Ned al tiempo que me acercaba un trozo de papel en blanco. Hice el rostro de una mujer, con un toque de rosa azulado en las mejillas y unos remolinos verdes por cabellos. En el instituto había realizado varios dibujos de mujeres a modo de verduras o frutas. Una mujer pensativa sentada frente a un espejo y cuyo cuerpo era un aguacate. Otra mujer era una fresa. La intención era simbolizar su fragilidad y el hecho de que, al igual que los productos demasiado maduros, las mujeres se magullan con facilidad. Así de divertida era yo en el instituto.

—¡Vaya! La chica de las citas no lo ha hecho mal —comentó el joven—. ¡Eh, chica de las citas! Un dibujo estupendo.

—Gracias —le dije, y me alejé—. ¿La chica de las citas?

—Ese tipo te iba detrás —dijo Ned.

—No, no es verdad. ¿Iba tras de mí? —me volví a mirarlo—. ¿Eso es flirtear?

—Era muy evidente —respondió Ned—. Tu dibujo no era nada del otro mundo. Vamos, tú deberías saber estas cosas. La experta en citas eres tú.

Se habían referido a mí como la chica de las citas. La experta en citas. La diva de las citas. Siempre había pensado que la palabra «diva» significaba una actriz que exigía que en el plató hubiera *sushi* para su chihuahua. Yo no me tomaba en serio las etiquetas porque la idea de que pudiera ser una experta era..., bueno, disparatada. Sin embargo, últimamente estaba entendiendo que había gente que de verdad creía que eso me otorgaba cierto nivel de pericia. Había escrito un montón de artículos sobre relaciones sentimentales, cosa que en realidad era mi manera de preguntar a un buen número de personas: «¿Hay alguien más que esté tan confuso y frustrado como yo? ¿Alguien más tiene tantos problemas?» Estaba diciendo que tenía la sensación de no saber nada sobre relaciones y lo irónico era que, sin saber por qué, eso me había llevado a que me denominaran «experta».

Ned me dio un suave codazo.

—Ese tipo sigue mirándote. Date la vuelta.

Así lo hice, y vi que el joven le frotaba la cabeza con los nudillos a su amigo.

—Es un crío. Me sentiría como Mary Kay Letourneau —dije, refiriéndome a la profesora de Seattle que había tenido una aventura con su alumno de sexto curso—. ¿De qué íbamos a hablar?

—¿Quién dijo nada de hablar? —replicó Ned—. Tienes que empezar a divertirte más. A vivir un poco.

Había oído eso mismo muchas veces, que debería divertirme más, y nunca supe cómo reaccionar. Me recordó una vez, años atrás, cuando en una excursión a la montaña mi novio me instó a que me «relajara» mientras descendíamos por un tramo particularmente empinado y rocoso. Igual que aquel al que le horrorizan las alturas, que se marea en los balcones de un segundo piso, me sentía estupendamente por haber llegado hasta allí sin cagarme encima. «Tú relájate», dijo de pie sobre mí mientras yo me deslizaba sentada por un terraplén irregular. «¿No crees que si pudiera lo haría?», repliqué yo. Que es exactamente lo que tenía ganas de decirle entonces a la gente.

Llegué a casa sobre la una, demasiado excitada para irme a dormir. Desde mi ventana miré las luces suaves y borrosas que iluminaban un Lincoln Center vacío. Mi edificio estaba en silencio; el tipo de al lado no estaba practicando el sexo escandaloso con una de las dos rubias croatas que, más adelante, descubrirían su mutua existencia y se pelearían a gritos en el pasillo; mi vecino de arriba no iba de un lado a otro del suelo de madera calzado con lo que sonaba como zapatos de claqué. Era exactamente una de esas noches que me hacía pensar: «Si tan experta soy en relaciones, ¿por qué soy una mujer de treinta y seis años que vive sola en un apartamento oscuro?» Si fuera más divertida, podría haberme quedado en la fiesta. Cuando nos marchamos, no había hecho más que empezar. La gente se movía con desenfreno, como si Calígula les hubiera enseñado a bailar. Ellos no se irían a casa solos. Como yo.

Recordé una cosa que me había dicho mi amigo Ray. «Si te viera en televisión pensaría que te dan caña a diestro y siniestro. Lo que quiero decir es que estás en televisión, ¡por el amor de Dios! ¡Es un enorme anuncio personal y tú lo estás desaprovechando!» Otra amiga que se había casado hacía poco con el novio que tenía desde hacía siete años me dijo sin más: «Fóllate a todo el mundo. Lo digo en serio. ¿Qué podría ser más liberador?», me dijo. Hasta mi padre parecía pensar que mis relaciones sexuales eran más frecuentes de lo que en realidad eran, como supe recientemente cuando me telefoneó para sugerirme una idea para mi próximo artículo.

—Oye, cariño —me dijo—, ¿por qué no escribes sobre cuando vas a un bar, conoces a un hombre y al cabo de unas horas te vas a la cama con él? Escribe sobre eso.

—Pero es que yo nunca he hecho eso, papá.

—¿Estás segura? —preguntó—. Juraría que me contaste que sí lo hiciste. ¿Estás segura de que no fuiste a un bar y luego... ya sabes?

—Sí, estoy segura. Creo que me acordaría.

—¿Qué me dices de ese chico rubio de hace unos cuantos años que era de Minnesota? ¿A él no lo conociste en un bar?

—Lo conocí en la universidad, y fuimos amigos durante meses antes de que nos besáramos siquiera.

—Cariño, me parece que estás enfocando muy mal todo esto. Ya no eres una niña. Eres una mujer hecha y derecha. Eres humana y todo el mundo tiene necesidades y todos somos adultos.

«Fóllate a todo el mundo.» «Todos somos adultos.» Eran este tipo de comentarios los que hacían que me preguntara: «¿Voy a lamentar no haber tenido más relaciones sexuales?» Llevaba ya un tiempo pensando en ello. Sin embargo, también sabía que el sexo ocasional no era para mí. Nunca lo había sido. Me sentía herida si alguien no me llamaba después de habernos besado solamente. Cuando las cosas no funcionaban con alguien que me gustaba, el único consuelo era decir: «Al menos no nos acostamos». La gente me acusaba de tener unos valores morales elevados, pero lo cierto era que mi umbral de tolerancia del dolor era muy bajo.

Poco antes de las tres me dispuse a meterme en la cama. No me puse un insinuante camisón con ribetes de plumas de avestruz, sino que llevaba un pijama holgado de dos piezas que parecía el uniforme reglamentario de un campo de trabajo soviético, pensado para llevarlo con un pañuelo en la cabeza mientras arrancabas los repollos en el huerto. En noches como aquélla me decía que era un alivio estar sola, y algunas veces incluso llegaba a creérmelo. Me cepillé los dientes y, como todavía estaba muy despierta, me senté a comprobar el correo electrónico. Y allí estaba: George87634. La dirección de correo que secretamente esperaba encontrar cada vez que conectaba el ordenador. George Milzoff, a quien hacía poco había denominado: «El hombre perfecto para mí. Si estuviera disponible».

El mensaje decía:

«Ya es tarde y por eso no te he llamado por teléfono. Bueno, al final se ha terminado. Jane y yo hemos roto. Hoy me he llevado casi todas mis cosas y se me ocurrió que quizá podríamos salir a tomar un café o incluso a cenar. ¿Qué te parece? ¿Estás libre mañana? Con cariño, George».

Yo había estado dolorosamente chiflada por George durante casi cinco años, desde que nos sentamos juntos en una cena de cumpleaños y me dijo que pensaba que la comedia de situación que escribía era divertida, «aunque no es de esas que te hacen reír». Me pareció sombrío e inteligente y me encantaban sus pestañas largas que eran como toldos que protegían sus ojos azules. Fue a él a quienes mis amigos apodaron «la Estrella del Rock», puesto que tocaba la guitarra en una conocida banda de rock alternativo partidaria de unas letras extravagantes e irónicas que mi amiga Eve describía como «agotadoras». En una ocasión, cuando todavía escribía para la televisión, alguien me dijo que había oído que podía ser que George y su novia hubiesen roto y yo me arrastré hasta su programa de medianoche vestida con una falda corta nueva de un rojo encendido. «¡Ah, hola, Amy! A mi novia le gusta eso que llevas puesto», me dijo.

Hacía ya tiempo que pensaba que, como posibles compañeros, los músicos eran casi tan dignos de confianza como los adictos a la metanfetamina y los cazadores de recompensas. Para empezar, solían tener un carácter «irritable», cualidad que en otro tiempo consideré «iconoclasta» y «original», pero que ahora me daba cuenta de que en realidad sólo era una versión más creativa de «inservible» y «poco probable que devuelva la llamada antes de setenta y dos horas». Y ahora firmaba su correo diciendo «Con cariño». No decía «Saludos», como había escrito para agradecerme la tarjeta de condolencia que le mandé cuando murió su madre, sino «Con cariño». Le respondí y quedamos en vernos al día siguiente después del trabajo.

A la mañana siguiente llegué al estudio de *New York Central* en la calle Bleecker. Era un *loft* decorado para dar la impresión de que acababas de ir a visitar a un amigo increíblemente chic a quien le gustaban los llamativos bloques de color y los detalles *kitsch* de los años cincuenta. Aquel día, cuando llegué, Ned me recibió pasándome el brazo por los hombros.

—Hola, mi pequeño tulipán —me dijo, y me dio un apretón.

Yo retrocedí.

—¡Ay, no! ¿Qué pasa?

—Ranúnculo de mi jardín.

—Estoy preocupada.

Él asintió con la cabeza.

—Se han reunido para hablar de tu pelo.

Las personas a las que se refería eran los productores ejecutivos del programa.

—¿Se han reunido para hablar de mi pelo?

—El reportaje del hotel —explicó.

Una semana antes habíamos hecho un reportaje sobre el décimo aniversario de un elegante hotel de Manhattan, en la periferia del centro. Eran muchos los famosos invitados a la fiesta y me dijeron que tuviera el mejor aspecto posible. Me pasé horas arreglándome. Me puse una recargada blusa de tirantes color ciruela ribeteada de encaje y unos pantalones negros anchos. Utilicé el secador de pelo y fijé el peinado con laca. De hecho, todo hubiera salido a la perfección de no ser por que los cámaras llegaron con una hora de retraso, lo cual me obligó a esperar fuera en medio de una tormenta eléctrica y sin paraguas. Como resultado de ello, cuando grité «¡Donald! ¡Donald Trump! ¡Aquí!», la humedad prolongada me había dejado el pelo como si me hubieran electrocutado suavemente. Sabes que estás fatal cuando Donald Trump cree necesario aconsejarte sobre tu pelo. Años después iba a utilizar la misma mirada de desaprobación en el programa *El aprendiz*, justo antes de gritar: «¡Está despedido!»

Mientras mirábamos juntos las secuencias de la fiesta, mi productor ejecutivo, Rodney, meneó la cabeza. Era un hombre delgado con un enmarañado cabello castaño cortado al estilo de una estrella del pop de los setenta y unos ojos tristes y caídos que le daban un aire afligido aunque sonriera. Últimamente me había dicho que antes de tener aquel empleo había trabajado en Inglaterra en una revista sensacionalista que se enorgullecía de conseguir fotos de famosos desnudos en la playa.

—¿Te gusta este trabajo, Amy? —me preguntó.

—Me encanta este trabajo —contesté—. Me encanta. En serio. Soñaba con hacer lo que hago ahora. Me encanta hablar con la gente. Podría pasarme el día entero haciéndolo. Me paso el día entero haciéndolo.

Con un ademán me indicó que me calmara.

—Vale, vale, ya lo he entendido —dijo—. Sin embargo, si es así como te sientes de verdad, no voy a guardarme nada —señaló el televisor—. ¡Haría falta un rastrillo para poder peinar ese pelo, por el amor de Dios! ¿Y qué es eso?

Miré con más atención.

—¿Tengo rímel en la barbilla?

—¡Y mira cómo brilla tu zona T! Deslumbra —me puso la mano en el hombro—. Querida, consigue el maquillaje que utilizan para tapar estrías y quemaduras.

Rodney era consciente de que yo no poseía ninguna experiencia previa ante las cámaras, de que estaba aprendiendo sobre la marcha, motivo por el que a veces me recordaba que el propósito de aquellas pequeñas charlas no era criticarme, sino sencillamente hacerme ver la manera en que se hacían las cosas. Dejó claro que sólo intentaba ayudar cuando decía que cierta falda plisada era tan voluminosa que parecía que llevara una bolsa de colostomía.

—Hay otra cosa que quiero que veas —dijo entonces, y se inclinó para revisar un montón de cintas de vídeo.

—Estupendo —repuse, preocupada de que pudiera sacar un vídeo en el que se me viera el pezón.

Rodney hizo avanzar la cinta rápidamente hasta un reportaje que había realizado sobre una competición de *hula hoop* en un bar llamado Tortilla Flats. Miramos secuencias de hábiles caderas moviéndose con fluidez en círculos, muchas de ellas manteniendo el aro de plástico en el aire durante varios minutos.

—¿Creéis que el *hula hoop* murió en los años cincuenta? Pues pensadlo mejor —dije micrófono en mano, esforzándome por hacerme oír por encima de la multitud. Lucía una sonrisa amplia y resuelta.

A continuación apareció una rubia encantadora, de nariz chata y pequeña.

—En el *hula hoop* todo depende del giro —explicó. Llevaba puesta una camiseta recortada que mostraba su inmaculado vientre de porcelana—. Es cuestión de dar vueltas, vueltas y más vueltas con las caderas. Empujas y te balanceas, empujas y te balanceas. Yo puedo hacerlo durante más de una hora seguida.

—Apuesto a que sí puedes —comentó Rodney.

—¿Cuánto tiempo podrías aguantar tú? —le pregunté a un joven irlandés de rostro colorado—. Con el *hula hoop*, quiero decir.

Rodney sonrió.

—Bien. Haces que sea sexy y sucio.

—Podría aguantar toda la noche —contestó el irlandés, que le guiñó un ojo a la cámara.

Rodney pulsó el botón de «pausa».

—¿Lo ves? ¡Esto está bien! —dijo—. Todos esos jóvenes cachondos en un bar cargado de humo de la ciudad de Nueva York, ansiosos por arrancarse la ropa los unos a los otros. Esto es lo que a la gente le gusta ver. Quieren ver a otras personas teniendo las relaciones sexuales que ellos desearían tener. ¡Irse a casa y follar hasta que se hiciera de día! Esto vende la fantasía. ¿Lo entiendes?

Comprendía perfectamente la fantasía. De hecho, era una época en la que me emocionaba estar soltera. En mis momentos más fantásticos me imaginaba ni más ni menos que un bautismo. Me invitarían a fiestas en las que podría jugar a las charadas con Moby y Marc Jacobs. Conocería a abogados que sabrían tocar *Purple Haze* con el acordeón y preparar *sushi*. Estas ideas se desvanecieron rápidamente y dieron paso a la simple esperanza de conocer a alguien bueno y simpático, alguien que me hiciera reír y con quien pudiera «simplemente relajarme». Sin embargo, en aquel momento me sorprendí preguntándome si quizás incluso aquel sencillo deseo no fuera la mayor fantasía de todas.

Rodney estaba sentado en el borde de la mesa con los brazos cruzados.

—¡Por Dios, Amy! Se supone que eres nuestra atractiva chica soltera en la ciudad.

Bajé la mirada a mi atuendo, una camiseta sin mangas de punto elástico color caqui y unos vaqueros.

—¿Atractiva? ¿Me conoces de algo?

—Muy graciosa. Atractiva, sí. ¿Lo entiendes? Y a propósito, no quiero verte más con la dichosa chaqueta vaquera. ¡Cada vez que sales en un reportaje lo único que veo es la chaqueta vaquera! ¡Chaqueta vaquera! ¡Chaqueta vaquera! ¡Te vistes como el maldito Billy Jack! Eso no es elegante.

—De acuerdo, nunca más la chaqueta vaqu...

—¿No tienes ropa de diseño? —me preguntó exasperado.

¿Ropa de diseño? A menos que se refiriera al diseño de «The Gap en rebajas». No creía que pudiera permitírmelo con lo que me pagaban.

—Sé que no te gusta oírlo —dijo—, pero la gente cree que estar soltero es atractivo.

—Es evidente que esas personas no están solteras.

—Atractivo —repitió—. Tú llevas una vida atractiva. Y no asientas tanto con la cabeza cuando hagas las entrevistas. Da la impresión de que tengas un puñetero trastorno del sistema nervioso. ¡Como si estuvieras en las últimas etapas de un Parkinson! —me dio unas rápidas palmaditas en la espalda—. Por todo lo demás, no obstante, ¡continúa con tu buen trabajo!

Más tarde, aquella misma noche, me reuní con George en un restaurante tailandés en Tribeca. Era una noche bochornosa del mes de junio y él llevaba unos pantalones bermudas holgados con pinzas, una camiseta raída de los Motorhead y una gorra de lana de color marrón.

—¿Llevas una gorra de lana con una temperatura de más de treinta grados? —le comenté.

—Soy un idiota —dijo al tiempo que se quitaba la gorra y se pasaba la mano por lo que entonces sólo era un atisbo de cabello rubio.

—¿Cuándo te afeitaste la cabeza?

—Mmm. Hará cosa de un año. Estábamos en Helsinki y perdí una apuesta.

Me pasó un brazo por los hombros en tanto que con la otra mano sostenía la cerveza. Noté una capa esponjosa de carne cubriendo sus huesos. Nos sentamos e iniciamos la nerviosa y vacilante conversación de dos personas que más o menos se conocen, pero no tanto.

—Bueno, háblame de la vida de una fabulosa estrella del rock. ¿Tenéis *grupies*? ¿Habéis destrozado alguna habitación de hotel?

—¡Ja! Bueno, veamos... Últimamente hemos tocado en muchas ciudades en las que los menonitas se encuentran a poca distancia en carreta —dijo—. Ya sabes, Lancaster, Pensilvania, y algunas zonas de Ohio. Es todo el desenfreno que hemos tenido. Rodamos unos cuantos espacios para la televisión en Los Ángeles, para promocionar el nuevo álbum.

—¿Y qué tal? ¿Estuvo bien?

Él soltó aire y puso los ojos en blanco.

—La verdad es que no. Lo que quiero decir es que todo es fabuloso antes de entrar en escena. Entonces eres el rey. El presentador dice que le encanta tu álbum y que se lo pone en el coche. Los ejecutivos de la cadena vienen a estrecharte la mano. Pero en cuanto terminas y están con el siguiente invitado, te conviertes en el primo raro que huele a queso. No le importas un carajo a nadie. No eres nada. Todo el mundo me dice que parezco amargado, por eso he empezado a hacer yoga, aun cuando detesto todas esas tonterías seudoespirituales de la conversión armónica, lo de «¿Qué tal la sesión?», «El universo está en orden» y demás.

«Es adorable», pensé mientras lo miraba. Seguro que las chicas se le echaban encima continuamente. Apuesto a que se esconden en el autobús de la gira llevando puesto nada más que los anillos del instituto y lo sorprenden. Mientras estaba allí sentada me encontré con que cada vez me sentía más atraída y más a la defensiva al mismo tiempo.

George agitó las manos en el aire.

—A ver, ¿por qué el yoga no puede centrarse en la sesión? ¿Por qué el profesor tiene la necesidad de mencionar que es vegetariano o de decirnos que no generemos basura? ¿Y por qué siempre tenemos que despedirnos en hindi? ¿De verdad parezco amargado?

—Increíble —respondí con una sonrisa.

Permanecimos allí sentados en silencio y mientras tanto traté de restar importancia a mis fantasías de viajar con la banda. O de quedarme a poca distancia del escenario en un multitudinario y enlodado festival de música en Escocia con unas botas de agua, una minifalda y unas piernas mucho más largas y esbeltas de lo que eran ahora, mirando cómo George ejecutaba su solo de cinco minutos y sosteniendo en brazos a nuestro bebé, que llevaría los oídos protegidos por unos auriculares especiales para niños pequeños.

—He leído todos tus artículos —dijo George—. Pensé en escribirte y decirte que me gustaban, pero estaba resolviendo mi situación y ya sabes… —se encogió de hombros—. La cuestión es que no lo hice. Cuéntame, ¿qué tal es ser una experta en relaciones?

—Tú ya sabes que yo no lo soy —contesté mientras enrollaba unos cuantos fideos *pad thai* con el tenedor—. Estoy ahí, pero es una versión exagerada de alguien que no es exactamente yo. Mira, es divertido escribir esos artículos, pero siempre pienso que en ellos parezco mucho más cínica de lo que soy, porque no soy cínica… —necesité un momento para pensar lo que intentaba decir—. Se trata de crear la idea de algo. Lo que quiero decir es que tampoco pienso que mi vida sea atractiva. Es un personaje.

George pareció confuso.

—Pero estamos hablando de no ficción, ¿verdad?

—Bueno, sí, se trata de cosas reales, pero no son entradas de un diario.

—Cada artista lucha con eso.

—¿Artista dices? Escribo artículos cortos sobre relaciones. Eso no es arte.

—¿Por qué? Estás comentando algo de la sociedad. Cuando Andy Warhol hizo lo de las cajas de Brillo, era arte. No estoy diciendo que seas Willa Cather, pero sí que estás creando algo y que, por consiguiente, puedes denominarte artista.

—No sin reírme —dije.

Tenía que andarme con ojo con ese hombre. No quería que fuera flor de un día. ¡Por Dios que me había hecho vieja! ¿Quién usaba frases como «flor de un día»? Había empezado a decir muchas cosas que me hacían sentir vieja. Cosas como «¡Tienes treinta y tres! Debería llevarte en una mochila portabebés» y «Tengo un hoyuelo en el trasero desde antes de que tú nacieras». Además, me fijé en que últimamente me había vuelto más sensible en lo concerniente a mi edad. Unas cuantas semanas antes estaba caminando por la calle Houston cuando un hombre me gritó: «¡Qué bien se te ve, mamita!» Y lo único que se me ocurrió pensar fue: «¿Mamita? ¿Qué ha pasado con lo de nena?»

Después de cenar dimos un paseo hasta West Broadway. Al cruzar la calle Leonard, George me rodeó la cintura con el brazo en un gesto muy relajado y familiar. Era la manera en la que sujetas a tu novia de cinco años, no a una chica con la que has estado menos de cinco horas. ¿Qué estaba haciendo? Ese tipo no estaba preparado para nada.

—Quiero verte tantas veces como sea posible —dijo George, y me besó.

Empezamos a besuquearnos. «Vete a casa», me advertí a mí misma, aunque lo que le dije fue: «Yo también». Mientras continuábamos pensé en cómo decirle que teníamos que tomarnos las cosas con calma. Si queríamos que esto funcionara, teníamos que ir despacio. Pero todavía no había ningún «esto». Si utilizas la palabra «esto» demasiado pronto, se parece horriblemente a «nosotros», lo cual suena aún más parecido a «cualquier día de estos estaré llorando entre tus arbustos con unos binoculares». Quizá pudiera no decir nada y marcharme, mandando así el mensaje de que debíamos actuar con cautela. Entonces George me miró a los ojos y dijo con dulzura:

—Antes de que me marche.

—¿Marcharte? —le pregunte—. ¿Adónde te marchas?

—A Los Ángeles. A cuidar una casa mientras el dueño está ausente durante el verano. En esencia se trata de tener alojamiento de gorra durante dos meses, pero tenemos un montón de actuaciones de la gira en Japón, por lo que puedo ir y volver en avión desde allí. Me marcho mañana, cosa que ahora casi lamento. Pero me pondré en contacto contigo muy, muy pronto.

Después de aquello hablamos constantemente. Mientras esperaba el equipaje en el Aeropuerto Internacional de Los Ángeles. Cuando compraba una quesadilla de frijoles negros en un Whole Foods de Santa Mónica. Cuando acababa de regresar de la clase de yoga preocupado por si se había hecho un tirón en la ingle. Nos pasábamos horas al teléfono todos los días, todo lo cual me llevó a preguntarme: «¿Estoy chiflada o qué? ¿Quién tiene un enredo con un músico que acaba de salir de una relación de cinco años?» Es como darle un arma cargada a un chimpancé. Sabes que vas a acabar muerto, lo que no sabes es cuándo. Pero entonces, al cabo de dos semanas, me llamó y me dijo: «¿Oyes esto? ¡Son cincuenta mil fans gritando! ¡Te llamaré cuando llegue a Tokio!» Supe que me había enganchado.

Me fui a Saks a buscar el tipo de maquillaje denso que Rodney había sugerido. Si no has estado nunca en el departamento de cosmética de unos grandes almacenes, deberías saber que corres el riesgo de verte expuesta a una de las subculturas más resentidas de Nueva York: la de los actores sin trabajo. Por ese motivo caminé deprisa, pasando con rapidez de un mostrador a otro antes de que alguien pudiera decir «¡Tengo justo lo que necesita para las manchas de su piel!» Me dirigía a toda prisa de NARS a M.A.C. cuando oí que alguien exclamaba: «¡La conozco! ¡Usted sale en televisión!»

La mujer estaba inclinada sobre el mostrador transparente, con los codos apoyados en el cristal. La negra cabellera le llegaba a los hombros y la llevaba recogida con una cinta de terciopelo. Su piel muy bronceada hacía parecer más penetrantes sus ojos azules, cosa que también hacía difícil decir si tenía poco más de treinta años o de cuarenta. Su jersey de escote redondo y color amarillo pálido dejaba al descubierto un colgante de Peter Pan y un collar corto de perlas. Supuse que sería la clase de mujer a la que le encantaban los caballos, sus antiguas compañeras de la hermandad estudiantil y el bizcocho de Navidad.

Aquélla era mi fan. Tenía una fan.

Me hizo señas con la mano para que me acercara.

—Hola, Amy. Soy Peyton. Siempre veo tu programa. Me encantas. Da la impresión de que siempre te diviertes mucho. Y sobre todo, sobre todo me encantó el reportaje que hiciste sobre la depilación del bikini con cera.

Había entrevistado a una mujer sobre la depilación de las ingles brasileñas y, al oír que casi todas las esteticistas rusas les piden a sus clientas que se pongan a cuatro patas para así poder depilarles el ano con más precisión, dije: «¡Ésta sí que es una buena manera de obtener el permiso de residencia!»

—Me identifiqué con él porque te sientes mucho más limpia sin todo ese pelo —comentó Peyton. Hasta su susurro era maníaco—. Además, influye mucho en la sensibilidad. ¿Verdad?

—Verás, quiero probarlo, pero no me lo he hecho.

—¡Oh, Dios mío, calla! ¡Ve y háztelo ahora mismo! A mí me cambió la vida. ¿Tienes novio?

Pensé en mi conversación telefónica con George de la noche anterior, cuando me dijo que haría una parada en Nueva York a finales de julio de camino a una boda en Londres. «Tengo una escala de seis horas y quiero ir a verte», dijo. Yo me emocioné, pero, una vez más, me dije que debía andarme con cuidado. Era una escala, lo cual significaba que lo más probable es que sólo quisiera echar un polvo conmigo. Sin embargo, luego hablamos de su viaje emocional al Museo de la Tolerancia, de si Al Gore era condescendiente y de si *Los Angeles Times* se podía comparar al *New York Times*. Y pensé: «No hablas sobre el Museo de la Tolerancia si lo único que quieres es sexo. Si sólo quieres sexo, hablas del Museo de Arte Moderno, quizá, pero no del Museo de la Tolerancia. Quizá George hubiera pasado cinco años teniendo una relación equivocada. No seas tan cínica. Viene a Nueva York sólo para verte. Si sólo quisiera echar un polvo, tenía Los Ángeles, una ciudad llena de mujeres jóvenes y sexualmente progresistas que andan por ahí con esposas forradas de piel y condones suficientes como para trabajar además como mulas pasando droga».

—Me parece que sí que tengo novio —le dije entonces a Peyton—. Pero acaba de salir de una relación larga, de modo que voy con mucho cuidado.

—Muy inteligente por tu parte. Las mujeres tenemos que ser prudentes porque necesitamos proteger el lobo que llevamos dentro y preservar nuestra ferocidad —afirmó. Se agachó detrás del mostrador y se puso de pie con una foto en la mano—. Éste es mi antiguo novio. Es increíblemente guapo, ¿verdad?

Lo cierto es que lo era. Era moreno y de rasgos angulosos, con un cabello ondulado y suelto que enmarcaba su renuente sonrisa.

—Es letón. Cuando nos conocimos, no hablaba inglés. Al principio fue muy intenso, como si no nos hicieran falta las palabras, pero luego era como estar con alguien que no puede comunicarse con el mundo. Era como salir con Helen Keller. De manera que hice que aprendiera. La cuestión es que rompimos después de cinco años juntos.

—¡Vaya, lo siento mucho! —le dije.

—No lo sientas. ¿Sabes por qué? Era adicto al sexo. A mí el sexo me encanta. Soy multiorgásmica, pero con dos veces al día tengo suficiente. Porque al cabo de un tiempo llega a ser como cualquier adicción. Te domina. Empecé a comprar entradas para el cine con antelación para cerciorarme de que iríamos, pero aun así él quería tener relaciones antes de salir de casa. Y era en plan «Uno rápido, ¿prometido?» Él siempre decía que sí, pero nunca podía. Mira, sé que algunas mujeres se morirían por tener este problema, pero no pude ver *American Beauty* y ni siquiera he visto *Titanic*. Y me encanta el cine. Y el sexo también. Soy multiorgásmica. Pero entonces empecé a pensar en todas las cosas que hubiera podido hacer en todo ese tiempo. Podría haber aprendido la cábala o asistido a clases de cocina. Soy multiorgásmica, pero sencillamente no podía soportarlo.

—Sí, claro —fue lo único que pude decir antes de que me interrumpiera.

—Bueno, ¿tienes algún consejo? —preguntó.

Cuando empecé a escribir artículos recibí una carta de una mujer que me preguntaba si conocía un buen restaurante en el Village para ir en una segunda cita. Me pareció una carta difícil. Después me había escrito un preso de Rikers Island. «Creo que tal vez tengamos mucho en común», decía. «La gente también piensa que estoy muy enfadado.» Lo habían encerrado por intento de asesinato. Por supuesto, había que reconocer que su carta me causó mucho más impacto que las otras que recibía, las cuales solían ser muy quejumbrosas y sinceras. «Conozco a gente, pero no puedo conservarlos a mi lado. ¡Ayúdame!», «Soy muy tímida y doy la impresión de ser una zorra. ¿Qué tengo que hacer?», «Me aterroriza acabar muriendo sola. ¿Algún consejo?»

Pensé en un correo electrónico que recibí de una joven de Las Vegas. «Ya que escribes sobre relaciones sentimentales —decía—, ¿qué puedo hacer con el hombre que se empeñó en presentarme a sus padres y que luego rompió conmigo porque decía que me lo estaba tomando demasiado en serio? He tenido muchas citas y ya no sé qué hacer.» Le respondí diciendo: «Tienes que convencerte de que si él no era el adecuado, hay otra persona ahí afuera». «HAY OTRA PERSONA AHÍ AFUERA.» Lo escribí todo en mayúsculas. «AHÍ AFUERA.» Sonaba como si me estuviera refiriendo a otra galaxia. Y tal vez fuera así. Estábamos todos muy confusos, íbamos a la deriva en la oscuridad. Quería decirles a todas esas personas: «Sinceramente, yo me siento igual. De no ser así no estaría escribiendo estas cosas. Estaría en casa con mi familia, compadeciéndome de la gente que tiene que citarse con alguien».

Peyton continuó hablando:

—¿No crees que tiene toda la pinta de ser un adicto? Él dice que no es más que un salido... ¡Venga ya! ¿Tú qué crees?

Se produjo una pausa prolongada.

—No lo sé —respondí en tono de disculpa—. Yo no sé nada. Creo que tendrías que pedir consejo a un profesional.

—¿Acaso tú no eres una profesional? —me preguntó. Su expresión confusa se desvaneció rápidamente—. Bueno, no pasa nada, casi lo eres.

Aquella noche Ned, Tony y yo estábamos en una amplia habitación color verde lima situada en los alrededores del centro de la ciudad. Estábamos haciendo un reportaje sobre una clase de «coqueteo rápido» que impartía una mujer llamada Karlee Bailey, quien se presentaba como la decana de la «Universidad del Amor». Era como una vivaz paleta en movimiento de tonos rosados, diamantes falsos y una cascada de cabello castaño que caía formando rizos del tamaño de donuts.

—El coqueteo es un idioma igual que el francés o el chino —explicó Karlee con su recargado acento sureño. Probablemente tuviera alrededor de cincuenta y cinco años y movía la mano con todos los dedos juntos, balanceando las muñecas metódicamente. Se me ocurrió que era el gesto de alguien que ha competido en concursos de belleza a pequeña escala, de los que se hacen para estimular la economía local, con certámenes como «Princesa del Cheddar de Vermont» y «Miss Suministros Hospitalarios de Detroit».

El grupo estaba sentado frente a unas mesas metálicas disparejas y escuchaba atentamente; en él había, entre otros, una chica japonesa que se reía tontamente y que tenía un ojo de cristal deforme, un hombre de cabello cano con profundas marcas de acné que llevaba una chaqueta de punto abrochada de forma ajustada en torno a su gorda cintura y una adusta mujer hindú que toqueteaba constantemente su sari.

—¡Vaya pandilla de bichos raros! —susurró Ned—. ¿Estamos en una convención de *Star Trek*?

—Sé a qué te refieres. Creía que yo era un chalado —dijo Tony, que se colocó la riñonera más atrás—. Me alegro de estar casado.

Yo había sugerido aquel reportaje pensando que sería divertido y desenfadado. Se me ocurrió que podíamos filmarme intentando coquetear y bromearía diciendo que no sabía nada. Al recordar esto ahora me pregunté quién esperaba que fuera a un seminario sobre el coqueteo que costaba cincuenta dólares. Me hizo pensar en una vez, cuando vivía en Los Ángeles, que un grupo de amigos sugirió que fuéramos una noche a un club de *striptease* que había en el valle a ver una actuación de *amateurs*. «¡Será divertido!», me aseguraron. Lo que ninguno de nosotros se esperaba era encontrarse con un desfile de mujeres desesperadas y demasiado nerviosas, viejas o en baja forma como para poder llamarse profesionales. Cuando volvíamos a casa en coche, mi amigo lo describió mejor: «Bueno, ha sido casi tan cómico como *El cazador*».

En aquellos momentos Karlee estaba sentada en una silla metálica en la parte delantera de la habitación. Llevaba una holgada blusa de seda de color rosa y unos vaqueros decorados con apliques, lo cual hacía resaltar tanto su femineidad como su sentido del humor.

—¡Muchas veces he pensado que deberíamos pedir a las Naciones Unidas que declararan el coqueteo como el idioma internacional mundial! —gorjeó—. Porque aunque os dejaran en medio de África, de Grecia o incluso del Tíbet, si mirarais a los ojos a otra persona con ansia no os harían falta palabras.

Nos asignó una pareja a cada uno de nosotros. A mí me tocó con un hombre enjuto que llevaba una camisa de manga corta y se retorcía las manos en sus pantalones caqui de pinzas.

—Me llamo… —dijo mirando al suelo—. Yo… esto… me llamo Owen.

—Me gusta tu camisa —le dije, puesto que nos habían indicado que empezáramos a coquetear con un cumplido.

—¿Esta camisa? —Owen sostuvo un trozo de la prenda y frotó la tela de nido de abeja entre los dedos—. Gracias. Gracias. Esta camisa tiene textura. Leí en la revista *Maxim* que a las mujeres les gusta la ropa con textura. Una camiseta tiene textura, pero no tanta como… esto… bueno… —entrecerró los ojos y se mordió el labio.

—¿Como una camisa? —dije.

—Sí —exhaló, contento de haber dicho algo al menos.

Mientras miraba a Owen, recordé momentos en los que yo también me había sentido así de incómoda. La época del instituto cuando engordé casi veinte kilos, llevaba el pelo estilo paje y salí con un estudiante de primer año en Yale que cuando se marchó con otra persona afirmó no saber que salía conmigo. Cuanto más pensaba en ello, más me daba cuenta de que no necesitaba retroceder veinte años, sólo tenía que retroceder unos cuantos meses hasta mi cita con un hombre que pareció muy distante mientras tomábamos café y que después le dijo a mi amiga que no quería volver a salir conmigo porque tenía treinta y seis años y él quería tener muchos hijos.

Karlee nos guió a través de varios ejercicios de «segunda mirada». Se trataba de establecer contacto visual con alguien, apartar la mirada rápidamente y luego volver a mirarlo casi de inmediato.

—¡Mantén el contacto visual, Myoko! —le dijo Karlee a la chica del ojo de cristal.

—Ya lo hago —repuso Myoko.

Aquél era el primer reportaje que habíamos hecho que no daba la sensación de tratar sobre las relaciones, sino sobre algo mucho más alarmante: la verdadera soledad. Del mismo modo en que puedes entrar en una habitación llena de gente y sentir tensión o incluso el olor a sudor, la soledad de aquella estancia era innegable hasta el punto de resultar opresiva. Era la clase de soledad que podía volver loca a una persona, la clase de soledad que hacía que el mundo pareciera diminuto y desolado. Conocía esa clase de soledad en persona, aunque intentaba no pensar en ella nunca por miedo a que me llevara de nuevo a sentirme desesperada y perdida.

—Esta noche tendrás que irte a casa sola —me susurró Ned.

—¿Por qué?

—Porque me parece que voy a suicidarme.

Me eché a reír, pero lo que en realidad pensaba era: «¿Voy a acabar como ellos?» Unos cuantos años malos, un poco de mala suerte, algunas decisiones malas, una mala permanente... era posible. Y aunque era capaz de bromear al respecto, empezaba a pensar que existía la nada desdeñable posibilidad de que pudiera acabar sola, como muchas de aquellas personas. Algunas mañanas me había levantado con ese miedo. De vez en cuando incluso, en mitad de la noche, el corazón me palpitaba.

—¡Eh! ¿Te encuentras bien? —me preguntó Ned.

—¿Por qué lo dices? —le pregunté yo.

—Estás sudando mucho —dijo Tony—. Quizá necesites empolvarte la zona T.

—Toma —dijo Ned, que se sacó una brocha de maquillaje de viaje del bolsillo—. Rodney me dijo que la trajera para todas tus tomas.

—¡Escuchad, todo el mundo! —exclamó Karlee—. Enseguida vamos a irnos al bar.

—Gracias a Dios —comentó Ned.

Toda la clase nos dirigimos a un T.G.I. Friday's cercano para el examen final. Como persona que odiaba los bares, sólo podía imaginarme lo que debía de ser para una clase formada por unos alumnos patológicamente tímidos. El bar estaba abarrotado de gente por cuyo aspecto se diría que todos los años pasaban las vacaciones de primavera en Daytona Beach aun mucho después de haberse licenciado, sintiendo nostalgia de las fiestas de espuma en bikini, los tragos de gelatina con vodka ilimitados y los concursos de desnudismo. Eran personas que consideraban el flirteo como un juego, a diferencia de la gente de la clase que temía el rechazo del mismo modo en que se temen las agujas o las alturas. Los alumnos permanecieron agrupados en un rincón oscuro, quizá para protegerse, pero tan cerca de la entrada a la cocina que cada vez que un ayudante de camarero salía por las puertas de vaivén, todo el grupo se desplazaba hacia la izquierda.

Karlee instó al grupo a que circularan por el local.

—¡Utilizad vuestro repertorio, gente!

Se estaba refiriendo a los «rompehielos» que nos había enseñado antes. «Por ejemplo: os acercáis a alguien y decís: "¿Hay alguna persona en tu vida a quien le molestaría si me siento contigo ahora mismo?" Y si dicen: "A mi mujer le molestaría", entonces sabéis que están casados.»

El conductor del autobús alzó la mano. Karlee le había dicho antes que tenía que procurar mantener los pelos de la nariz y de los oídos bien cortados.

—¿Y si te contestan: «Piérdete, gilipollas»? —preguntó.

—¡No querrás estar con una mujer que suelta tacos! —respondió Karlee—. ¡Muy bien, todo el mundo! ¡Vamos! ¡A coquetear!

Los alumnos asintieron con la cabeza, pero nadie se movió. Al final, tras una prolongada charla para levantar la moral, el conductor de autobús se dirigió con valentía a una joven pelirroja y bien dotada que se alejó rápidamente cuando lo vio acercarse. La única persona que parecía estar haciéndolo bien era Myoko, quien no tenía uno, sino dos pretendientes, dos miembros de la armada que llevaban sus gorras de marinero.

Owen permaneció un momento en silencio, trazando círculos diminutos en la alfombra con el zapato, como si estuviera apagando un cigarrillo invisible.

—¿Tienes novio? —me preguntó al fin.

Me acometió una vapuleadora oleada de pánico. ¿George era mi novio? ¿Tendría que soportar olvidar a otra persona? La idea se me hacía insoportable.

—Sí —contesté.

—Hicimos una apuesta. No sobre si tenías novio, sino sobre si tendría coraje para preguntártelo —se rió, incómodo—. Supongo que he ganado.

Me pregunté si Owen, que parecía más buena persona que muchos hombres que habían nacido con más seguridad en sí mismos, encontraría el amor algún día. ¿Alguien vería más allá de su cara alargada y su gesto torpe y se daría cuenta del hombre dulce que había en el fondo? Pensé en ello y, cuanto más me preguntaba: «¿Alguna vez va a encontrar el amor?», más me preguntaba también: «¿Y yo?»

—¡Dios mío, qué mala cara tienes! —dijo Ned—. ¿Quieres irte?

Le dije adiós con la mano a Owen. En aquel momento estaba en el otro extremo del bar en compañía de un filipino con aspecto de ratón de biblioteca y de la mujer mayor hindú que se estaba terminando su tercer *bourbon*. Alzó la mano para saludarme y hasta que no le devolví el saludo desde lejos no me percaté de que su intención era la de chocar esos cinco y que se suponía que yo tenía que acercarme y darle en la mano victoriosamente. Supe que se sintió humillado, como si todas las personas que se encontraran en aquel bar oscuro hubieran sido testigos de aquella señal pasada por alto y que, al igual que él, lo consideraran un rechazo.

—Buena suerte, Amy —me gritó.

George me llamó desde el aeropuerto y me dijo que estaba muerto de hambre. Quedamos en encontrarnos en un restaurante de Oriente Medio situado en el East Village donde podías sentarte fuera en el jardín, bajo las luces navideñas que dejaban colgadas durante todo el año. Y donde podía fumar. Hacía un mes me había contado que había empezado a fumar otra vez. «Probablemente sólo sea mi reacción a la ruptura.»

—Hola, nena —me dijo al llegar—. Te he echado de menos.

—Yo también a ti —repuse, sintiéndome muy audaz. Me daba miedo decirlo porque todavía intentaba ir con cuidado. Sin embargo, últimamente me había estado preguntando adónde me había conducido tanta prudencia. ¿A estar sola en mi oscuro apartamento? Quizá estaba siendo demasiado prudente. Ojalá fuera la clase de mujer que susurrara: «El baño está libre», y me llevara a George allí dentro para echar un polvo rápido. Pero ¿a quién quería engañar? Apenas era capaz de decir: «Yo también a ti».

A George ya le había crecido un poco más el pelo, lo suficiente para que le brillara el cuero cabelludo, y llevaba unas gafas de sol de montura plateada y cristales azules que parecían más apropiadas para un *playboy* italiano que se llamara Gianni. George fumaba Marlboro entre bocado y bocado de pan árabe recién horneado y me contó más cosas sobre la boda a la que iba a asistir.

—Él se dedica a los fondos de inversión libre. Ella es una ex lesbiana.

Sonreí.

—En estos momentos conozco a tantos hombres que salen con ex lesbianas que he empezado a pensar que yo también debería tener una breve relación lésbica para encontrar novio.

—Siempre y cuando me dejes mirar —se recostó en su asiento—. Ya sabes que quiero casarme. Quiero tener hijos y una chica que sea mi mejor amiga. Me mola esa mierda.

El diálogo de mi cabeza me señaló: «No he sido yo. Yo no he sacado el tema del matrimonio». Por lo visto, en algún momento, y a pesar de mis mejores intenciones, había apoyado la idea de que nunca debías hablar de matrimonio demasiado pronto si era algo que querías. Aquél fue uno de esos momentos en los que me di cuenta de que mi bagaje emocional, que antes consistía en unos cuantos bultos pulcramente empaquetados, ahora era como el camión de los Joad, cargado hasta los topes con ropa vieja, media mecedora, una chinela, y todo ello apenas sujeto con un cordel.

Mientras compartíamos un plato de *hummus* al limón y comíamos unas pizzas hechas con pan árabe que nos trajeron sobre unas tablas de madera calientes, me pregunté si tal vez el comentario sobre el matrimonio era su manera de decirme que yo era su novia. No su esposa —no estaba tan loca—, pero sí su novia formal. Su rollo más importante, como se solía decir.

—Cuando vuelva a mudarme en septiembre, voy a tener mi propio apartamento —dijo—. Y voy a necesitar ayuda, por lo que tal vez podrías acompañarme a Ikea.

—Claro —respondí, imaginándome no tan sólo el sofá de módulos que compraría, sino el viaje en coche hasta Nueva Jersey y quizá incluso la comida de albóndigas suecas.

Cuando terminamos de cenar, nos quedaba una hora. Nos dimos el lote delante de un cementerio de la calle Dos, entre la Primera y la Segunda avenidas. Una bruma gris flotaba suavemente y todo fue muy dulce y romántico. George me tomó de la mano, balanceándola mientras caminábamos en busca de un taxi para él.

—Tú sabes lo que siento por ti, ¿verdad? —me dijo—. Se lo he dicho a todos mis amigos, pero tú lo sabes, ¿verdad?

Yo no tenía ni idea, pero respondí:

—Sí.

—Te llamaré en cuanto llegue a Londres —miró su reloj—. Dentro de unas diez horas —entonces me dio un beso de buenas noches y ya nunca volví a saber de él.

Al cabo de unos días, mientras andaba por ahí aturdida y confusa, preguntándome si no estaría mejor sin él, me resultaba difícil no ver el simbolismo de que mis últimos momentos con George fueran en un cementerio. «¡Qué apropiado!», pensé. Y fue entonces cuando se me ocurrió pensar que, si bien seguía comprobando mis mensajes telefónicos y el correo electrónico con la misma frecuencia con la que una parturienta controla sus contracciones, todo lo sucedido no me sorprendía del todo. Desde el principio había sabido que ocurriría. Quizá fuera una experta después de todo.

9

Un elefante es un elefante

Había ido a hacerme una mamografía hacía poco. No era la primera que me hacía, puesto que a los veinticinco años había tenido una falsa alarma cuando me descubrí un bulto firme de la medida de un cacahuete debajo del brazo. Por aquel entonces estaba viviendo en Los Ángeles, una ciudad que, para las jóvenes rubias y bien dotadas, era lo que las islas Galápagos para los pájaros. Por este motivo, aunque me hicieron la prueba en un importante hospital universitario, la técnica que me atendió tenía aspecto de poder estar sirviendo raciones gigantes de alitas de pollo en Hooters. Cuando me desabroché la bata y dejé al descubierto mi cuerpo desnudo de cintura para arriba, la mujer aplaudió.

—¡Qué emoción! —gritó—. ¡Qué plana eres! ¡Esto va a ser muy fácil! La última mujer que he tenido —ahuecó las manos y dejó que se balancearan colgando en torno a su cintura— era… enorme. Ha sido una pesadilla. Y la anterior era como de una copa B, ¡pero tú eres tan plana! ¡Me has alegrado el día!

Mi técnica más reciente también era joven y tenía una voz dulce y seria. Llevaba una bata blanca encima de su pulcra ropa negra y el cabello lacio y brillante recogido en un moño formal. Después de decirme que el resultado de la prueba era bueno, se sentó para rellenar unos papeles. Mientras lo hacía suspiró de manera audible. Le pregunté si algo iba mal.

—Todas mis amigas se casan —respondió—. Estoy preocupada. Soy la única que queda.

—¿En serio? —dije—. ¿Cuántos años tienes?

Meneó la cabeza con tristeza.

—Veintiséis. ¿Por qué? ¿Cuántos tienes tú?

—¡Um! Treinta y ocho —me incliné hacia ella—. No tienes ningún motivo para preocuparte. Confía en mí. Absolutamente ninguno.

Me preguntó si, a su edad, me había inquietado el hecho de terminar sola.

—Bueno —contesté con una alegría un tanto excesiva—. Por lo visto no demasiado.

El hecho era que había empezado a inquietarme, a preocuparme de verdad por si en realidad acababa sola cuando caí en la cuenta de que el miedo irracional que antes tenía se estaba convirtiendo lentamente en una realidad. Al parecer, sin darme cuenta, había supuesto que al final sentaría cabeza a la edad de treinta y seis años. Treinta y siete como mucho, pero eso no ocurrió. No era más que palabrería. Calculé que seguiría sola unos cuantos años, los suficientes para afinar mi independencia realizando viajes a Cuba, a Vietnam y a la ferretería y que después encontraría a mi gran amor. Pero ya había superado mi límite en dos años y seguía la cuenta atrás.

La primera vez que me puse nerviosa de verdad fue en la fiesta que dio mi amiga Madeline para celebrar el cumpleaños de su hijo, una reunión muy concurrida para la cual se animó a los invitados, a muchos de los cuales conocía de la universidad, a que asistieran con sus hijos. En el apartamento había una habitación entera, dividida por una mampara, abarrotada con un columpio saltador musical, una alfombra con las letras del alfabeto adhesivas y una cosa llamada «Centro de actividades Baby Einstein», un juguete educativo destinado a fomentar el pensamiento complejo e innovador y en el que todos los niños daban puñetazos y babeaban.

Intenté pasar un rato en el cuarto de juegos de los niños, pero estaba lleno de gente y nadie se ofreció para dejar que sostuviera a su retoño gritón, de modo que me quedé allí sonriendo, asintiendo con la cabeza y repitiendo: «¡Qué monada!» Al final me dirigí a la mesa del bufet, donde conocí a Gert, una mujer alta y agresiva que acababa de perder a su esposo a causa de un derrame cerebral que sufrió en el campo de golf y a una tía tímida llamada Rhonda que, con una voz apenas audible que se evaporaba, me contó que se había divorciado hacía más de cincuenta años. Rhonda llevaba unas gafas grandes y redondas y el cabello largo recogido en alto sobre su cara. Se comportaba como si diera por sentado que, aun después de haberla visto diez veces, te habías olvidado de quién era. Gert era más atrevida y a las dos de la tarde ya iba por su tercer gin-tonic. Iba ataviada con un conjunto de franela gris —pantalón y jersey de cuello alto— y unos gruesos collares de madera que tableteaban ruidosamente cada vez que se movía.

Mientras que en la habitación de al lado mis amigos se ponían a cantar una sonora versión de *¿Dónde está Pulgarcito?*, yo estaba sentada en el sofá con Gert y Rhonda, hablando de la situación del Partido Demócrata después de Bill Clinton.

—Para los demócratas el problema es la palabra «liberal» —dijo Gert—. Antes significaba tener conciencia y ahora los republicanos la están utilizando con el significado de «comunista», como si poder permitirse un seguro médico fuera de algún modo antiamericano.

Rhonda estuvo de acuerdo.

—Oprah debería presentarse a la presidencia —dijo en voz baja—. Ganaría fácilmente. ¿Visteis su programa sobre sesiones de maquillaje y peluquería para mujeres de más de cincuenta años?

—Es verdad —dijo Gert—. Puede haber diez mujeres en una habitación que no tengan nada en común, como la religión, la raza, la clase social o incluso su postura sobre el aborto, pero todas estarán de acuerdo sobre Oprah —me señaló con el dedo, sus uñas pintadas de un color salmón—. Tengo edad suficiente para ser tu abuela y sin embargo estamos de acuerdo, ¿verdad?

—A mí me gusta —respondí.

—Cierto —afirmó Rhonda—. No hay nada que una tanto a la gente como Oprah.

En la otra habitación cantaban entonces *En la granja de Pepito* con unos fuertes mugidos seguidos de graznidos. Dos mujeres a las que conocía de la universidad vinieron hacia mí y se encorvaron para dejar a sus pequeños, que avanzaron revolcándose por el suelo.

Aquellas jóvenes madres se parecían en su esbeltez y en su aire de estudiosas y llevaban sendos jerséis a prueba de babas y de manchas de zumo.

—Hola —me dijeron las dos.

—Hola —les respondí.

Las mujeres continuaron andando por el pasillo. Uno de los niños empezó a llorar y su madre lo cogió en brazos.

—¿Quién es un gatito llorica? —dijo, y le dio un beso.

Gert se volvió a mirar a Rhonda.

—¿Crees que debería rehacer la cocina o hacerme otro *lifting* facial?

La conversación prosiguió hasta que me di cuenta de que me sentía más cómoda en compañía de una viuda y una divorciada entrada en años que con mucha gente de mi misma edad. Hubo un tiempo en el que consideraba a las mujeres como Gert y Rhonda como «esa gente», mujeres desafortunadas que por algún motivo se encontraban solas, pero ahora me preguntaba si «esa gente» no sería en realidad «mi gente». ¿Me había convertido ya en una de «esas mujeres» sin saberlo? Siempre me había imaginado que terminar sola era un proceso lento y constante, años de inquietantes advertencias que se desoyeron e incluso se desacataron, pero ahora empezaba a pensar que quizá terminar sola era como que te robaran el monedero. Una cosa que te deja preguntándote: «Eh, un momento, ¿cuándo ha ocurrido? Si no he apartado la vista ni un instante».

Por lo visto había estado temiendo aquello durante más tiempo del que era consciente, puesto que me había fijado en un cambio reciente en mi manera de bromear sobre el hecho de estar soltera. Antes solía hablar sobre buscar el amor, diciendo cosas como: «Quiero encontrar a un hombre mayor que no me hubiera tenido en cuenta cuando estaba en la flor de la vida». Y: «Estoy empezando a pensar que cuando la gente se refiere a la gran depresión de los años treinta están hablando de mis treinta años». Sin embargo, últimamente hacía bromas sobre acabar sola: tenía visiones de mí misma viviendo en un hotel de habitaciones individuales, con una obesidad provocada por una dieta continua de queso del gobierno, un vestido hawaiano manchado de vino barato y lágrimas y golpeando mi silla de ruedas con una espátula. Hacía mofa al respecto con mis amigos, fingiendo que bromeaba —¡Un vestido hawaiano, ja!—, pero lo cierto era que el hecho de terminar sola era lo más aterrador que podía imaginarme.

El problema aumentó cuando escribí las palabras «mujeres famosas solteras» en Google y aparecieron las palabras «solteronas famosas», en las que se incluía una página web llamada «Bichos raros famosos». Entre las personas a las que se mencionaba estaba «Lucia, la mujer marioneta», quien fuera una vez la mujer más pequeña del mundo, con menos peso que «la mayoría de gatos». Era soltera, motivo por el cual apareció en la búsqueda, pero también era «sorprendentemente feliz para tratarse de una persona tan pequeña» y estaba entre los enanos mejor pagados de su época. Otra página web se refería a mujeres solteras que habían sido «elegidas por Dios». A medida que iba leyendo me di cuenta de que a dichas mujeres con frecuencia se las denominaba monjas. Todo ello hizo que me percatara de que si iba a estar sola un tiempo, o incluso más, tenía que encontrar el modo de imaginármelo sin que ello implicara una barraca ambulante o un voto de castidad de por vida.

Decidí hacer un viaje. No se trataba de la escapada romántica con la que soñaba: la visita a los viñedos franceses donde un sumiller dice: «*Ahogá disfrutamós* del *vinó* y después será *momentó* para el amor». Pero al menos era algo. Opté por un viaje de una semana en bicicleta a las Montañas Rocosas de Canada, desde Banff a Jasper. Para muchas personas habría sido una exploración refrescante y hasta retadora de un vibrante territorio montañoso, pero dado que sólo hacía tres veranos que había aprendido a montar en bici y que todavía no sabía cómo detenerme en marcha, el viaje prometía entrañar esa buena diversión libre de convencionalismos en la que terminaría con todo el cuerpo escayolado. Para toda la vida.

Desde la muerte de mi madre hacía unos años, mi padre había realizado muchos viajes en grupo. En uno de ellos fue a las islas Galápagos, que él llamaba las «Gagápagos», y lo describió como «Estupendo. Fue un buen viaje. Había un montón de pájaros». Aquéllas sólo eran las segundas vacaciones sin mi madre y recuerdo que entonces me pregunté cómo habría descrito ella la misma aventura. Era una mujer que te llamaría y te diría: «Hoy caminaba por la avenida Lexington y resulta que al levantar la vista vi una escalera de incendios de lo más creativo y fuera de lo corriente». Y ahora sólo podía imaginarme cómo habría descrito ella las islas Galápagos. «¡Las tortugas tienen unos caparazones voluptuosos y unos tobillos gruesos y llenos de bultos que son exactamente como los míos!» Me la imaginé riéndose de su propia broma. Conociéndola, después habría añadido algún detalle peculiar como: «¡Y hoy le he comprado un plátano a una mujer desdentada que tenía unos pies bellísimos!»

Mientras le echaba un vistazo al folleto de mi viaje en bicicleta, mi padre me explicó lo que podía esperar viajando con parejas. «Después de cenar esta gente no quiere quedarse allí de cháchara contigo», dijo. «Puede que parezca que quieran hablar, pero sólo lo hacen porque son educados. Lo que en verdad quieren hacer es meterse en su tienda y relajarse, pasar el tiempo el uno con el otro, de manera que llévate un buen libro.»

En el primer viaje que hizo tras haber enviudado, mi padre había ido de safari con una agencia conocida por su capacidad de proporcionar lujo aun en los lugares más remotos. Una amiga mía hizo un viaje similar y me contó que durante la cena había varios hombres vestidos con unas finas túnicas blancas cuyo único trabajo era ahuyentar a los monos. Cuando mi padre regresó del viaje, estaba ansioso por enseñarme las fotografías, orgulloso no tan sólo de haber ido a Kenia, sino porque al final había aprendido a utilizar su cámara Instamatic con la que sólo tenía que apuntar y disparar. Nos sentamos a la mesa del comedor de su casa, rodeados de sobres con fotografías, y me llevó a través de todo su viaje.

—Aquí hay una cebra bebiendo —dijo señalando lo que parecía un pan de centeno de mármol apenas visible en medio de la alta hierba—. Aquí hay un león durmiendo. Aquí hay un elefante junto a un árbol. Aquí otro elefante junto a un árbol. Y aquí estoy yo con el resto del grupo. Todo parejas, excepto por esa señora de la que te hablé.

Pasó al siguiente carrete.

—Aquí estoy con la tribu masai —dijo mostrándome una fotografía suya rodeado de mujeres africanas que llevaban varios mantones de algodón en distintos tonos mostaza y unos gruesos aros metálicos en el cuello que cargaban sus clavículas—. Los masai no son tontos —explicó—. Los turistas llevan años molestándolos todo el día, de manera que se espabilaron y decidieron empezar a cobrar cinco dólares por foto —fue pasando las fotografías del rollo que quedaba—. Cinco dólares —repitió—. Otros cinco dólares. Otros cinco dólares, ¡y encima está borrosa!

Volvió a meter las fotos en el sobre.

—El viaje me gustó. —Mi padre se encogió de hombros—. Pero, al cabo de un rato, un elefante es un elefante.

En el avión hacia Calgary me senté junto a una mujer vestida con un traje chaqueta de cuello mao que no podía dejar de mover sus manos pálidas y regordetas. Probó varias maneras de enrollar la manta para utilizarla como cojín en el que apoyar la zona lumbar y contra el que se restregaba soltando fuertes gemidos. Se comió unos doce chicles sin azúcar. Se ahuecó y atusó los frenéticos rizos negros que salían de su cabeza como llamas.

El piloto se presentó con un sonoro acento sureño como el «Capitán Dave». Dijo que debíamos considerar a la tripulación de aquel vuelo como a nuestra familia en el cielo. Entonces, en un claro esfuerzo por hacer que todos los que estaban a bordo se relajaran, empezó a tocar una vehemente versión de *Oh, Susanna* con la armónica. La cabina entera estalló en unos prolongados aplausos de agradecimiento.

Me dirigí a la mujer que tenía al lado con una sonrisa:

—Ha estado muy bien, ¿verdad?

Ella se encogió de hombros.

—Sí, supongo que sí. Sólo espero que no esté borracho. Muchos pilotos son alcohólicos, ¿sabe?

Me confesó que era la primera vez que volaba desde los atentados del 11 de septiembre y que estaba muy nerviosa.

—Lo cierto es que normalmente no me importa volar, en absoluto —dijo—, pero hoy estoy un poco angustiada. ¿Sabe lo que quiero decir? Estoy segura de que en parte es debido a los medios de comunicación y a mi susceptibilidad frente a las imágenes que nos imponen. Lo que pasa es que tengo la sensación... —se le fue apagando la voz. Se llevó el dedo índice a la boca, se mordió la uña y, con la punta aún reluciente de saliva, alargó la mano para estrechar la mía—. A propósito, me llamo Gail —dijo al tiempo que se daba la vuelta para quedar frente a mí—. ¿Puedo utilizar tu almohada? Es que me resulta imposible ponerme cómoda.

Pasó a describir los muchos problemas de salud que había sufrido durante el último año. Dijo que habían sido cosas de poca importancia: retroversión uterina, problemas discales persistentes, alergia a las palomas. Fue entonces cuando caí en la cuenta de que tan malo es que te toque sentarte al lado de una persona que quiera pasarse todo el vuelo charlando como junto a alguien que, por lo visto, lo que quiere es un abrazo. «Pobre mujer», pensé. Hasta que dijo:

—¿Tú también viajas sola?

Allí estaba: la palabra «también». Como en «Igual que yo», como en «¡Mira lo que tenemos en común!» Quise decir: «No, no, no, por favor, no nos metas a las dos en el mismo saco. La compasión que me inspiras se basa en la lástima, no en la camaradería».

—Algo así. —Le expliqué que al día siguiente iba a emprender un viaje en bicicleta con un grupo de personas.

—¿No has querido traerte a ningún amigo? —preguntó con acritud.

—Tenía ganas de hacer un viaje en bici y ninguno de mis amigos podía venir. No quería esperar.

La mujer parpadeó.

—Seguro que a ti también te dice todo el mundo constantemente que no lo entienden. Dicen: «¿Qué le pasa a este mundo? ¿Cómo puede ser que estés soltera? Eres una mujer hermosa, inteligente, vivaz y sensual». Y yo digo que la culpa no es mía, que son los hombres que hay por ahí. ¿A ti también te pasa siempre lo mismo? —me señaló y luego se señaló ella—. Mira, tú y yo no somos supermodelos, pero ¿y qué? Nosotras nos contamos en... digamos el veinte por ciento de las más atractivas, ¿no es verdad? Y eso debería servir para algo.

Si las puertas del avión no hubieran estado tan firmemente cerradas, estoy casi segura de que en aquel momento hubiera saltado del aparato.

Llegué a Banff a media tarde. El clima de julio era perfecto, hacía un día cálido y sin viento que se estaba transformando en una noche fría y despejada. Al haberme criado en medio del cemento y ser de las que decían: «La naturaleza está bien para algunas personas, pero no es lo mío», resultaba difícil no sentirse sobrecogido por la belleza sublime de Banff. Se trata de una ciudad pequeña extraordinariamente pintoresca, rodeada de unos picos altos, cubiertos de hierba y coronados de nieve.

Para cenar elegí un restaurante que tenía un animado balcón exterior que daba a la calle principal, con su enérgica arquitectura estilo chalet suizo y parejas que paseaban peinadas con colas de caballo a juego. Según tu estado de ánimo, cualquier cosa puede hacer que te sientas más sola todavía y aquella noche no fue una excepción. Me inquietaba mi habitación en el motel, que tenía una puerta endeble, perfecta para quien no quisiera pelearse con una cerradura cuando podía matarme con un hacha. Me inquietaba cenar en un lugar desconocido. Quizá fuera por eso por lo que me molestó que la recepcionista me preguntara: «¿Sólo una persona?» Sólo una persona. Es cuando te das cuenta de que cuando juntas «sólo» con cualquier cosa nunca es bueno. La palabra «sólo» menosprecia todo lo que toca. Sólo amigos. Sólo miraba. Incluso «sólo un millón de dólares» sugiere que esperabas más.

—Sí —respondí—. Sólo una persona.

La recepcionista tendría probablemente unos veintidós años, era alta, llevaba un corte de pelo corto e irregular y el cabello aclarado, y tenía unas piernas menudas y tan separadas que me pregunté si conocerían la existencia una de la otra. La joven me condujo a través de la zona del comedor abarrotado de gente hacia lo que esencialmente era la sección del restaurante donde se encontraban las mesas individuales y donde había un grupo de adultos solos alejados de las familias con niños pequeños y nerviosos.

Un hombre con unas rastas rubias iba detrás de su pequeño, que corría sujetando un palillo chino por encima de la cabeza, a modo de lanza.

—Vuelve aquí, Montana —gritó el hombre, que atrapó al niño por la cintura de los vaqueros antes de que éste penetrara en nuestro territorio—. Esas personas no han pedido comer contigo.

Esas personas. Otra vez.

Mi amigo Ray me dijo en una ocasión que las primeras veces que comió solo necesitó llevar un apoyo, un libro o un bloc y algunos bolígrafos para anotar cosas muy importantes y parecer instalado en su rica vida interior. Yo me había olvidado el libro en la habitación (una antología de Dorothy Parker que incluía el relato *Una rubia imponente*, sobre una mujer desesperadamente sola que va pasando de un hombre a otro hasta que al final intenta acabar con su vida tomándose unas pastillas) y sólo llevaba encima el teléfono móvil, que coloqué sobre la mesa como para anunciar: «Mirad todos, tengo amigos. En alguna parte».

No es que fuera la primera vez que cenaba sola; había cenado sola cientos de veces, pero cuando me preocupaba por si tendría que pasarme el resto de mi vida comiendo de esta forma, mi independencia empezaba a parecer más bien un lastre. Sentada en aquel balcón, me sentí como alguien que tiene miedo a las alturas y le hace frente subiendo a lo alto del Empire State Building y asomándose al antepecho, sólo que se trataba de un miedo al que tenía que hacer frente con calma, incluso con alegría. Una vez hasta me dijeron que tenía miedo porque quería. «A fin de cuentas siempre podrías encontrar a alguien si quisieras. Hoy en día hay un montón de mujeres que viajan a Alaska».

Había leído algo sobre un estudio que decía que las personas a las que les gusta el peligro —los paracaidistas de caída libre o los escaladores de hielo— con frecuencia producen un opiáceo natural que oculta su terror. Cuanto más se enfrentan al peligro, menos lo sienten. Ojalá eso funcionara conmigo, pensé. En aquella época, cuando oía la canción *Eleanor Rigby* con su estribillo que decía *Ah, look at all the lonely people*, prácticamente me hacía falta un Xanax.

Observé a mis solitarios compañeros de comedor como si fueran los fantasmas de la Navidad futura, todos ellos cuentos con una moraleja que no debía ignorar. Al mirarlos empecé a preguntarme cómo era que comían solos. Estaba el hombre que se había sentado al estilo hindú y que con una mano se mesaba la barba mientras que con la otra pasaba las páginas de *La conexión cósmica: una perspectiva extraterrestre*, de Carl Sagan. Me imaginé que había estado enamorado una vez, de una estudiante de matemáticas que compartía su pasión por The Monkees y los maratones de Dragones y Mazmorras. Ella le hizo daño y ahora él estaba acabado. Era mucho más fácil comprender a los alienígenas. Enfrente de mí tenía a otro hombre, quien, al parecer, se había vestido como una especie de Burt Reynolds en Santa Fe, con su sencillo chaquetón de lana de cuadros escoceses, sus botas Frye y un voluminoso y acartonado tupé y todo. Éste estaba divorciado, pensé. Al menos una vez. Quizá le gustaba la parte del enamoramiento, pero se cansaba del trabajo que venía después. La verdad es que parecía un tipo muy agradable mientras sonreía y alzaba la jarra de cerveza de cerámica en el aire en dirección a mí, pero yo aparté la mirada como para decir «Ni hablar, tío. No vas a conseguir nada». En otra mesa había una adusta pelirroja que aislaba partes de su ensalada, raspando el tenedor contra el plato de manera que la remolacha y la cebolla formaban una especie de gueto a lo largo del borde. Me imaginé que su anuncio personal en la red tendría tantos signos de admiración que daría la impresión de haber una valla detrás de cada frase: «¡ME ENCANTA DIVERTIRME!!!!! ¡ME ENCANTAN LAS PUESTAS DE SOL!!!!! ¡FUMADORES O BEBEDORES ABSTENERSE!!!!! ¡DÓNDE HAS ESTADO DURANTE TODA MI VIDA!!!!!» Me pregunté si no asustaría a los hombres al revelarles demasiado pronto que cuando iba al instituto se depiló las cejas enteras y al comentarles que actualmente todas las personas que conocía sufrían trastornos «bipolares». «Es el Epstein-Barr de este año», diría ella.

¿Acaso esas personas eran mi gente?

Supuse que sí, en la misma medida en que cualquier persona casada tenía algo en común con otra persona casada. Me pregunté cuál de aquéllas se consideraba a sí misma en transición —«Estoy solo hasta que encuentre a la persona adecuada»— y cuál de ellas se había resignado a una existencia solitaria. En los últimos años me había encontrado con que cada vez que mencionaba la posibilidad de terminar sola me topaba con un: «No seas chiflada. Pues claro que encontrarás a alguien» o con un: «Por favor, no menciones esa palabra. Ahora mismo voy a meter la cabeza en el horno» por parte de mis amigos que también estaban preocupados.

Mi amigo Ray admitía que veía su vida como una sucesión de mujeres que nunca lo comprendían del todo, pero que eran alegres y le dejaban hacer lo que quería hasta que él se marchaba. Decía que esperaba tener una muerte rápida, en un accidente de tráfico o haciendo paracaidismo, porque la idea de morir solo era lo que más le preocupaba. Cuando le pregunté a mi amiga Eve si alguna vez se inquietaba al respecto, me dijo: «Es la edad. Yo empecé a preocuparme al cumplir los treinta y siete. Te preguntas si siempre estarás solo porque ya te has acostumbrado a estarlo. Es extraño y da miedo porque lo estás viviendo y al mismo tiempo intentando no pensarlo, porque si piensas demasiado en tu vida ya no vuelves a salir de la cama». Estábamos hablando por teléfono y suspiró de manera audible: «¡Ojalá hubiera tenido la suerte de poseer unos principios menos elevados! Hoy sería una persona más feliz.»

Yo sostuve que parte del problema radicaba en que mi generación no tenía muchos modelos de conducta de solteros. En toda mi vida sólo había conocido a tres mujeres solteras. La primera era una amiga de mi madre, Eden Levine, que siempre viajaba con un álbum de fotos acolchado en el que figuraban unas instantáneas profesionales de sus gatos posando disfrazados.

—Aquí está *Fluffy* vestido de bandido —decía mirando con ternura a un persa regordete que entrecerraba los ojos bajo el peso de un sombrero. Después nos mostró una fotografía de un gato americano blanco de pelo corto profundamente exasperado—. Y aquí está *Spongecake* vestida de novia —dijo.

Eden siempre parecía una mujer con mucho encanto cuando se presentaba como Pedro por su casa para hacernos una visita de una semana entera. Recuerdo haber dicho con sobrecogimiento en una ocasión: «¡Eden es tan guapa! Parece una azafata». Su cabello era del mismo color de un limón que ha permanecido demasiado tiempo al sol y su denso lápiz de labios blanco brillaba. Siempre vestía con conjuntos deportivos de manga corta y fumaba unos cigarrillos largos como pajitas que hacían más ronca su ya empañada dulce voz infantil.

La segunda mujer soltera era Denise, la hermosa madrina de mi amiga Jackie, que lucía unos pantalones muy cortos de color verde lima que al principio yo tomé por ropa interior. Ella sostenía que era su trabajo a tiempo parcial como camarera en una coctelería lo que le proporcionaba el dinero para pagarse un enorme apartamento cerca de la Quinta Avenida con un vasto techo de espejo sobre su cama redonda vibratoria y varios novios distintos que llamaban cada diez minutos para quedar con ella. La tercera era mi profesora de la Escuela Hebrea, la señorita Yarone, cuya mandíbula superior era tan pronunciada que muchas veces me daba miedo que al comerse el sándwich de ensalada de huevo pudiera hincar el diente sin querer en su amplio mentón.

Del mismo modo en que uno podría irse a China, conocer a unas cuantas personas en un país de mil millones de habitantes y pensar: «Vaya, de manera que los chinos son así», aquellas tres mujeres eran mis embajadoras del reino de las independientes.

Nunca se me ocurrió sentir lástima por ellas, a excepción de la señorita Yarone, pero sólo porque no estaba en absoluto preparada para lo inquieto que puede llegar a ser un grupo de alumnos de once años. Enseguida aprendió a no dejar que nos lleváramos el abrigo, la bufanda y la cartera cuando le decíamos que sólo íbamos al baño. También fue la que nos confiscó los gruesos sándwiches de jamón y queso que trajimos al oficio del *Yom Kippur**.

Las semanas anteriores a que dejara de venir, la señorita Yarone abandonó sus intentos de enseñarnos historia judía y en cambio prefirió enseñarnos cosas sobre la vida. Nos contó que Israel era fundamental para la supervivencia de los judíos y que en Tel Aviv se encontraban algunos de los mejores gimnasios del mundo. Nos habló de sus cantantes favoritos.

—Mi favorita es Barbara Streisand —dijo—. Si hubiera vivido en la Alemania nazi, la hubiesen gaseado, ¿sabéis?

Lo que motivó el siguiente comentario de una de las niñas de la clase:

—¡Qué odioso que era Hitler, por Dios!

La señorita Yarone nos contó también que estaba buscando novio.

—Aquí los hombres sólo quieren una cosa —dijo al tiempo que se ponía bien las horquillas que sujetaban su peluca corta y greñuda—. Ellos quieren pim, pam, pum y adiós muy buenas. En Israel, a los hombres no les importa tener una esposa gorda, porque lo único que quieren es vivir en paz.

De niña podía pasarme toda una tarde sentada en la cama preguntándome: «¿Cómo sería si tuviera que utilizar los pies a modo de manos?» Me imaginaba en el supermercado, recorriendo el pasillo de los productos frescos a saltitos, levantando el talón para escoger unas cuantas cerezas y, ya de vuelta en casa, haciéndome un callo en el dedo gordo mientras escribía una nota de agradeci-

---

* Una de las festividades mayores del calendario judío, dedicada al ayuno, la meditación y el recogimiento. *(N. de la T.)*

miento. Imaginaba hasta el último detalle de esa vida, pero seguía sin poder entender qué hacía la señorita Yarone durante los fines de semana. ¿Qué haces cuando no tienes a nadie con quien hacer nada? En los raros momentos en los que intentaba imaginármela una noche de sábado, siempre la veía como un personaje de Edward Hopper, sentada en una cama baja de un apartamento mal iluminado, vestida con un viso corto, escuchando con seriedad los sonidos procedentes de la calle. Ésta era la visión que yo tenía de una mujer que vivía sola. Y ahora no podía más que preguntarme: ¿iba a convertirme yo en una de esas mujeres? ¿Habrá alguna niña pequeña que piense en mí como en su señorita Yarone o en su Eden Levine?

A la mañana siguiente me reuní con mi grupo en el oscuro y frío comedor de un hotel donde tuvo lugar una ronda de presentaciones rápidas. Los Faber estaban terminando de comerse unas tortillas que parecían unos destrozados sacos de dormir amarillos. Viajaban con sus dos hijos adolescentes y pecosos, ambos altos y enjutos como palos de escoba. Jenny de Chattanooga saludó con la mano junto con su esposo, un desgarbado especialista del riñón llamado Eugene. Kip y Dot habían venido para celebrar el septuagésimo quinto aniversario del primero.

Aunque intenté no hacerlo, acabé pensando en términos de El Grupo y yo. El Grupo está cargando las bicicletas y yo todavía estoy tratando de ajustar el sillín. El Grupo ha cogido todas las barritas de cereales y a mí me ha tocado la ambrosía con el coco reblandecido. El Grupo se va sin mí. El Grupo no parece darse cuenta de que no voy con ellos. Ahora ni siquiera alcanzo a ver al Grupo y estoy sola bajo la llovizna en esta carretera pintoresca, aunque desolada.

Ya había experimentado esta sensación de aislamiento en numerosas ocasiones. Un novio que tuve me dijo una vez que él creía que era debido a que cuando estaba en primer curso me pusieron en el grupo de lectura más retrasado. Al principio di por sentado que estaría con los mejores lectores, Mindy Weinstein y Mark Negropont, quienes resultaba que también eran los más populares y los mejores atletas de la clase. En cambio, me pusieron con una niña que había metido una horquilla en un enchufe y con un niño que por lo visto no comprendía el significado de la palabra «jabón». Fui a hablar con mi profesora, la señora Stevens, argumentando que debía de haberse cometido un error, y ella me aseguró que no, que en realidad leía así de mal. A diferencia de los demás grupos, cada uno de los cuales tenía su propia mesa de formica reluciente colocada en el aula, nosotros nos reuníamos fuera, en las escaleras, sentados en fila para que la gente pudiera subir y bajar más fácilmente. Mi novio decía que aquél fue el principio de mi vida como intrusa. «Entonces fue cuando empezaste a pensar en términos de tú y ellos», dijo. «Eso fue lo que lo provocó. Estarás jodida eternamente.»

Llegué a la comida cuando el Grupo ya estaba terminando. El pequeño campamento se había emplazado al pie de un verde y exuberante cañón rodeado de unos árboles altísimos.

—¡Hace una hora que estamos aquí! —exclamó Kip, que me saludó con una de sus delicadas manos llenas de manchas de la edad—. ¡Pensábamos que te habíamos perdido!

—Tiene setenta y cinco años y nos ha ganado a todos —comentó una mujer llamada Candace al tiempo que se sentaba a mi lado en una mesa con bancos adosados—. Lo digo porque hace que te plantees por qué te molestas siquiera.

Candace y su esposo, Louis, habían venido en coche desde Seattle, donde habían ido a visitar a su nuevo nieto. Candace llevaba el pelo cano corto y disparejo y lucía unas de esas gafas estrambóticas que solían llevar los arquitectos de vanguardia alemanes. De esas que decían: «¡Soy creativo!» Supe que me caería bien cuando se inclinó hacia mí y me susurró: «¿Cuántos judíos más crees que hay en esta excursión?»

Me eché a reír.

—No, lo digo en serio —añadió—. Tú eres la única en la que resulta evidente. Cohen… es fácil adivinarlo, pero ¿y los demás?

Louis se rió para sus adentros y le dio unas palmadas en la pierna a su esposa.

—Hace lo mismo en todos los viajes. Deberías haberla visto en el Vaticano.

Sólo con mirar a Louis podías darte cuenta de la naturaleza de la relación que tenía con Candace. Ella era la alocada y él, con su sonrisa equilibrada, vestido y peinado como un hombre de la calle, era su puntal.

Candace señaló a una mujer mayor llamada Audrey, una mujer de cabellos color crema que por lo visto tenía ascendencia noruega.

—Está claro que ella no es judía, pero deberíamos ser más de tres, ¿no?

Y así fue el primer día de campamento. El primer día de primer curso. Haces una amiga y ya no te apartas de su lado. Ahora Candace era oficialmente mi mejor amiga, aunque acabara de preguntarme si me llamaba «Emily».

Por la tarde la seguí en la bicicleta, entrecerrando los ojos para distinguir la parte posterior de su casco. Me sentía muy bien por el hecho de seguirle el ritmo a Candace hasta que me contó que se había roto el tobillo hacía poco y que todavía lo tenía hinchado.

Al día siguiente cambió el tiempo e hizo un frío impropio de la estación, con una escarcha fina que lo cubría todo y hacía que los caminos resultaran peligrosos. Pedaleaba para subir por una ladera de casi trece kilómetros y al respirar, o mejor dicho, al jadear, exhalé lo que parecía una fina niebla de polvos de talco. Puesto que no me había preparado para el frío, me había puesto toda la ropa que llevaba a la vez: dos camisetas y dos sudaderas debajo de un chaquetón Patagonia, unos leotardos térmicos de color verde debajo de mis pantalones semilargos acolchados, un pañuelo color lavanda anudado a la cabeza debajo del casco y unos guantes. Aquel día fuimos a visitar el lago Louise, cuyas aguas eran las más hermosas que había visto jamás, una serena extensión de un elegante color turquesa circundada de montañas, algunas cubiertas del verdor de los pinos y otras que eran todo granito a excepción de la breve blancura de la nieve reciente. Fue en el lago

Louise donde recibí una lección de humildad al conocer a una persona cuyo perro estaba en mejor forma de lo que yo estaría nunca.

—El sábado pasado *Mildew* y yo hicimos una excursión de nueve horas —dijo el propietario del animal mientras le daba unas palmaditas al labrador negro. Era uno de esos tipos que llevaba un bongó atado al saco de dormir—. Y fuimos a una excursión de dieciséis días con balsas por el río. También le encanta salir a correr. Nunca se queda sin aliento.

Todo esto me lo contaba estando yo apoyada contra una roca grande preguntándome si, después de pedalear toda la mañana, podría volver a caminar algún día.

Durante la cena me sentaron enfrente de Ted, un hombre de unos cincuenta años que también viajaba solo. Él era un auténtico solitario, pensé, a diferencia de mí. Yo estaba fingiendo mientras durara aquello. Él no necesitaba hacer amigos ni encajar. Él era feliz marchándose todas las mañanas mucho antes que el resto del grupo y aún más feliz sin hablar nunca con ninguno de nosotros. En terminología culinaria, Ted tenía lo que podría llamarse una pizca o un pellizco de cabello y una mirada seria cuando se dirigía a ti. No habló demasiado hasta que la conversación derivó hacia el tema de las excursiones en bicicleta que había hecho anteriormente.

—En todos los viajes que he hecho ha habido alguien que ha acabado en el hospital —anunció mientras cortaba una tajada de su carne de venado—. En la Toscana una chica salió disparada por encima del manillar de la bici, y cuando volvió en avión a Norteamérica, nadie sabía con seguridad si se había quedado paralítica de forma permanente. Y cuando estuve en Belice, un tipo sufrió un infarto. Y en África alguien pilló hongos. Al principio pensaron que podría tratarse de una versión del virus carnívoro.

Candace me dio un suave codazo.

—Este tipo es la monda.

Aquella noche Candace llevaba un blusón blanco sobre un vestido suelto y floreado. Me dijo que era una bata de quesero que había comprado en París. Al mirar la prenda me acordé de una de mis citas favoritas, la del escritor gastronómico del siglo XIX Jean Anthelme Brillat-Savarin que dijo: «Una comida sin queso es como una mujer hermosa con un solo ojo».

—Pero entonces los hongos empezaron a formar ampollas —continuó diciendo Ted.

—Posdata: Kate y Rodney —me dijo Candace refiriéndose a una pareja atlética y llena de vida de Newton, Massachusetts—. Judíos. Me lo dijeron a la hora de la comida.

Entonces Ted anunció que se iba a la cama. Quería levantarse antes del alba. En cuanto Ted se hubo marchado, Jenny de Chattanooga dijo:

—¿Creéis que es gay? —se inclinó hacia delante, se apoyó en los codos y puso su rostro pálido sobre los puños—. Eugene no cree que sea gay.

—Es gay —afirmó Candace—. Creo que es uno de esos hombres que lo es y que nadie cree que lo sea. Uno de esos hombres que constantemente caen bajo el escrutinio de los radares para gays.

—Yo no creía que Elton John fuera gay, de manera que puede que tengas razón —dijo Eugene, que alargó la mano para coger el cuenco blanco que había en el centro de la mesa—. ¿Queda algún sobre de sacarina?

—¿Tú qué piensas? —me preguntó Candace.

—Podría ser un maniático —respondí—. O tal vez sea tímido.

—¡Tímido! —terció Jenny—. Nunca se me ocurre pensarlo.

—También podría ser asexual —Candace metió cuchara—. Me ha dicho que pasa mucho tiempo con sus sobrinos y sobrinas.

Diez minutos antes de que empezara esta discusión había estado planeando irme a dormir pronto, pero ahora no estaba dispuesta a marcharme. Me preguntaba qué dirían sobre mí. «¡Pobre Amy! Quizá apunta demasiado alto», podría ser que dijeran. «Ya se sabe que muchas mujeres a su edad albergan unas expectativas poco realistas. O tal vez le guste el tipo de hombre equivocado. ¡O tal vez sea una amargada!» Últimamente había visto que algunas de mis amigas solteras se estaban volviendo cada vez más resentidas, hartándose e impacientándose con sus vidas y criticando la buena suerte de otras personas porque se sentían muy olvidadas.

—Quiero volver a poner de moda la palabra «víctima» —decía una de ellas—. Ahora sentir lástima por una misma está muy anticuado y quiero volver a ponerlo al día a lo grande. Estoy harta de mirar el lado bueno de las cosas.

Había visto cómo se quedaban cada vez más exhaustas con cada desengaño, más enfadadas con un mundo que las había decepcionado. Yo misma había experimentado un poco de dicho resentimiento, nunca con intensidad, pero sí había tenido una muy vaga sensación de no alegrarme del todo por una amiga que anunciaba su tercer embarazo cuando yo trataba de decidir si probar o no las citas por Internet. En aquellos momentos el resentimiento parecía un mundo en el que podías entrar incluso sin saberlo, sólo con bajar la guardia.

Cuando retiraron los platos del postre, Jenny se bebió lo que le quedaba de su descafeinado.

—Tú eres muy valiente —dijo mirando hacia mí desde el otro extremo de la mesa.

Pensé que era su reacción a mi anterior comentario sobre que hacía poco que había aprendido a montar en bicicleta.

—Es muy amable por tu parte —repuse—. Debo de estar loca para haber elegido las Rocosas en mi primera excursión en bici.

Ella arrugó su naricilla respingona.

—No me refiero a la bicicleta —aclaró—. Lo digo por haber venido sola a este viaje. Porque yo no hubiera podido hacerlo nunca, nunca.

—Yo tampoco —terció Candace—. Eres valiente.

—Estoy de acuerdo —coincidió Eugene.

«Eres muy valiente» podía interpretarse de dos maneras. La primera de ellas es como la que le dirías a un bombero. Es la versión que dice: «Te admiro. Me encantaría parecerme un poco a ti». La otra es lo que le dirías a alguien que acabara de sufrir un terrible accidente de coche, pero que se está recuperando por completo. Es la que dice: «Haces que me sienta mejor conmigo mismo porque no soy tú».

No supe qué decir, de modo que solté:

—No, no lo soy.

—Oh, sí que lo eres —insistió Jenny al tiempo que lo afirmaba con un movimiento de la cabeza—. Yo no me imagino yendo sola a ningún sitio ni en un millón de años.

Candace asintió enérgicamente y dijo:

—Yo miro a mi madre y no sé cómo puede estar siempre sola. Aunque está empezando a chochear, lo cual es una ayuda.

Al día siguiente visitamos los campos de hielo de Columbia, una de las mayores acumulaciones de hielo y nieve del Círculo Ártico. En el centro de información había un mirador desde el cual la gente admiraba la espectacular extensión de hielo que había frente a nosotros. Aquella tarde el grupo se había dispersado. Algunos estaban en el aparcamiento sacando fotografías. Otros se estaban apuntando para recorrer el glaciar en el autobús de nieve. Todos los demás, agotados tras los casi sesenta y cinco kilómetros que habíamos recorrido aquella mañana, habían subido a sus habitaciones del piso de arriba en el Ice Fields Chalet.

—¿Quieres mirar la tele con nosotros? —me preguntó Candace al ver que me quedaba allí sola—. ¡Podemos poner a Louis en el sofá y tú y yo hacemos zapeo y arrasamos el minibar!

Era una oferta muy amable y generosa. ¿Cómo podía decirle que con sólo pensarlo me entraban ganas de emborracharme hasta que tuvieran que ingresarme en el centro de desintoxicación Betty Ford?

—No es necesario —respondí con un gesto de la mano—. Os veré en la cena.

Aunque el tiempo había sido nublado durante toda la mañana, ahora había salido el sol de la tarde, de un vibrante naranja grisáceo, y con él una multitud de gente, encantada con la calidez de la atmósfera.

—Allí hay un río de hielo que se mueve lentamente —le explicaba un hombre a su joven esposa que estaba detrás de él, abrazada a su gruesa cintura y con la cabeza apoyaba entre sus omóplatos—. Leí en mi guía que los ríos de hielo parecen poderosos, pero que en realidad son absolutamente frágiles. Las cosas mueren continuamente, ¿sabes?, como las plantas y la fauna, y a veces se oyen avalanchas a lo lejos. La supervivencia es una lucha diaria en estos campos de hielo.

Allí de pie, contemplando aquella masa gélida y desolada, recordé lo que mi padre había dicho sobre su safari: «Al cabo de un rato, un elefante es un elefante». Me pregunté si el elefante hubiera significado más para él si mi madre hubiese estado viva. Me la imaginaba observando los enormes cuerpos grises de los elefantes, diciendo con excitación: «¿Sabes una cosa? ¡Pueden llegar a vivir ochenta años!» y «¡Según el *Libro Guinnes de los récords*, el elefante más grande de todos los tiempos era de Angola y pesaba más de diez toneladas!» O quizá no habría dicho nada y hubieran permanecido los dos en silencio, contentos de no estar solos en la jungla.

10

Llega el escalador de hielo

Creía que nunca había estado mejor. Despreocupada, conversadora, dejando traslucir apenas lo inquebrantablemente neurótica que era en realidad. Hasta nos reímos un poco durante aquella primera llamada telefónica. William, mi cita a ciegas, y yo quedamos en ir a Chickpea, un diminuto local del East Village donde servían falafel. Me dijo que medía un metro noventa, que tenía el cabello oscuro y rizado y que llevaría un ejemplar de *Alguien voló sobre el nido del cuco*. Empecé a describirme, pero él me interrumpió en un tono confiado, valiente incluso, diciendo: «Nada de descripciones. Te encontraré. El sitio tampoco es tan grande». Pensé que era una primera conversación estupenda. Yo nunca había estado mejor.

Sin embargo, después de la cena, cuando estábamos sentados en un bar oscuro bebiendo unas cervezas bosnias que parecían haberse fabricado con arena higiénica para gatos, William me contó que no tan sólo no me había encontrado irresistible o ni siquiera un poquito adorable, sino que había estado a punto de no presentarse. Por lo visto, hasta el momento de llegar al Chickpea había estado deliberando si cancelar la cita o no.

—Estuve así de cerca —dijo mostrando el pulgar y el índice que prácticamente se tocaban— de llamarte y dejarlo correr.

—¿En serio? ¿Y qué te lo impidió? —pregunté.

—Llegaste puntual —contestó.

La primera prueba en nuestra relación aconteció al cabo de tres semanas de que William y yo nos conociéramos.

—Estoy nerviosa —dije.

—¿Qué razón tienes para estarlo? —me preguntó en tono tranquilizador.

—Bueno, ya sabes. Sólo una humillación total y absoluta.

En aquella época William y yo estábamos muy metidos en la fase de «¡Me parece increíble haberte encontrado!» Esa en la que dices cosas como: «¿Tenías tendencias suicidas cuando ibas al instituto? ¡Yo también tenía tendencias suicidas!» O como: «¿Tienes intolerancia a la lactosa? ¡Yo también! ¿Te produce gases y dolorosos retortijones de estómago? ¡A mí también! ¿No te parece asombroso?» Por consiguiente, estaba nerviosa por aquella primera prueba y me preocupaba que incluso las cosas más insignificantes pudieran empañar nuestra reciente felicidad.

—No te preocupes —me dijo—. No es más que gramática.

—¡Uf! —gruñí—. Ya me duele el estómago.

Lo que empeoraba aún más la situación era que en realidad había sido yo quien había pedido dicha prueba, quien lo había desafiado para que me dejara ver qué tal me iba con el examen que hacía poco había puesto a sus alumnos de inglés de noveno curso. Al terminar le entregué la hoja de papel y él empezó a corregirla. Escuché atentamente el roce de su rotulador. ¿Era el sonido de un visto? ¿De una cruz? ¿De una cara sonriente? Me devolvió la prueba.

—¿Cinco de doce? —pregunté horrorizada.

De repente me sentí como una de esas bobaliconas que, cuando les preguntas si quieren ir a ver una exposición de las pinturas surrealistas de Dalí, preguntan: «¿Dolly Parton pinta?»

—Bueno, en algunos casos te has percatado de un error en una frase, pero has pasado por alto los demás —señaló la frase número cinco—. Esto debería ser «a quien», no «quien» —me dio unas palmaditas en la cabeza y noté la compasión filtrándose en mi cuero cabelludo.

—¿No me pones medio punto por haber hecho bien la mitad de la frase? —di unos golpecitos con el dedo en el papel—. Esta coma está bien y, odio decírtelo, pero la verdad es que a nadie le importa el punto y coma.

Él meneó la cabeza y la negra cabellera que le colgaba sobre los hombros se bamboleó y sus ojos oscuros me decían: «Admite con dignidad que has suspendido. Esta estratagema desesperada por obtener medios puntos adicionales es un tanto patética».

—No te preocupes —respondió—. Además, no fuiste la única. Suspendió toda la clase.

—¡Pero ellos están en noveno!

El verdadero nombre de mi novio no era «William». Me pidió que no usáramos su verdadero nombre y empezamos a buscarle uno con el que se sintiera adecuadamente representado, quizás el nombre que siempre había deseado tener. Como mexicano desgarbado del norte de California, sugirió que lo llamara «Ángel» o «Jesús».

—¡O Pinocho! —exclamó emocionado—. De pequeño conocí a un niño que se llamaba Pinocho y era un cabrón duro de verdad. Llámame Pinocho.

—No voy a llamarte Pinocho —repliqué—. ¿Qué se supone que tengo que decir? ¿Pinocho, mi novio? Entonces yo tendría que llamarme Geppetto.

Él lo pensó un momento.

—¿Y qué te parece Che? —dijo, porque con frecuencia le decían que tenía un aire al Che Guevara, aunque por suerte nunca se ponía boina—. ¿O qué tal Noé? ¡O no, espera! Jonás, porque casi me convierto en judío.

Unos años antes de conocerle, William estuvo viviendo varios meses en un *kibbutz** cerca de Tel Aviv y como resultado de ello consideró seriamente convertirse al judaísmo.

—Lo que pasa es que me gustó la claridad del judaísmo —me contó—. Vuestro Dios no os hace sentir culpables ni os dice constan-

* Asentamiento agrícola israelí que funciona en régimen de cooperativa. *(N. de la T.)*

temente que vais a ir al infierno. Sólo os dice lo que hay que hacer y si no le escucháis estáis jodidos.

—De acuerdo, Jonás —dije—. ¿Nos quedamos con Jonás?

Lo pensó un momento.

—No, espera, es nombre de gato, ¿no? ¿Qué me dices de algo así como Estragon o Godot, porque has estado esperando al amor mucho tiempo?

—¿Y qué tal Siddhartha? —sugerí en referencia a uno de sus libros favoritos—. Yo también podría convertirte en un gran fumeta.

—Ya fui un gran fumeta.

—Entonces, ¿por qué no te llamas Matacucarachas o Sensimilia? Olvídalo. Voy a llamarte Wally.

—¿Wally? —dijo—. ¿Y qué tal Willie? No, suena como la ballena. Bueno, pues William. Como en William Blake.

—William, de acuerdo —asentí—. Estupendo.

Tres semanas después del descalabro en gramática, cuarenta días después de habernos conocido, William me brindó otra prueba. Fue la mañana después de nuestro primer día de San Valentín. Me dijo que había olvidado entregarme un regalo.

—¿Qué es un símbolo? —preguntó mientras nos encontrábamos apretujados en mi cocina que, en tanto que era grande para un apartamento de Manhattan, tenía más o menos la misma anchura que un fotomatón. William iba vestido para ir a trabajar, con un jersey negro, vaqueros oscuros y unos zapatos cuadrados de doble hebilla. Menos mal que aquella mañana no llevaba el par de zapatos sobre los que yo bromeaba diciendo que tenían un tono marrón tan pálido que parecían hechos de piel humana. Por otra parte, yo iba vestida para un día en un «centro de reposo», uno de esos lugares donde podría estar recuperándome de «agotamiento» en «régimen de paciente externo». Iba peinada con un par de trenzas gruesas, de las que imaginaba que llevaría una anciana camarera en un restaurante alemán. Llevaba gafas, unas zapatillas abultadas, una camiseta moteada de manchas de café y unos holgados pantalones fruncidos con cordón con la entrepierna tan dada de sí que parecía ocultar una ubre. Las primeras veces que William se quedó a dormir me había puesto unas frívolas blusitas de tirantes y pantalones cortos de chico y me metía en el baño a hurtadillas antes de que él se despertara para asegurarme de llevar el pelo cuidadosamente alborotado si bien con la esperanza de que resultara sexy, pero por lo visto ahora ya me sentía lo bastante cómoda con él para andar por ahí con un aspecto de mierda.

—¿Qué es un símbolo? —preguntó de nuevo.

—¿Tenemos que hacerlo? —dije.

—Vamos, contéstame. ¿Qué es un símbolo?

Miré el reloj. Tenía que marcharse dentro de cinco minutos.

—¿Qué es un símbolo? —repetí en tono cansino—. ¡Oh, Dios mío! No lo sé. No quiero hacer otra prueba. Tienes que marcharte. Se está haciendo tarde.

—Tú dímelo ¿Qué es un símbolo?

—Cariño, me está entrando colitis —dije, refiriéndome al colon irritable que me había atormentado brevemente cuando iba al instituto.

Pero él me miró fijamente, esperando.

—Veamos... —dije—. ¿Una cosa que significa otra?

—Correcto —determinó.

Y entonces me dio una cajita marrón con un esbelto lazo atado alrededor. La abrí y vi una pequeña medalla de plata, de la medida de una moneda de veinticinco centavos. Me di cuenta de que era la misma que él había llevado en torno al cuello durante las últimas cinco semanas.

—Es una medalla de san Cristóbal —me explicó—. La he llevado desde que tenía doce años. San Cristóbal llevó a Jesucristo a la otra orilla. Aun cuando san Cristóbal creyera que podría ahogarse al hacerlo, ayudó a Jesucristo a cruzar el río —sonrió—. Igual que yo voy a ayudarte a cruzar todos los ríos de nuestras vidas.

—¡Qué dulce! —le dije, y le besé—. Gracias. Me encanta. Y ahora lárgate. Vas a llegar tarde.

—¿No sabes lo que te estoy pidiendo? —dijo.

—¿Qué? —repuse mirando el reloj—. Son casi las siete y media.

—Te estoy pidiendo que te cases conmigo.

—¿Me lo estás pidiendo?

—Sí.

—¡Oh, Dios mío! ¡Me hacía tanta ilusión que nos apuntáramos los dos al gimnasio! —le rodeé el cuello con los brazos y empecé a darle besos—. ¿Me lo estás pidiendo en serio? ¿De verdad?

Y hasta al cabo de unos momentos no nos dimos cuenta de que en realidad se me había olvidado decir que sí.

Aquel día llamé tanto a amigos como a miembros de mi extensa familia. Eran personas que hubieran estado muy contentas si las hubiera llamado para decirles: «¡Por primera vez en seis años tengo novio y me ha durado más de un mes!»

«¡Oh, Dios mío!», podrían haber dicho. «¡Más de un mes! Déjame que me siente.»

Sin embargo, ahora tenía que llamar y decir que no tan sólo tenía un nuevo novio, sino que además estábamos prometidos. Después expliqué a mi familia judía que no había anillo, pero que en cambio llevaba la medalla católica de William colgada al cuello con una fina tira de cuero. La mayoría de ellos reaccionaron más o menos así: «Bueno, a tu edad apuesto a que te has quitado un peso de encima al encontrar a alguien».

Mis amigos habían sobrellevado mis recientes comentarios del estilo: «He empezado a pensar que el amor es absolutamente aleatorio. Como ganar el premio de Publishers Clearing House o resultar herido en un tiroteo desde un automóvil». A estos amigos, muchos de los cuales seguían buscando también el amor, los llamé y les anuncié: «Ya no tendré que irme a una comuna lesbiana». Luego añadí: «Al menos de momento». O eso, o: «¡Buenas noticias! El infierno se ha congelado».

En aquellos momentos acababa de empezar a referirme a William como a mi novio (apenas unas semanas antes todavía utilizaba el término más vago de «estar viéndonos») y recordé que él era mi primer prometido, apelativo que enseguida acabé por detestar, como si siempre sonara muy afectado. Cada vez que decía «prometido» no podía evitar sentirme como si en realidad estuviera diciendo: «¡Mira! ¡Ya no tienes que preocuparte más por mí! Sé que pensabas que iba camino de convertirme en la tía excéntrica con aspecto de cortarse el pelo con el cuchillo de la carne y que pregunta si puede vivir en tu sótano, la que parece tener menos dientes cada vez que la ves. Bueno, pues no te preocupes más. ¡He encontrado a una persona que quiere casarse conmigo!» Y creo que como había algo de cierto en ello aún me incomodaba más. Mientras esperaba encontrar un digno sustituto para «prometido» me encontré utilizando términos que eran igualmente incómodos como «mi futuro», «el tipo con el que estoy planeando una boda» e incluso el viejo recurso de «mi media naranja», sacado de *The Newlywed Game*, el concurso de recién casados de la tele.

Aunque entonces William y yo estábamos prometidos, nuestra relación seguía pareciendo muy nueva. Era muy nueva. Hacía muy poco que me había adaptado al hecho de que William llevara tantos collares y baratijas al cuello que cuando se levantaba en mitad de la noche para ir al baño daba la impresión de que estuviera sacudiendo una bolsa con monedas. Otras veces me daba la sensación de tener un gato cuyo collar tintineante me permitía saber por dónde andaba. William todavía estaba adaptándose al hecho de que, mientras a él le encantaba la vida al aire libre, el bosque y la playa por igual, la idea que yo tenía del aire libre era Union Square. Y así como él era un ávido escalador de rocas y de hielo, yo siempre había creído que la palabra «hielo» debía ir inmediatamente precedida por otras dos: «cubitos de».

En aquella fase temprana todavía nos estábamos poniendo mutuamente al corriente de nuestras relaciones anteriores. William y yo hablábamos como si hubiéramos realizado un largo viaje que finalmente había llegado a su término, con un dejo de alivio en la voz.

—Hubo un tipo al que yo llamaba «Zarpa de oso» —le expliqué.

Flexioné los dedos y hendí bruscamente el aire con ellos—. Lo conocí porque Eve llamó y me dijo: «He salido con un tío al que encuentro completamente horrible, tan absolutamente repulsivo que sólo la idea de estar cerca de él me revuelve el estómago, pero a ti igual te gusta. ¿Le doy tu número?» Yo le dije que sí y el tipo resultó ser muy divertido, me cayó muy bien. Aunque no me parecía en absoluto atractivo, decidí intentarlo. Salimos muchas veces y empezaba a gustarme un poco más hasta que una noche vino a mi apartamento y lo único que hizo fue manosearme y darme golpes, el tipo no era nada delicado, y si quieres que te diga la verdad, fue prácticamente como una clitorectomía.

—Zarpa de oso —dijo William riéndose—. Me encanta.

Teníamos motes para las muchas mujeres con las que había salido William: «La chica del guardarropa», «La de la casa en la playa y el columpio erótico», «Mary Poppins», «La señora Cuchillo Mantequillero».

Nos podíamos pasar horas sentados en la cama, contándonos historias, más contentos con cada cosa nueva que descubríamos. Durante los seis años que había pasado sentándome sola en mi cama, así es como había soñado que podía ser una relación. Nunca pensaba en cenas en nuevos restaurantes de moda ni en salidas de fin de semana a posadas pintorescas con habitaciones que después describiría como «Laura Ashley conoce a Miss Havisham». Yo sólo me imaginaba a alguien con quien me gustara hablar, que me hiciera reír.

De todos los hombres con los que había estado, William era con el que mejor me lo pasaba sin hacer nada. A los dos nos encantaba deambular y nos podíamos pasar horas paseando por Astor Place, probándonos anillos de calavera y respondiendo a la pregunta: «¿Qué tatuaje te harías?»

Me di cuenta de lo cómoda que me sentía con él un sábado que fuimos a almorzar a un pequeño local del Upper West Side decorado con vacas de madera y puertas de granero. Pedimos panqueques de manzana y tortilla de espinacas y compartimos ambas cosas. Nuestra camarera nos dijo que P. Diddy, el magnate del rap, estaba sentado dos mesas por detrás de nosotros y estiramos el cuello para echar un vistazo. Después me excusé y me fui al baño. Si hay una cosa que no soporto, es un baño cuya puerta dé al comedor, porque si se abre de par en par te pillará con los pantalones bajados delante de un centenar de personas que lo único que querían era disfrutar de una comida agradable. En este tipo de servicios me ponía sumamente tensa, por lo que cuando alguien empezó a sacudir la puerta e intentó abrirla a la fuerza, me puse muy nerviosa.

—Mírame el culo —susurré cuando volví a la mesa—. Creo que me he meado un poco encima. Estaba allí en cuclillas y había una persona que no dejaba de forzar el pomo, como si fuera a echar la puerta abajo. ¡Y la mesa de P. Diddy estaba allí mismo! ¿Es muy grave?

Me di la vuelta para mostrarle a William la parte trasera de mis pantalones de color oliva pálido y, al hacerlo, recuerdo que me emocioné por tener un novio con el que me sentía tan cómoda.

—No es más que una manchita diminuta —sonrió—. A duras penas se distingue, cariño, pero como te conozco, podemos quedarnos aquí hasta que se seque.

Entonces pedimos otra tortilla y un plato de tostadas con plátano.

Lo único que deseaba era que mi madre hubiera podido estar ahí para vernos. Mi madre y William compartían el amor por Kafka y por *La insoportable levedad del ser*, de Milan Kundera. Me imaginaba que los dejaba solos para que hablaran del eterno retorno mientras yo leía la revista *People* en la otra habitación. William hubiera sabido apreciar la extravagancia de mi madre: su afición por los kimonos y por los zapatos de lunares; su recorrido arquitectónico de Nueva York que empezaba en el museo The Cloisters y terminaba en Chinatown, donde, mientras dábamos cuenta de unos platos de *dim sun*, nos hubiera animado a probar los *wantan* de tripa. Cuanto más empezaba a imaginarme mi boda, más me encontraba preguntándome qué consejo me habría dado mi madre sobre el matrimonio. Nunca fue avasalladora con los consejos, ni siquiera cuando yo necesitaba desesperadamente que lo fuera. Cuando le supliqué que me diera su opinión diciéndole: «¡Dímelo! ¿Debería mudarme a Los Ángeles o no?», ella me contestó que yo ya sabía la respuesta y que tenía que sacar mi propia conclusión, lo cual me sacó de quicio. A lo largo de todo su matrimonio, había visto discutir a mis padres constantemente por cualquier cosa, desde por si tomar o no la autopista Gowanus hasta por la amenaza de mi padre de darle a mi madre una fiesta sorpresa por su cumpleaños, en cuyo punto, según la versión de mi madre, ella dijo que si no paraba le tiraría la bebida por la cabeza. Tuvieron que afrontar los distintos cánceres de mi madre y los largos viajes de negocios de mi padre y, pese a todo ello, seguían teniéndose una absoluta devoción, y me di cuenta de que no hacía falta que hubiera dicho nada más.

William y yo compramos unos billetes de avión para ir a California a comunicar nuestra gran noticia a su familia en persona. Él no quería llamarlos porque quería ver la expresión de sus caras. Con cuarenta y un años William estaba convencido de que su familia había abandonado toda esperanza de que contrajera matrimonio algún día.

—Se van a cagar —dijo—. No se lo van a creer.

Con treinta y nueve años, dije que a mi familia también le preocupaba lo mismo.

—Pues claro que me preocupo por mi hija soltera de treinta y nueve años —había dicho mi padre unos meses antes de que conociera a William—. ¿Tú no lo harías?

—Bueno, nunca te preocupaste por Holly o por Tommy —dije, mencionando a mi hermana y hermano mayores.

—Eso es falso al cien por cien —replicó—. Me preocupo por ellos constantemente. Me preocupé por Hol el año pasado cuando se fue conduciendo a casa bajo aquel terrible temporal de lluvia. Y me preocupa que Tom haga demasiado ejercicio.

Cuando un amigo mutuo nos presentó a William y a mí, parecía increíble que nos hubiésemos encontrado a esas alturas de nuestras vidas. Hacía dos meses que a mi hermana le habían diagnosticado un cáncer de mama. Cuando William y yo tuvimos nuestra primera cita, ya no me acordaba de la última vez que había salido a cenar fuera porque había estado acompañándola a todas las citas con los médicos y a todos los tratamientos de quimioterapia. Entre semana me quedaba muchas veces a dormir en su casa de Scarsdale para ayudarla, recoger un poco y obligar a sus hijos a que hicieran galletas conmigo. El año anterior al padre de William también le habían diagnosticado un cáncer. Fue por eso por lo que en febrero empezamos a hablar de fechas de boda para mayo, pues sabíamos que entonces su padre todavía estaría lo bastante bien para poder viajar.

Al llegar a California fuimos a recoger el coche de alquiler. Era una mañana de llovizna y el sol se hallaba oculto tras una densa cortina de niebla. William condujo deprisa. Llegamos a casa de sus padres al cabo de una hora y nos enteramos de que el padre de William había entrado en coma. Nos arrodillamos junto a la cama de su padre rodeados por su madre, su hermana y sus sobrinas y William le susurró a su padre al oído que nos íbamos a casar. Su padre no respondió, pero respiró hondo, y su madre creyó que eso significaba que comprendía la buena noticia. La mujer nos besó a los dos y continuó llorando.

Yo ya estaba familiarizada con los estados de coma, pues había visto a mi madre retirarse lentamente del mundo hacía casi siete años. En aquella época mi mecanismo de defensa era intentar encontrar el lado bueno de mi situación. A veces me decía que estaba canalizando a mi siempre animada madre, pues estaba segura de que ella hubiese hecho lo mismo; otras veces lo llamaba negación y proclamaba mi admiración por no enfrentarme a la verdad. Fuera cual fuera la respuesta, me encontraba diciendo cosas como «¡Las enfermeras son estupendas!» (aunque repetidamente se comían toda la fruta que yo había escondido en el cajón de la verdura del frigorífico) y, las más de las veces, alabando a mi padre, quien, pese a que a menudo me sacaba de quicio, cuidaba de mi madre maravillosamente bien. Cuando sus ojos se vidriaron y ya no nos reconocía, él se convirtió en la animadora que decía cosas como «¡Te he comprado una rica tempura!» y «¡Esta camiseta que llevas es genial! ¡Te queda estupendamente! Está muy bien». Reconocí en la madre de William esa misma versión de amor que era tan mundano y tan intenso a la vez. Al igual que mi padre, la madre de William insistió en hacerle compañía a su esposo, tanto si él sabía que estaba allí como si no. Leía O, The Oprah Magazine sentada en un rincón e intentaba no adormecerse, aunque llevara días sin dormir; llevaba a los parientes a la habitación y les decía que hablaran en voz alta porque quizás el padre de William pudiera oírles. Y del mismo modo en que mi padre y la madre de William hacían de animadoras para las personas que amaban, me encontré entonces animando a William.

—Me parece muy hermoso que toda la familia esté en torno a la cama de tu padre y que le canten, le acaricien la cabeza y le digan lo mucho que le quieren —comenté, e intenté rodearlo con el brazo.

Él se zafó de mi abrazo.

—Pues a mí no me parece tan hermoso —replicó, y cruzó los brazos con firmeza—. No veo qué tiene de hermoso llevar pañales para adultos y morirte en tus propios meados. Tienes suerte de poder verlo a tu manera, pero yo no puedo.

No salimos de casa en todo el fin de semana, y cuando no dormíamos en el suelo de la habitación del padre de William lo hacíamos en el suelo del cuarto de estar. Escuchamos la respiración del padre de William y nos fijamos en que era más superficial, pero él seguía vivo. Las enfermeras decían que podía permanecer así días enteros. Incluso semanas. Y entonces, el lunes por la noche, dos horas después de habernos marchado de casa de su familia para regresar a Nueva York, recibimos la llamada de teléfono diciendo que el padre de William había muerto.

William se debatió entre si quedarse en California o no. No hubo funeral, se celebraría en cambio un servicio religioso en su memoria que estaba programado para el mes próximo, y puesto que William tenía que estar en la escuela a la mañana siguiente, decidió que era mejor que regresara a Nueva York.

En el avión de vuelta a casa hice todo lo que pude para animar a William. Compré un ejemplar del *Penthouse Forum* para que pudiéramos leer las cartas en voz alta, para gran deleite del hombre tímido que estaba sentado a nuestro lado. Le hablé a William de una chica con la que fui a la universidad que se llamaba Ima, y que había escrito un artículo para el periódico universitario sobre objetos domésticos que podían utilizarse para masturbarse. Le dije que la llamábamos «Ima, la que te contará todo lo que nunca quisiste saber». Para Ima, en casa no había nada prohibido si querías masturbarte: una botella de acondicionador Wella Balsam, un par de zapatillas de piel de cordero, una escobilla… Le conté que solía bromear diciendo que, si algún día Ima me proponía salir a cenar, insistiría en ponerme un traje para manipular materiales peligrosos.

William se rió. Y en lugar de dejarlo tranquilo con su dolor y su silencio, traté de hacerle reír más.

—Al menos en este vuelo nadie se tira pedos —comenté refiriéndome al viaje de ida de hacía unos días. Hubo un momento en el que el olor llegó a ser tan abrumador que alguien que estaba sentado unas cuantas filas por delante de nosotros gritó: «¡Esto es un avión, maldita sea! ¡No un retrete! ¡No podemos respirar! ¡Ya es suficiente!»

—Sí, nadie se tira pedos. Algo es algo —dijo William.

Asintió con la cabeza, se encogió de hombros y miró por la ventanilla con los ojos ocultos tras las negras gafas de sol envolventes que se ponía para escalar. En aquel momento supe que ya no estaba.

—¿Quieres que lea un poco más del *Penthouse Forum*? —dije—. Hay una cosa sobre un tipo que tiene relaciones con unas gemelas que después tienen relaciones entre ellas delante de…

—No, no hace falta —me interrumpió.

Rebusqué en mi bolsa de mano en busca de alguna otra cosa que pudiera animar a William. Se me ocurrió darle un poco de ese chicle

de sandía que le gustaba. En cambio, encontré el regalo que le había
comprado al padre de William. Como sabía que a su padre le gustaba
dibujar, mi hermana y yo habíamos ido a una tienda de bellas artes
y habíamos elegido para él una caja especial con un juego de cremo-
sos pasteles, hileras de lápices y una pequeña paleta de acuarelas, así
como un pesado bloc. Recuerdo que traté de esconder el material de
dibujo en mi bolso de mano enterrándolo bajo un ejemplar de *Vanity
Fair*, como si el hecho de verlo de alguna manera pudiera recordarle
a William que su padre había muerto. No quería que viera nada que
pudiera hacer que se sintiera peor.

Una hora más tarde William y yo nos comimos en silencio los ta-
males de carne que su madre nos había dado y picamos unos pedazos
del delicado pastel de limón de su hermana. Supe que estaba desesperada cuando me fijé en que William estaba mirando su vaso vacío.
«¿Quieres una Coca-Cola?», dije. «¡Quédate aquí! ¡Yo te la traeré!
¡Iré a buscarla!» Momento en el que procedí a dar caza a la azafata
como si de un elefante de un relato de Ernest Hemingway se tratara.

A nuestro regreso a Manhattan el teléfono no paraba de sonar con
llamadas de gente que nos daba la enhorabuena. Mi prima llamó y
dijo:

—¡Oh, Dios mio! ¡Amy Cohen se va a casar! Me da esperanzas
de que pueda pasarme a mí también. ¿William también está tan emocionado? ¿Estáis contentos, chicos? Debéis de estar contentísmos.

—Ahora mismo no puedo hablar —susurré, y le expliqué que
William estaba en la otra habitación, sentado en silencio mirando al
techo.

—Llámame más tarde —dijo—. Tenemos que hablar de tu vestido
y de tu fiesta de antes de la boda. Y conozco a un fotógrafo increíble
al que podríais contratar, normalmente trabaja para revistas y estrellas
del rock, pero también hace bodas, aunque tendréis que reservarlo
pronto. En lo que sí tienes que pensar es en el menú, y si va a ser
en mayo, hay que mandar las invitaciones y... —mientras ella conti-

nuaba hablando me dirigí de puntillas al dormitorio para comprobar cómo estaba mi novio silencioso. Normalmente estaba tumbado de espaldas en la oscuridad, completamente despierto, suspirando. Me recordó el aspecto que teníamos los dos cuando nos habíamos contado todas esas historias sobre nuestras relaciones anteriores. Los dos solos, tumbados en la cama, mirando al techo, comparando nuestros pasados e imaginando nuestro futuro.

Cuando llamó la mujer de City Bakery para hablarme de los menús del servicio de comidas y decirme que la fecha que habíamos solicitado estaba libre —lo cual era un milagro, añadió—, le susurré que yo la llamaría. Lo mismo ocurrió con el tipo que telefoneó para sugerirnos unos *discjockeys* para la recepción. El hombre a quien llevaba semanas llamando. William mantenía que quería casarse en mayo de todos modos, pero yo no estaba segura de que en aquellos momentos fuera lo mejor. Su familia acababa de sufrir un duro golpe. La presencia de su padre estaba muy viva en la casa, su ropa y sus libros seguían estando donde siempre.

Además, empezaba a sentirme como una idiota sólo por sacar el tema de nuestra boda. Hubo algunos incidentes, como la vez en que le dije a William:

—Mi familia quiere hacernos una fiesta de compromiso, nada desmesurado ni lujoso, sólo algo con la familia, en casa de mi hermana, quizá, una cena. Llamó para preguntar si podíamos decirle una fecha para poder empezar a prepararlo y a invitar a la gente —hasta que no terminé de hablar no me fijé en que William tenía los ojos vidriosos.

—¡Es que no puedo creerme que ya no esté, joder! —exclamó—. Que se haya ido. Así sin más.

Pronto empecé a tener la sensación de que a duras penas nos conocíamos. Éramos como una de esas parejas hindúes de matrimonios concertados, dos personas que, sin apenas conocerse, se prometen el uno al otro y luego inician el proceso de descubrir si pueden llevarse bien. Pensé que resultaba muy apropiado que William fuera escalador de hielo, porque yo me sentía como si últimamente me pasara la vida intentando escalar el hielo que lo envolvía, pretendiendo encontrar una forma de rebasarlo y rodearlo, normalmente sin éxito.

Ahora William decía cosas como: «Éste es el motivo por el que estuve a punto de cancelar nuestra primera cita. No debí llamarte cuando sabía que mi padre se estaba muriendo, porque sabía que ocurriría esto y no es justo para ti. Porque, de haber sabido que iba a pasar toda esta mierda, ¿habrías dicho que sí a esa primera cita?»

Entonces yo me embarcaba en todo un discurso sazonado con cosas como «Así es la vida y la muerte». Y «En esto consiste una relación en realidad. No se trata sólo de viajar y de que todo sea fácil». Y seguía hablando y hablando y, al cabo de unas cuantas frases, creo que ninguno de los dos escuchábamos siquiera.

William me contó que una vez, cuando estaba enseñando *Antígona*, dijo: «La ironía es el gran don de la tragedia». A mí me encantaba esa cita y entonces me acordé de ella, por la ironía de nuestra tragedia, a saber, que lo único que parecía hacer que William se sintiera un poco mejor últimamente era mi cocina. Menciono lo de la ironía porque me había pasado años deseando con ansia y desesperación ser cocinera, pero después de cumplir los treinta y siete pensé: «Si a estas alturas no ha ocurrido, lo más probable es que sea demasiado tarde para aprender». A lo largo de mi vida, siempre que intentaba hacer una lasaña fácil o incluso una simple tortilla con hierbas, parecía que todo lo que cocinaba se convirtiera en un motivo para contar con una buena provisión de lana de acero. O de sartenes nuevas. Estaba acostumbrada a decir frases como: «¡Sólo es la alarma de incendios otra vez!» o «Lo siento. Creía que el pollo tenía que quedar de un rosado brillante en el centro». No tenía ni la más remota idea del tiempo de cocción de un huevo duro. Sin embargo, me equivocaba al pensar que se me habían terminado las posibilidades.

Al cabo de una semana de conocernos, cuando descubrí que William había estado comiendo cereales orgánicos y atún en conserva para cenar, me propuse ganármelo con comidas caseras. Empecé viendo el canal de cocina Food Network de la misma manera en que los niños miran los dibujos animados, sentada tan cerca del televisor que podía haberme puesto morena. Estudié cómo se removía y hervía hasta que al final logré comprender la destreza requerida para hervir espaguetis y añadir salsa enlatada. De ahí pasé a cosas más ambiciosas: albóndigas de pavo al horno, pollo marinado cocinado en la parrilla Foreman, fletán en papillote. Y a continuación, en dos palabras: me volví loca. *Piccata* de pollo, que había que batir hasta que adquiriera la consistencia justa; budín de arroz, que había que agitar tanto que casi acabo desarrollando un síndrome del túnel carpiano; *hummus* casero y tabulé con hierbas finamente cortadas; y mi mayor logro: pollo asado y relleno de naranjas y limones. Tenía una misión. Ahora podía mirar un libro de cocina con cierto grado de confianza. Antes siempre me sentía como uno de esos adultos que, tras toda una vida de analfabetismo, decían que cuando intentaban leer el periódico sólo veían letras mezcladas. Así es cómo siempre me sentía yo frente a los libros de cocina, pero ya no. De modo que cada noche intentaba preparar algo que a William le encantara. ¡Pobre! Le mandaba correos electrónicos preguntándole si quería gambas griegas con feta o la ensalada de fideos soba con aliño de soja y, ¿le apetecían esas galletas de avena con trocitos de chocolate? Al cabo de tres semanas de lo mismo, una noche tras la cena, William bajó la mirada a su vientre.

—¡Vaya, estupendo! —dijo—. Mi padre ha muerto y encima ahora estoy engordando.

No tardamos en empezar a discutir. Y a la larga las discusiones se convirtieron en peleas, la primera de las cuales tuvo que ver con el tema de irnos a vivir juntos. A mí me encantaba el estudio que William tenía en Brooklyn; a menudo lo había descrito como el apartamento de un músico de jazz de origen latino ya entrado en años. Había unos pósteres impresionantes de John Coltrane y alfombras étnicas, así como una librería enorme donde William guardaba su

colección de primeras ediciones de libros. Todo el ambiente decía:
«Tranquilo, colega. El mundo puede esperar». Sin embargo, mi apartamento no podría haber sido más distinto. Tengo una mesa redonda
de color blanco que por su aspecto podría usarse para una cena fes-
tiva en Plutón. Las paredes de mi dormitorio son de color lavanda y
las de mi despacho de un alarmante tono de rosa encendido. William
me preguntó dónde pondríamos su enorme librería. «¿En un guarda-
muebles?», sugerí esperanzada.

Había olvidado el miedo que da pelearse con un novio. El nudo
en el estómago, como si al final fuera a terminar estallando mientras
yo explicaba que nuestro mobiliario desentonaba. ¿Acaso él no estaba de acuerdo? Olvidé que se supone que no debes utilizar frases
como «Haces que me sienta como si...» o «¿Por qué te pones hecho una furia?», porque implican un ataque contra la otra persona.
Cuando se lo conté a Eve, me dijo: «Eres mucho mejor que yo en las
peleas. Eres muy dulce. Yo siempre empiezo diciendo: "¡Escucha,
jodido memo!"» En algunos momentos me olvidaba de que el padre
de William acababa de morir y que debía darle un respiro, aunque él
comentara que mis muebles eran fríos y modernos.

Cuando le dije a mi padre que nos habíamos prometido, dijo:
«Pero ¿habéis tenido ya alguna pelea?» Yo le dije que no. Y él añadió: «Pues eso me preocupa». Ahora que William y yo empezábamos
a discutir cada vez con más frecuencia, pensé en decirle a mi padre:
«Mira, tengo una buena noticia».

Nuestras peleas eran aún más terroríficas porque habíamos hecho
muy pública nuestra relación. Sabía que había gente que pensaba que
William y yo no íbamos a durar. Lo sabía porque alguien había dicho:
«Si, en lugar de vosotros, se tratara de cualesquiera otras personas,
estaría convencido de que es imposible que llegaran al altar». Otras
personas me preguntaban si estaba embarazada. «¿No?, me dijo una
de ellas. «¡Vaya! ¡Qué sorpresa! Supuse que era por eso por lo que
lo habíais precipitado todo.» Ahora, si William o yo decíamos: «¡Se
acabó!» o «Me marcho», tendríamos que contarle al mundo entero
que lo nuestro no había funcionado después de todo.

Empecé a pensar que, aun cuando las cosas entre nosotros estaban calmadas, la situación era como el lago Ness, del que en cualquier momento podía emerger un monstruo. Fue más o menos por aquel entonces cuando William soñó que iba en un bote de remos con un bebé y un elefante durante una tormenta en medio del mar encrespado.

—¿Tuviste un sueño en el que aparecías tú, un bebé y un elefante? —le pregunté.

—Sí —contestó él—. ¿Por qué?

William sabía perfectamente que, a mis treinta y nueve años, yo quería tener hijos y que no me quedaba mucho tiempo antes de que las cosas se complicaran.

—Bueno, está claro que el bebé es el elefante que siempre está en nuestra habitación —dije—. Y que nos hallamos en aguas turbulentas.

—Eso sí es verdad —repuso él.

El padre de William había pedido que lo incineraran y se organizó un servicio religioso en su memoria para el mes de marzo.

—No hace falta que vayas —me dijo—. Tengo que regresar a California. Necesito estar con mi madre. Voy a quedarme toda la semana.

—Claro que voy a ir —repliqué—. Oh, espera, ¡mierda! Ese mismo martes mi hermana tiene la última sesión de quimio, vamos a beber champán. Pero la llamaré y sé que lo entenderá.

—Está bien, pero vamos a estar en casa de mi madre y ya sabes que nos hará dormir en dormitorios separados.

—¿Estás intentando mantenerme al margen?

—No, lo que pasa es que tengo la sensación de que es mucho pedir —contestó.

—Bueno, pues no lo es —repuse.

Recordé que al morir mi madre yo me había sentido de la misma manera, como si exponer a la gente a los detalles de mi vida fuera pedir demasiado. Como si mi respuesta a la pregunta «¿Cómo estás?» fuera a exponerlos a cosas sobre las que preferirían no pensar. Por propia experiencia era muy consciente de que había personas que podían lidiar con la muerte y la enfermedad y otras muchas que no, de modo que lo mejor era no hacer la prueba. Había quien decía: «Estoy a tu absoluta disposición para lo que sea. Cualquier cosa. Sólo tienes que pedírmelo», y cuando se lo pedías, adoptaban una expresión afligida como si dijeran: «¿No podías haberme pedido cualquier otra cosa?» No quería que William pensara en mí de ese modo.

La mañana del oficio religioso nos vestimos rápidamente y nos encaminamos a la iglesia con la familia de William. El lugar estaba abarrotado y oímos que varias personas habían conducido durante toda la noche para poder asistir a la ceremonia. El sacerdote, que había conocido al padre de William, fue el primero en hablar, diciendo lo generoso y afectuoso que era. Yo escuchaba, pero estaba prestando más atención a William, que me sostenía la mano con fuerza con la mirada perdida en la distancia.

Después del funeral dimos la vuelta a la manzana paseando los dos solos antes de ir a la recepción a ver a todos los parientes y amigos. William llevaba un traje oscuro y holgado y yo un vestido negro de manga casquillo. Los pies me estaban matando. Dimos unos cuantos pasos más y me puse a llorar.

—¿Por qué lloras? —me preguntó—. Ni siquiera yo estoy llorando.

—No quiero esto para ti —le dije—. ¡Ojalá nada de esto hubiera pasado!

Él me atrajo hacia su pesada chaqueta de lana y lloré contra su cuello. No podía dejar de pensar en lo ciega que había estado. Me había pasado largos años pensando en lo mucho que deseaba una relación, pero nunca se me había ocurrido pensar en toda la mierda que hay que soportar juntos. Quizá de un modo abstracto sí, pero entonces comprendí a qué se refería mi amiga cuando dijo: «Una relación causa casi tantos problemas como los que resuelve». Durante todos esos años había creído ciegamente que en algún lugar, en alguna parte, había alguien que, cuando yo dijera: «Ésta es mi mierda. ¿Sigues queriendo formar parte de ello? ¿Sí o no?», se quedara hasta la siguiente prueba y luego la siguiente. Lo creía tan ciegamente como creía entonces que William y yo aguantaríamos todo aquello. ¿Sigues queriendo formar parte de ello? ¿Sí o no? ¿Quieres solucionarlo? Podría ser que quisiera estrangularme por ser demasiado avasalladora, y yo quizá quisiera matarlo por lo que fuera que me molestara en aquel momento, pero creía que siempre responderíamos sí. Quiero hacerlo.

Transcurrió un año y todavía no nos habíamos casado. Al cabo de un tiempo incluso dejamos de hablar de ello. Para empezar, William odiaba Manhattan.

—Esta mañana alguien se ha sentado encima de mí en el metro —anunció una noche después del trabajo—. Un imbécil enorme y sudoroso intentaba meterse en el asiento de al lado y acabó por aplastarme el muslo con su culo grande, sudado y peludo. ¡Y yo iba en pantalón corto! Lo que pasa es que hay demasiada gente en esta jodida ciudad. Y hace calor. Y huele mal.

Entonces repitió la pregunta que por aquel entonces planteaba a diario:

—¿No podemos trasladarnos a California? Allí podríamos vivir muy bien. Podríamos tener una casita junto a la playa. Tú podrías escribir en cualquier parte. Podríamos salir a respirar aire fresco, a tomar el sol y a montar en bici. Te encantaría.

Y a continuación yo daba mi respuesta habitual:

—Suena estupendo. Acepto. Por dos semanas.

Acto seguido William repetía su otra razón para querer marcharse. Una razón que no le podía discutir.

—Necesito estar más cerca de mi madre. Ahora es viuda, la situación es distinta y quiero echarle una mano con las cosas. Cuando estuve allí, la ayudé a limpiar el garaje y luego le coloqué las contraventanas. Me necesita.

Hacía ya tiempo que yo venía diciendo que, para mí, la solución ideal sería poder vivir en ambas costas, como Oprah o la familia real sueca, viajando en avión privado con un séquito poco numeroso, aunque entregado. Sin embargo, ninguno de los dos podía permitirse pagar dos alquileres y yo no estaba dispuesta a dejar Manhattan por completo. Aunque a mi hermana le habían dado el visto bueno médico, me encontré con que quería seguir teniéndola tan cerca de mí como fuese posible. Me deleitaba en cada uno de sus movimientos, como una madre que observara a su recién nacido. Estaba ansiosa por sentarme y observarla mientras comía *sushi* de arroz integral o se probaba otro par más de mocasines de ante. El resto de mi familia vivía en Nueva York, así como todos mis amigos. Eso era motivo suficiente para quedarme en Manhattan. Pero tanto William como yo sabíamos la verdad. Había otras cosas.

Por lo visto, cualquier discusión que teníamos, cualquier desacuerdo sobre dónde vivir o sobre que el pollo ecológico suponía una carga demasiado pesada en el presupuesto para alimentación llevaba a que él dijera otra vez: «No estoy preparado para tener un hijo».

Yo había fantaseado con tener hijos mucho antes de considerar con quién podría tenerlos. Los nombres cambiaban dependiendo del año, pero mi deseo de tener descendencia nunca cambió. Cuando me acercaba a los treinta y era una guionista que luchaba por abrirme camino y vivía en Los Ángeles fueron Felix y Liesl, a quienes estaba decidida a mantener al margen de la influencia de Hollywood. (En mi fantasía mis hijos coincidían con mi nominación al Oscar.) Cumplidos los treinta me incliné por nombres como Gigi y Bebe, nombres que eran una garantía de que mis hijas acabarían siendo prostitutas o, con un poco de suerte, prostitutas de lujo. Con casi cuarenta me inventé a Daisy, a quien había adoptado en China, o bien concebido con un donante de esperma. Igual que mi propia madre, la mantendría en vela mirando películas antiguas, contándole trivialidades como que Mae West fue la primera elección para el papel de Norma Desmond.

Y mientras todas estas fantasías cambiaban, la realidad era que, con treinta y nueve años, había esperado mucho más tiempo del que nunca imaginé.

William me dijo que él nunca había pensado en tener hijos antes de conocerme.

—Nunca fue una cosa que quisiera —explicó—. Pero ahora, contigo, creo que tal vez esté preparado algún día, aunque todavía no.

—De acuerdo. ¿Cuándo entonces? —pregunté.

Él meditó un momento.

—Dentro de unos cinco años o así.

—¿Dentro de cinco años? —dije—. ¡Dentro de cinco años tendré setenta!

Intentábamos bromear sobre el pulso que manteníamos. Al pasar junto a una elegante *boutique* para futuras mamás en Madison Avenue, una de esas tiendas para mujeres cuyos estómagos eran más pequeños que el mío aun estando ellas de ocho meses, William me tapó los ojos con la mano y dijo: «¡No mires! Limítate a seguir andando». También teníamos la broma continua de que si alguna vez decidía adoptar, iba a decir que tenía mucha experiencia con mi hijo mayor mejicano.

Y aquella vez que William me enseñó un relato corto en el que estaba trabajando. En la primera escena un profesor regresa a casa y descubre que su novia lo ha dejado porque él no quería tener un hijo.

Me eché a reír.

—¡Vaya! ¿Y a esto lo llamas tú ficción?

—Lo es —repuso.

Hice notar que la descripción de la novia se parecía de manera extraña e inquietante a la mía.

—No es verdad —dijo, y señaló los recientes reflejos rubios de mi pelo—. Para empezar, la novia de la historia es morena.

—Sí, bueno, espera a que me crezcan las raíces.

Empecé a imaginarme lo contrariada que me sentiría con William si, transcurridos cinco años, yo no pudiera tener hijos, y lo enojada que estaría conmigo misma si no lo intentaba. Había oído historias sobre hombres que no querían tener hijos y que acababan siendo unos padres entregados, pero también había oído muchas otras sobre hombres que se sentían atrapados y molestos con su nuevo papel.

Una noche, mientras cenábamos, William me contó una anécdota sobre una pareja que conocía.

—Se gastaron algo así como treinta mil dólares con la fecundación *in vitro* y al final tuvieron un niño que padece un sinfín de alergias, y ahora se han arruinado para pagar todas las facturas médicas, y como los dos tienen varios empleos nunca ven a su hijo.

—Creo que vale la pena —afirmé.

—Perros —dijo, apuntándome con el dedo—. Son encantadores. Son divertidos. Su cariño es incondicional. Piénsalo: perros. Ése es el camino.

Pese a que no podía imaginarnos separados, tampoco podía imaginar cómo íbamos a seguir juntos, cosa que me planteaba cada vez con más frecuencia.

Me preguntaba si deberíamos romper, pero la idea me aterrorizaba. Sabía que se podía amar a alguien y que aun así las cosas no funcionaran, pero ¿de verdad podía renunciar a esto? Seguíamos pasándonoslo muy bien juntos; es decir, cuando no hablábamos de cualquier cosa que tuviera que ver con el resto de nuestras vidas.

—Si tuviera veintidós años, sería la relación perfecta —le dije a mi hermana.

Recordé mi última ruptura: el maratón de llanto; la ansiedad descomunal y los copos de maíz a palo seco; la erupción que, en uno de los días buenos, provocó que un niño pequeño huyera llorando. Estaba decidida a hacer cualquier cosa para evitar tener que soportar ese dolor. A la ansiedad, se sumó la oleada de náuseas que acompañaba a la idea de reanudar las citas. Las llamadas de teléfono incómodas. La primera vez que me viera desnuda. El preguntarme por qué nunca volvió a llamar. No me apetecía nada todo aquello. Todavía amaba a William. Podía hacer que la relación funcionara. Estaba segura de ello. Sólo tenía que intentarlo con más ganas.

Y así lo hice.

Cociné nuestros platos preferidos, entre los que entonces se contaban pollo salteado relleno de *prosciutto* picado y un guiso de coliflor, ñames y setas portobello horneado con aceite de ajo y capas de queso parmesano. Rara vez veía a mis otros amigos, pues prefería quedarme en casa con William y hacer imitaciones de Gregory Peck mientras mirábamos *La profecía*. Empecé a trabajar en una comedia romántica sobre una pareja cuya relación sufre verdaderos problemas y que, a pesar de tenerlo todo en contra, logran solucionarlo. Mi plan era que si se vendía podríamos mudarnos a Los Ángeles. Llegué a tener la sensación de ser la única responsable de hacer que las cosas salieran bien y de ser más responsable aún si no ocurría así.

—¿Cómo está mi mujer perfecta favorita? —me preguntó Eve un día que me llamó por teléfono.

—Exhausta —contesté.

A principios de primavera William dejó su trabajo. Estaba harto de la política de las escuelas privadas y de los padres que llamaban durante el fin de semana para quejarse de que sus hijos sacaban notables. Iba a concentrarse en la escritura de un libro y la idea de este nuevo principio hizo que California resultara aún más atrayente.

—Durante seis meses no quiero que menciones siquiera lo de tener hijos. No puedo hablar de los hijos porque necesito concentrarme en el trabajo y quiero que nos mudemos a California.

—¿Me estás dando un ultimátum? —pregunté.

Él se lo pensó.

—Supongo que sí —respondió—. Algo parecido.

Y entonces dije algo que nos sorprendió a ambos, como si hubiera hablado una tercera persona en la habitación, un desconocido.

—Pues vete —dije.

William compró su billete de avión y a la semana siguiente vinieron los de las mudanzas y cargaron más de cincuenta cajas en el camión.

No iba a haber boda, ni vida en común. Tendría que contarle a todo el mundo que tenían razón: nos habíamos precipitado. Aunque cuarenta días parecían una eternidad para pasarlos sin poder salir de una arca con un puñado de animales apestosos que se apareaban, por lo visto no era tiempo suficiente para preservar nuestra relación. Y en tanto que Noé soportó cuarenta días de lluvias torrenciales, yo entonces me torturaba con una inundación de recuerdos felices: la vez que William y yo fuimos a montar en trineo y como teníamos demasiado frío para desnudarnos nos metimos en la cama con los vaqueros llenos de hielo endurecido. Nuestro viaje al Gran Cañón, al que llamábamos el «Gran Ataque de Pánico», porque me aterrorizaban tanto las alturas que prefería ver la grandeza del cañón desde el aparcamiento. O mejor todavía, en una postal. La vez que William se compró un grueso abrigo de invierno en una tienda de ropa de segunda mano y al cabo de un mes nos dimos cuenta de que en realidad era un abrigo de señora.

Ahora era William el que me encontraba sentada en la oscuridad, suspirando.

—Me mata verte así —dijo, y se acurrucó a mi lado.

—Me preocupa que esto sea sólo el principio —dije llorando.

Y pronto llegó la mañana en que, vestido con su camisa blanca favorita de lino, vaqueros oscuros y su sinfín de collares, William regresó a California.

Aquel mismo día aguardé mi desmoronamiento como si estuviera esperando la llegada de un paquete. Hacía mucho tiempo que me consideraba el equivalente emocional de una piñata barata: un único golpe y todo caería, todas las chucherías y el relleno. Languidecía cuando las relaciones no salían bien aun siendo breves, me venía abajo cuando los trabajos fracasaban.

Recuerdo haber pensado que fue mi dermatólogo quien mejor lo definió. En una de las visitas, poco después de que la erupción hubiera empezado a remitir, le había preguntado si tenía la piel seca o grasa.

—Ninguna de las dos cosas —contestó el doctor Navasky mientras observaba los pocos bultos rojos que aún quedaban—. Eres muy sensible. Con la piel fina.

—Ah, sí, ya lo creo que sí —me reí—. Es perfecto.

Al ver que al día siguiente de la marcha de William seguía sin llorar, supuse que sería porque estaba muy cansada tras habernos pasado la noche despiertos, mirando *La profecía* una vez más y diciendo cosas como: «Voy a echar de menos tus muñecas huesudas y todos esos dichosos brazaletes».

Al cabo de unos días tuve la seguridad de que me hallaba en la fase de negación. Estaba triste, pero seguía funcionando —comía, dormía—, lo cual no era propio de mí. La enormidad de mi situación, el fin de la única relación verdadera que había tenido en seis años, el novio al que tanto quería, la realidad de volverme a encontrar sola a los cuarenta, todo ello acabaría por comerme viva tarde o temprano, seguro. Yo era así. ¿O no?

El teléfono sonaba sin parar. Estaba convencida de que lo único que quería todo el mundo era asegurarse de que no había metido la cabeza en el horno... todavía. Eve. Mi hermana. Mi padre. Su novia, Beverly. Mi hermano. Mi portero.

—¿Cómo estás? —se interesaban todos, preocupados.

—Estoy bien —les decía.

Se producía una larga pausa, como si se preguntaran si no se habrían equivocado de número.

—Bueno, no es que esté como unas pascuas. Estoy triste, pero estoy bien. Ni siquiera puedo explicarlo.

El hecho de que, en cierto modo, me sintiera más fuerte después de romper con el único hombre al que había estado prometida, era algo que nunca hubiera creído posible. Seguía pareciéndome una experiencia extracorpórea que ni siquiera necesitara medicación ansiolítica. Al cabo de un mes empecé a pensar que quizá nunca fuera demasiado tarde para convertirse en un caso-perdido-no-absoluto. Volverme estable, fuerte incluso, mientras me esforzaba por adquirir coraje.

—Nunca pensé que fueras del tipo «vivieron felices y comieron perdices» —me dijo una amiga.

Al percatarse de mi preocupación, se corrigió:

—Aguarda un momento, no lo he dicho bien. Lo que quiero decir es que no eres de ese tipo de mujeres que tanto abunda, las de: «Necesito estar casada sin importar si vivimos felices y comemos perdices».

—Es gracioso —repuse—, porque yo creía que eso era lo único que siempre había querido.

Al cabo de todos estos años, tal vez haya comprendido al fin a qué se refería mi madre cuando decía: «Las personas que quieren estar casadas, lo están». Ella me aseguró que a la larga llegaría a mi propia conclusión y así había sido. Y sólo me había costado quince años. Podría haberme casado. Podría haber aceptado todas esas cosas, y ahora mi único consuelo era decirme a mí misma: «A ningún precio». Ésta era mi mierda. Para bien o para mal.

No lo dije en voz alta por miedo a que la gente pensara que en cuestión de pocas semanas iría cargada con cristales mágicos y barajaría citas del *I Ching*, pero había empezado a tener la sensación de que, si bien había perdido a mi escalador de hielo, era yo quien entonces estaba escalando la montaña nevada. No iba a casarme. Quizá no me casara nunca. Ya ni siquiera estaba segura de que quisiera hacerlo. Sin embargo, de la misma forma en que nunca me hubiera imaginado que con treinta y cinco años aprendería a montar en bicicleta, ni que habría sido capaz de asar un pollo, ni que no quedaría absolutamente destrozada tras el devastador final de mi único compromiso, ahora sabía que todo era posible. Lo sabía como nunca lo había sabido antes. De hecho, tanto era así que ahora podía responder a la pregunta «¿Crees que vas a estar bien?» con un «Sí» lleno de confianza.

Visite nuestra web en:

www.umbrieleditores.com